'대한민국 청소년 세상 충돌기 공모전' 수상작의 출판 수익금 전액은
영화학교 밀짚모자와 '제2회 대한민국 청소년 세상 충돌기 공모전' 상금으로 쓰입니다

대한민국 청소년 세상 충돌 이야기

영화학교 밀짚모자 엮음

차 · 례

책을 내면서

저는 청소년이라는 말만 들어도 가슴이 벅차오릅니다. 세상 두려울 것 없는 시절이 청소년기입니다. 세상을 변화시킬 수 있는 열정이 넘치는 시기가 바로 청소년기입니다. 아직 서툴기 때문에 어쩔 수 없이 실수를 해도 청소년이라는 특권으로 이해될 수 있는 때입니다.

그러나 그 무엇으로 인하여 나의 청소년기를 누릴 수 없다면, 어떤 이유에서든 그것은 사회적 책임입니다. 우리 사회는 청소년에 대한 무한 책임을 져야 합니다.

이번에 「대한민국 청소년 세상 충돌기」를 마련한 이유도 여기에 있습니다.

모두 그런 것은 아니지만 학생과 선생님, 선생님과 학생이 서로 불신하는 사회에 우리는 살고 있습니다. 학생에게 문제가 있다고 해서 사회와 단절시키면 불과 머지않은 시간에 더 큰 문제가 발생하는 것을, 우리는 늘 보고 듣고 그동안의 경험을 통해 통절히 느끼고 있습니다.

학교 밖 청소년도 그런 관점에서 들여다봐야 합니다. 그래서 같이 가야만 합니다. 그 이유는 두 가지입니다. 하나는 그들이 곧 우리 사회의 중심 구성원이라는 점이고, 또 하나는 그들로 인해 발생하는 폐해를 우리 사회가 감당해야 할 대가가 너무 크다는 사실입니다.

관계자 둘만 모이면 청소년 문제를 토론하지만, 실현 가능한 해결점이 잘 보이지 않는 것 같습니다. 일관된 입시 위주의 교육이 낳은 폐해라는 것을 알면서도 왜 우리 사회는 모두 대학을 가야 합니까?

또한 대학 졸업생 전원이 대기업에 취직해야 하며, 대기업이 아니면 안 된다는 사회적 정서를 왜 끊지 못하는지, 영화학교 밀짚모자는 그 이유를 우리 사회에 묻고 있습니다.

학교의 역할이 무엇인지 진지하게 고민하지 않으면 안 됩니다. 학교마다 다 그렇다는 것은 아니겠지만 학원을 가기 위해 잠자는 곳이라고도 하며, 대학을 가기 위한 맞춤형 공장이라는 자조적인 학생들의 얘기가 들립니다.

수업시간에 잠자는 학생을 깨우다가 봉변을 당할지 모른다는 선생님들의 안타까운 목소리도 들립니다. 학교를 가지 않아도 '정신적인 풍요'를 훨씬 더 누리며 잘 살 수 있다는 교육이 왜 안 되는지, 이제는 정부가 대답해야 할 때가 되지 않았나 싶습니다.

교육이 망한 사회는 정상적인 사회라고 할 수 없습니다. 지금의 청소년들이 우리 사회 중심 구성원이 되고, 그 중 감정 조절이 안 되는 자들의 중심 사회라고 생각해 봅시다. 끔찍합니다. 그런 사회에 우리는 지금 살고 있습니다.

학교 밖 청소년을 위한 무료 영화학교 밀짚모자가 「대한민국 청소년 세상 충돌기 공모전」을 한 이유는 바로 여기에 있습니다. 대한민국 청소년들은 지금 어디로 가고 있는지, 그들과 동행하면서 "맞을 비는 맞자"는 얘기입니다.

우리 사회는 청소년들의 고뇌를 얼마만큼 알고 있을까요? 출품자들은 이구동성으로 마음속의 응어리를 꺼내 토해낼 수 있는 "충돌기 공모전 기회를 준 데 대해 감사하다"고 말합니다.

지금 우리 사회 많은 청소년들의 마음이 아픕니다. 누구에게도 말하지 못하고 어쩌면 평생 아픈 맘을 가지고 살아야 합니다. 마음이 아픈 청소년이 있으면 그가 왜 아파하는지, 무엇이 마음을 아프게 하는지 우리 사회는 구체적으로 알아야 합니다. 그래야 치료를 할 수 있기 때문입니다. 그 아픈 마음을 누구에게도 말하지 못하고 있다는 것이 문제입니다.

마음이 아프면 병이 됩니다. 그 병은 어떤 약으로도 치유가 되지 않습니다. 스스로 걸어 나오지 않으면 불치의 병이 됩니다. 그런 환자가 그대로 사회인이 됐을 때를 생각해 봅시다. 과연 우리 사회가 어떻게 감당할까요?

세상의 모든 이치가 그러하듯 청소년기는 딱 한 번뿐입니다.

과일 속에 맛있는 과즙을 많이 저장하려면 딱 한철 여름 햇빛을 잘 받아야 합니다. 곧 여름 햇빛이 청소년기입니다. 청소년기에 형성된 정서와 인격으로 맛있는 과일이 열립니다. 세상은 맛없는 과일을 원하지 않습니다.

저는 태생적으로 마음이 가지 않으면 칭찬을 하지 못합니다. 그러나 칭찬하지 않을 수 없습니다. 「대한민국 청소년 세상 충돌기 공모전」에 출품하기 위해 지금까지 그 누구에게도 말할 수 없었던, 숨겨 왔던 고뇌를 쏟아내기 위해 생각을 정리하고 글을 써 참여한 출품자 모두 훌륭

했습니다.

자신의 생각을 가감 없이 토로해낼 수 있었던 용기와 열정에 대해 이 자리를 빌려 경의를 표합니다. 출품자 여러분 모두가 수상자입니다. 2회부터는 더 많은 출품자에게 상금이 돌아갈 수 있도록 수상 방법을 고민할 것입니다. 모든 출품자 여러분들은 충분히 인생에 주인공이 될 자격이 있습니다.

세상은 혼자 살아가는 곳이 아닙니다. 마음을 얻어야 진솔한 대화를 할 수 있습니다. 부모님으로부터, 선생님으로부터, 친구로부터 나와 통할 수 있는 진솔한 마음을 내가 먼저 내놓아야 합니다.

마음을 나누지 못하면 부모형제도 돌아앉습니다. 마음을 교환하지 않으면 선생님으로부터 외면을 받습니다. 마음을 주는 데 인색하면 물 한 잔 나눠 마실 친구가 없습니다.

세상에서 제일 불쌍한 사람은 학교를 다니지 못하는 사람도 아니고, 돈이 없어 가난한 사람도 아닙니다. 상대를 인정하지 않는 사람입니다. 자신만 옳다는 사람입니다. 사람은 서로 상대를 인정하면서 마음을 얻기 위해 노력하며 사는 겁니다.

세상에 거저 주어지는 것은 아무것도 없습니다.

대한민국 청소년 세상 충돌기 수상자라는 명예는 앞으로 빛날 것입니다. 여러분은 충분히 자랑스럽습니다.

2016년 7월 20일
영화학교 밀짚모자 교장 김행수(영화감독)

심사평

「몰래 크는 아이들에게 응원을 보낸다」는 제목으로 심사평을 할까 합니다.

참으로 소중한 기회였습니다.

영화학교 밀짚모자가 주최하고 한겨레신문사가 후원한 '대한민국 청소년 세상 충돌기 공모전' 심사에 참여한 것은, 많은 영화제와 셀 수 없는 시나리오 TV 공모전에 심사를 해온 저로선 이번처럼 뜨겁고 가슴이 울컥해서 심호흡까지 하며 심사를 해본 적이 없었던 것 같습니다.

눈물이 메마를 나이이지만 때로는 울었고, 때로는 기성세대로서 죄스러웠고, 때로는 그냥 백지 상태로 멍해 있었습니다.

짐작은 하고 있었지만 이토록 가슴 아픈 절절한 사연의 아이들이 많을 줄은 몰랐던 것입니다.

물론 시대는 달랐지만 나의 청소년기도 이 아이들 못지않게 슬프고 억울하고 절박하기도 했었습니다.

빛깔과 시간은 다르지만 모든 이들의 청소년기가 아마 그랬을 것입니다. 그러나 어른들이 말하는 풍요와 아이들에 대한 지나친 사랑이 흘러넘치는 이 시대에 이토록 몰래 고통스러워하고 고뇌하며 자신의 길을

찾아 피투성이 싸움을 벌이는 아이들이 많다는 것은 새로운 슬픈 발견
이었습니다.

응모작들의 내용을 가려보자면 대충 세 가지 패턴이 있었습니다. 참
혹하고 불우한 가정환경에서 갈등을 딛고 꿈을 향해 가는 이야기. 부조
리하고 모순된 제도 교육 속에서 고뇌하거나 학교폭력 교우 관계로 고
민하는 이야기. 그리고 소소하거나 소박하지만 스스로에게는 절체절명
이었던 사건이나 문제들을 풀어 나가는 이야기들. 무엇이 되었건 모든
이야기들이 슬펐고 뜨거웠고 놀라웠습니다.

특히 중1밖에 안 된 아이들이 정말 미세한 일상의 고민들을 실핏줄을
드러내듯 그려낸 작품들이 있었는데, 이건 누군가 대신 써 줬거나 거의
고쳐 준 게 아닐까 할 만치 직업작가인 나를 감탄케 하였습니다.

아마도 이 녀석들이 장차 문학이나 영상 쪽으로 길을 잡는다면 한국
영화나 드라마 쪽에 놀라운 발전이 있지 않을까 기대되었습니다.

그러나 이번 심사에 있어 우리는 잘 꾸며진 문장보다는 투박하더라도
글쓴이의 사연에 더 집중하기로 하였습니다. 기교보다는 진솔함에 주목
한 것입니다. 흔히 공모전에서 우열을 가리기 힘든 심사였다는 표현들
을 쓰는데 이번이 정말 그랬습니다.

나는 심사할 때 좀체 10점 만점을 잘 안 주는 사람인데, 10점 만점만
10개 이상의 작품이 나왔습니다.

꼴과 결과 깔이 다른 아이들이 피워낸 이 붉디붉은 어린 꽃송이들 중
어느 것을 잘라내고 어느 것을 꽃 피우게 할 것인가?

다른 심사위원들도 고통스럽기는 마찬가지였을 겁니다. 그분들도 모두 응모자들의 아버지·어머니·할아버지였기에, 그 아픈 사연 하나 하나의 우열을 가리기가 정말 괴롭고 끔찍했을 것입니다.

이 말은 그만치 훌륭했으나 아깝게 선정이 안 된 작품이 많았다는 뜻입니다. 이번 청소년 공모전 행사가 일회성 행사가 아니라 사회와 기성 세대에게 반성과 큰 울림을 줄 수 있는 지속성 행사가 되길 바랍니다.

그리고 이번 행사를 어려운 여건 속에서도 진행한 영화학교 밀짚모자와 후원자들에게 깊은 감사를 드리며, 이 땅의 모든 청소년들에게 희망과 행복이 가득하기를 진심으로 빕니다.

2016년 1월 21일

심사위원장 / 지상학(한국영화인총연합회 이사장)

수상 소감

[대상] 생일 케이크

한겨울(강원도 원주시)

충돌기를 쓸 수 있는 기회를 줘 정말 감사하다.

충돌기를 쓰면서도 몇 번이나 울었고, 이런 개인적인 이야기를 써도 과연 후회하지 않을까 몇 번을 고민했지만 오히려 충돌기를 쓰고 나니 홀가분해졌다.

슬프기도 하지만 그때 가졌던 부끄러운 생각들은 다시 한 번 반성하고, 엄마가 얼마나 자신을 사랑하시는지 다시 한 번 되돌아보며 감사하게 되는 소중한 경험이었다.

*

[최우수상] 괜찮은 척

윤슬(전라남도 담양군)

글 쓰는 걸 좋아하고, 소설가와 의사가 되는 게 꿈이다. 난 내가 힘들기 때문에 남들도 같이 힘들 것이기 때문에 내 감정을 남에게 잘 드러내지 않는다. 그러나 충돌기 글을 쓰면서 바뀌었다. 짧은 미래 계획은 내가 아파했던 경험을 바탕으로, 다른 사람의 슬픔을 공감하고 위로해 주겠다.

나는 우리 가정의 화목함이 나 때문에 깨져 버릴 것만 같아 두려웠다. 모든 게 내 잘못 같다는 죄책감 또한 들었다. 그래서 일부러 아무렇지 않은 척, 괜찮은 척하려고 노력했다. 나만 괜찮으면 우리 가족 모두가 괜찮을 거라는 생각 때문이었다.

하지만 나는 전혀 괜찮지 않았다. 3년 전 받은 마음의 상처는 지금도 계속 곪아가고 있었다. 나는 결국 상처는 드러내야만 나을 수 있다는 것을 깨닫고, 더 이상 괜찮은 척하지 않겠다는 다짐을 하게 되었다. 그 사건이 내 잘못이 아니었다는 것 또한 알게 되었다.

*

[우수상] 그래도 살 만하다

이하나(경기도 양평군)

힘든 일들을 많이 겪었고 포기하고 싶었던 적도 많았다. 그때마다 엄마를 보며 더 열심히 살았다.

내 짧은 미래는 태권도를 열심히 배워 대회에도 나가고 싶고, 엄마와 하루하루 소소한 행복을 누리며 사는 것이다.

노래 부르는 것을 좋아해 가수가 될까 고민 중이며, 먹는 것을 좋아하기 때문에 현재 관절이 안 좋아 병원에 다니고 있지만 정신이 행복하니 몸이 아파도 즐겁다.

내가 충돌기를 쓴 이유는 자신의 작품을 읽는 사람에게 희망을 주기 위함이다.

＊

[장려상] 현대중공업 고졸채용 성공수기
하길한(경남 창원시)

나는 국가공인자격증 5개, ITQ 4개, 상장 28장, 동아리 6개 활동, 봉사시간 200시간 이상 달성, 내신 2.1등급을 고등학교 졸업 날까지 학교에서 얻었다. 중학교를 석차백분율 82%로 졸업할 수 있었던 이유는 노력하지 않는다면 길이 보이지 않았기 때문이다.

시선을 조금만 다르게 본다면 길은 분명히 나타나게 된다. 고졸취업을 준비하는 취업생 여러분! 꿈을 쫓지 마시고 꿈이 나에게 올 수 있도록 준비 하십시오.

＊

[심사위원 특별상] 어둠 속에서 피어나는 꽃
편지웅(광주광역시)

수많은 자살기도와 절망과 슬픔, 매일 울고 그렇게 아파했던 긴 시간이 있었다. 그 누구도 자신을 바꿀 수 없다는 것과 오로지 자신만이 자신을 바꿀 수 있고 달라지게 할 수 있다. 수많은 조언들도 자신이 마음을 강하게 먹지 않는 이상 현실은 달라지는 게 없다. 난 지금도 죽을 각오로 세상을 다시 살며 직장 생활과 작곡을 하는 계획을 가지고 있다.

무엇보다 세상충돌기로 자신의 속마음을 털어낼 수 있는 기회를 준

영화학교 밀짚모자에게 감사드린다.

*

[희망상] 일방통행 속에 사라진 뚱뚱이

박민(대구시)

체중을 20kg나 감량했었음에도 거울 속에 비친 내 모습을 바라보던 난 여전히 뚱뚱하다고 생각할 수밖에 없었다. 입술은 트고 머리숱은 한 움큼씩 빠져가고 교복은 크다 못해 흘러내려서 새로 사야 했지만, 더욱 살을 빼야 하는 이유는 날씬한 몸매가 아닌 마른 몸매였다.

*

[투지상] 명백의 늪

박수린(경기도 부천시)

고등학교 1학년 1학기 여름방학을 마치자마자 자퇴 서류를 제출했고, 그 이후로 나름의 홈스쿨링 과정을 밟아 왔다. 나름대로 다사다난하다면 다사다난한 기억들을 가지고 있지만 어쩌면 매우 값진 경험과 자산을 얻었다고 생각한다.

어둠으로 가득한 밤에 태어나 마침내 동 트는 빛이 떠오르기 시작한 새벽에 도달하기까지의 유년기부터 출발해 막 성인이 된 지금까지 고민해 왔던 실존적 물음과 그와 얽혀 벌어졌던 충돌기다.

*

[정의상] 비온 뒤 땅 굳는다

이연우(서울시)

내 인생의 가장 슬픈 전환점이 있었다. 그 누구에도 털어두지 않고 나 혼자 끙끙 앓았던 일. 나는 한 명에게 학교 폭력을 당했다. 하루가 지옥과도 같았다.

하지만 좌절은 곧 희망으로 바뀌었다. 잃은 것이 있지만 얻은 것도 많았다. 비온 뒤 땅 굳는 것처럼 내 마음은 한층 더 굳건해졌다.

그리고 나는 세 번째 용기를 낼 것이다. 내 감추어두었던 과거를 꺼냄으로써 누군가 이 충돌기를 보고 희망을 가지면 좋겠다. 아마 제가 겪은 일들보다 더 힘든 일을 겪고 있는 분이 분명 존재할 거다. 모든 분들에게 힘이 되었으면 하는 바람이다.

*

[배려상] 개구리 소녀

윤소은(경기도 여주시)

중학교 3학년 때 정말 많은 고민과 자책으로 파란만장한 사춘기를 보내며 부모님 속깨나 썩였다. 지금은 인문계 고등학교에 진학해 작가가 되기 위한 공부를 게을리하지 않고 있다. 글을 쓰는 것 외는 꿈이 없는 아이들에게 꿈을 찾아주는 일을 좋아한다.

불안했던 열여섯을 겪으면서 친구로부터 '우물 안 개구리'라는 소리를 듣고 명치를 맞은 기분에 빠졌었다. 사람 손에서도 화상을 입는 나약한 개구리가 된 적이 있었다.

예고 진학도 포기하고 늘 우울했으며, 끊임없이 가족들과 충돌하고 방황했다. 모두들 열심히 살고 있는데, 자신만 개구리인 듯한 기분은 뱀 같은 사람들은 알 수 없을 거라는 것이 충돌기를 끝낸 생각이다.

*

[용기상] 세상에서 가장 소중한 너에게

김해영(강원도 인제군)

많은 청소년들이 내 충돌기를 읽고, 세상과 부딪칠 용기를 얻길 바라는 마음으로 어린 시절부터 이야기를 편지 형식으로 썼다.

나도 청소년이지만 같은 고뇌를 가지고 있는 청소년에게 나쁜 길로 빠지지 않게 내 충돌기가 도움이 되었으면 좋겠다.

*

[협력상] 아빠, 우리 아빠

김서연(전라북도 전주시)

혼자 영화 보는 걸 좋아하고, 시를 쓰고, 소설 공부를 하고 있다. 특히 할머니와 할아버지를 존경하며, 누구보다 활발하지만 혼자서 노래 부르는 것을 더 좋아한다.

눈물 나게 찬란한 고등학생 시절에 부닥친 무수히 많은 충돌로 인해

성숙해 가는 나를 느낄 수 있다.

*

[우정상] 나의 꿈을 찾아서

박형아(인천시)

내가 해보고 싶었던 것 중 하나가 글쓰기였기에 충돌기 공모전에 응모하게 되었다. 사실 가능한 한 자세하게 쓰고 싶긴 했지만 아직은 내 충돌기를 친구들이나 지인들이 아는 게 꺼려진다. 이미 충돌기에 자세히 쓴 것 같긴 하지만….

진짜 부모님께도 말 못한 속마음도 간간이 써서 죄송하다. 나의 충돌기는 때론 누군가에게 용기와 희망이 된다는데 정말 그랬으면 좋겠다. 특히 지금 중학교 3학년인 친구들에게. 정말 고등학교를 정할 때 진지하게 생각하길 바란다. 시간은 돌리고 싶다고 돌아가지는 게 아니니까.

*

[미래상] 가면 아이

김민서(전주시)

3년 전 중학교 일 학년, 그 해 내가 한 가지 잘못된 선택에 관한 충돌기다. 소심하고 말 없는 내 진짜 모습을 감추기 위해 내가 만들어낸 가짜 모습으로 친구들을 사귀었고, 진실하지 않은 관계 속에서 많은 힘든 일들을 겪었다.

결국 마지막에 모든 것이 다 거짓이었음, 그 관계 속에 진심은 없었음을 들키고 내 곁에서 손을 내밀어 줄 친구는 아무도 없었다.

가면을 쓰고 진짜 모습을 숨긴 채 살아가는 다른 친구들에게 보내는, 진실한 모습을 하지 못했던 내 자신과 그 결과에 대한 솔직한 충돌기다.

*

[청년상] 그럼에도 나는 괜찮아
최유진(경기도 용인시)

사람은 상처를 바탕으로 성장한다고 한다. 나는 이 말에 그다지 동의하지 않는다.

사람은 사람이고 상처는 상처다. 마음속에 남은 상처는 보통의 것과는 달리 아물지 않고 그대로 있다. 다만 가진 사람이 스스로 달래가며 안고 가는 것이다.

그리고 어느 정도 그 상처의 통증을 조절할 수 있을 때 비로소 "괜찮아." 하고 말할 수 있는 거다. 남들이 봤을 땐 "정말 아프겠다, 그것 참 안됐구나."라고 말할 만한 내 상처를 "그럼에도 나는 괜찮아"하면서 다독여 본다.

*

[진실상] 열여덟

성수민(경기도 군포시)

밝고 털털한 성격이지만 사람이라면 누구나 항상 흔들리며 살아간다고 생각한다. 흔들림은 나이나 국적, 성별과 재산에 상관없이 우리의 모든 인생에 거쳐 나타나지만, 특히 사춘기라고 불리는 시기에 가장 강력하게 우리를 흔든다는 말이다.

열여덟, 조금은 늦은 사춘기를 보내는 내 꿈에 대한 갈망과 현실의 벽에 부딪혀 좌절하지만 일어서야 하는 의지를 보이는 희망을 그렸다.

*

대상

생일 케이크

·

한겨울 (강원도 원주시)

생일 케이크

한겨울(강원도 원주시)

   엄마 혼자서 우리 세 남매를 키워왔기 때문에 언제나 집 사정이 좋지 않았다. 그런 가정 형편과 초라한 엄마를 부끄럽게 생각하고 원망하기도 했다. 집에서 생일 케이크 한 번 먹어 본 적은 없었지만 그래도 엄마께선 우리의 생일이 돌아올 때마다 꼭 소고기 미역국을 끓여주셨고, 우리에겐 그게 생일 케이크나 다름없었다.

   중학교에 들어간 후 엄마와 영어 학원문제로 갈등이 크게 생겼고, 졸업식 날의 실수로 엄마와 사이가 많이 서먹해졌다. 그리고 며칠 후 돌아온 내 생일날에는 소고기 미역국조차 없었고, 엄마가 이제는 내 생일마저 잊었다는 생각에 엄마를 더 원망했다.

   하지만 친구들이 챙겨준 케이크를 들고 집에 돌아왔을 때 언니가 해준 엄마의 이야기에 마음이 무거워져 밤에 들어오실 엄마를 기다렸고, 밤늦게 집에 돌아오신 엄마는 내가 처음 받아보는 생일 케이크를 보고는 갑작스레 우시며 미안하다고 사과를 하셨다. 그 미안하다는 말에 나도 죄송하다고만 말하며 같이 울어 버렸다. 그때가 저희 모녀가 언제나 마음에만 담아두던 사과를 처음으로 입 밖으로 냈던 때였다.

   우리 가족의 생일 전통이 있다. 엄마께서 우리 세 남매의 생일 날마다 소고기 미역국을 끓여주시는 것이다. 그 흔한 케이크도, 작은 선물도 없지만 매 생일마다 엄마께서 끓이시는 소고기가 들어간 미역국에 얼마나 큰 의미가 있는지 알고 있었기 때문에 불평을 하거나 투정부린 적은 없다. 엄마가 내 생일을 기억하고 있다는 것에, 그리고 그 날을 특별한 날로 만들어 주고 싶어 소고기를 넣은 미역국을 끓이신다는 것에 만족했다.

엄마는 혼자서 우리를 키워오셨다. 여자가 남편도 없이 혼자서 아이를, 그것도 셋이나 키우는 게 얼마나 어려운지 알고 있다. 항상 바쁘시던 엄마와 그럼에도 가난했던 집이 그 사실을 뼛속 깊이 느끼게 해주었으니까. 난 우리 집이 가난하다는 것을 특별히 느끼지 못했다. 적어도 초등학교에 입학하기 전까지는.

초등학교에 입학한 후, 난 내가 친구들과 다르게 자라고 있다는 걸 알았다. 친구들은 학교가 끝나면 멋진 차를 끌고 데리러 오시는 부모님과 웃으며 집으로 돌아가거나 학원에 갔다. 그 나이대의 여자 아이가 흔히 그러듯 나는 미술이나 무용에 관심을 가졌고, 친구들이 다니는 발레학원이나 미술학원에 다니고 싶어 했다.

그 때 나는 학원이 비싼 돈을 내고 다녀야 하는 곳이라는 걸 몰랐다. 그래서 그렇게 철없이 엄마에게 떼를 썼다. 돈이 풍족하지 않다는 이유로 어쩔 수 없이 매번 안 된다고만 해야 했을 때, 왜 안 되냐며 떼를 쓰고 우는 어린 딸을 보며 엄마께서 얼마나 비참하고 속상하셨을지 상상도 할 수 없다.

갓 초등학생이 된 어린아이들이었지만 사교육 열풍 때문인지 학원에 다니지 않는 친구는 거의 없었다. 그래서 다른 친구들과 같이 학원에 다

니지 않던 나는 하교 후 할 일이 없었고, 엄마 없는 빈 집에 돌아가는 게
싫었기 때문에 언제나 학교 도서관에서 해가 지도록 책을 읽다가 사서
선생님께서 퇴근하실 때쯤 밖으로 나와 느릿느릿 집으로 걸어갔다.

담임선생님께서는 일주일에 한 번씩 나를 따로 불러내셨다. 급식비가
밀렸다는 안내문이 나왔기 때문이었다. 좋은 선생님들을 만났기 때문인
지 그 이유로 선생님들께 차별을 받은 적은 없었지만, 측은하게 바라보
는 선생님들의 눈길이 날 부끄럽게 했다.

그래서 난 내가 가난하다는 사실을 숨기는 것에 필사적이었다. 공부
를 열심히 했고, 물려받은 옷들은 깨끗하고 단정하게 입었다. 그러면서
도 언제나 두려워했다. 친구들이 내가 가난하다는 것을 알게 될까 봐, 그
래서 이상한 시선을 받게 될까 봐.

소풍 가는 날에는 과자나 음료수 없이 천 원짜리 김밥 한 줄과 얼린
물을 가져가야 했기 때문에 친구들에게 매번 과자를 집에 두고 왔다거
나 오는 길에 먹어 버렸다는 거짓말을 했다. 운동회 날에는 돗자리를 깔
고 앉아 맛있는 도시락을 먹는 화기애애한 가족들 사이를 지나 아무도
볼 수 없는 곳에 숨어 삼각 김밥을 먹었다.

도서관에서 책을 읽다 집으로 가려 할 때 소나기가 내리면 가방으로
대충 가리고 뛰어갔다. 친구들이 볼 수 없는 게 다행이라고 생각하면서
도 한편으로는 이럴 때 날 데리러 와줄 수 없는 엄마가 원망스러웠다. 공
부도 잘하고 친구들과도 잘 지내려 열심히 노력했던 나는 곧잘 상장을
받거나 1등을 하곤 했다. 반장으로 뽑히기도 했다.

그럴 때마다 밤에 자지 않고 엄마를 기다리다가 들뜬 마음으로 엄마에게 자랑을 했지만, 칭찬도 없이 피곤한 표정으로 "그래"라는 한마디만 던지고 곧장 방으로 들어가는 엄마가 미웠다. 반장이 되었다는 걸 말했을 때 자랑스럽다는 말 대신 "반 아이들한테 뭘 사줘야 되는 건 아니지?"라며 조심스럽게 걱정하며 물어오는 엄마가 참 미웠다. 바빴던 엄마는 학부모 회의나 졸업식에도 올 수 없었다. 그렇게 초등학교 6년 내내 내 친구들과 담임선생님은 우리 엄마가 누구신지도 몰랐다.

중학교 입학식에 엄마가 오시지 못한다는 것이 당연해졌다. 또 내가 가난하다는 사실을 숨기는 데 능숙해졌다. 집에 관련된 개인적인 이야기는 절대로 하지 않았다. 가끔 친구들이 엄마와 쇼핑을 한 이야기라던가 아빠와 놀러 간 이야기, 또는 가족 여행이야기를 할 때마다 난 듣기만 하며 간간이 고개를 끄덕이고 웃었다. 마치 내가 그 애들에게 공감하고 있다는 듯이.

하지만 속으로는 친구들의 그런 사소한 일상이 너무 부럽고 질투가 나 울고 싶었다. 친구들이 "왜 겨울에 그 흔한 패딩 하나 걸치지 않고 다니냐"고 물어볼 땐 "그냥 교복만 입는 것도 좋다"고 말했다. "왜 시험이 끝난 후에 함께 놀러가지 않냐"고 물어볼 때는 "그저 피곤해서 그렇다"고 얼버무렸다.

난 여전히 공부를 열심히 하려고 노력했지만 중학생이 되니 내 발목을 크게 잡는 과목이 생겼다. 영어였다. 우리 중학교는 유난히 영어 교육열이 높았다. 영어 수업은 일반 교과서를 사용하지 않을 정도로 수준이 높았고, 원어민 수업이 일주일에 4번씩 따로 있었다. 그래서인지 어학연수를 다녀오거나 어렸을 때부터 체계적으로 영어교육을 받아 온 친구들이 대부분이었다.

하지만 그런 친구들과 다르게 난 막 초등학교 6학년 수준을 벗어난 정도의 영어 실력을 가지고 있었다. 그래서 난 엄마에게 영어 학원에 대해 조심스레 부탁을 드리기로 했다. 엄마는 이번에도 "안 된다"고 말했다.

그 때 나는 너무 서러워서 처음으로 엄마에게 울며 소리를 질렀다. 내가 얼마나 힘들게 공부하는 줄 아느냐고. 알파벳도 혼자 떼고 교과서로만 공부해 오던 나에겐, 교과서에 나오지 않은 지식을 당연히 가지고 있기를 기대하는 우리 중학교의 영어교육이 너무 힘들다고. 어학연수를 다녀오고 학원을 다니며 이미 나를 훨씬 앞서간 아이들을 따라잡는 게 얼마나 힘든 줄 아냐고.

엄마는 내가 집안 사정이 안 좋은 걸 뻔히 알면서도 고집을 부린다며 화를 내고 방에 들어가 버리셨다. 그 때 난 엄마가 어느 때보다도 원망스러웠다. 세상에 공부하겠다는 자녀를 막는 엄마는 엄마 하나뿐일 거라는 말까지 해버렸다. 엄마가 얼마나 상처받았을지 알았지만 사과는 하지 않았다.

그 후 나는 학교 도서관에 있던 문법책 하나를 잡고 기초부터 공부했다. 영어 원서를 읽으며 문법책으로 배운 문법을 하나하나 직접 대입해 보았고, 단어도 몇 백 개씩 외웠다. 그렇게 하다 보니 어느샌가 전교에서 영어로 80등이던 내가 8등을 하게 되었다. 그 성적표를 받았을 때 기쁘면서도 서러웠다.

그렇게 노력을 해도 이미 어릴 때부터 어학연수를 다녀오며 학원에서 수준 높은 교육을 받아온 아이들을 이길 수 없다는 게 화가 났다. 가난한 집이 다시 한 번 원망스러웠다. 영어 학원 문제로 한바탕 혼이 난 후 난 엄마와 거의 대화를 하지 않았다. 그래서 영어 성적에 대해서도 엄마에게 말하지 않았다. 어차피 엄마는 언제나처럼 관심도 없을 것이고, 내가 어떤 노력으로 이런 결과를 만들었는지 알고 싶어하지도 않을 거라고 생각했기 때문에.

그렇게 엄마와 점점 더 어색해지며 중학교 3학년이 됐다. 담임선생님은 고등학교 진학에 대해서 굉장히 중요하게 생각하시는 분이셨고, 나에게 여러 특목고를 추천하며 어머니와 면담을 반드시 해야겠다고 하셨다. 난 선생님께 엄마는 항상 바쁘셔서 면담을 하러 오시기 힘들 거라고 말씀드렸지만, 선생님은 "지금은 자녀의 가장 중요한 시기이기 때문에 어머님께서 반드시 오셔야 한다."며 단호하게 말씀하셨다.

그날 밤 나는 식탁 위에 중요한 진로 이야기를 해야 하기 때문에 반드시 모든 학부모님께서 참석해 주길 바란다는 내용의 안내문을 올려놓았고, 다음 날 아침 엄마께서는 학교에 가려는 나에게 "학부모 면담은 꼭 갈 테니 걱정 말라"고 말씀하셨다. 나는 엄마께서 처음으로 내가 다니는 학교에 온다는 사실에 들떴고, 친구들에게까지 "처음으로 엄마가 온다"는 이야기를 하며 하루 종일 교복도 단정히 입고 선생님들께 인사도 유난히 크게 하며 다녔다.

그날 오후, 이동 수업이 끝나고 교실로 돌아가던 중 복도가 소란스러운 것을 느끼고 학부모님들이 오셨다는 걸 알았다. 우리 교실로 향하는 모퉁이를 돌자, 자녀들을 분주하게 찾아다니는 학부모님들이 보였다. 엄마를 찾는 건 쉬웠다. 난 다른 학부모님들과 함께 서 있는 엄마의 모습을 그날 처음 봤는데, 처음으로 엄마가 부끄럽다는 생각을 했다.

엄마는 유난히 눈에 띄는 모습이었다. 앞 코가 많이 헤진 낡은 갈색 신발을 신고, 가방 하나 없는 빈손을 늘 입던 긴 회색 잠바 주머니 속에 넣고 있는 엄마. 흰 머리가 희끗희끗 보이는 짧은 머리카락과 주름이 많은 화장기 없는 얼굴이 눈에 박혔다.

내 옆에 있던 친구들이 자기 엄마에게 달려갔다. 다른 엄마들은 예쁜 옷과 구두, 그리고 목걸이와 귀걸이로 곱게 꾸민 모습으로 환하게 웃으며 자녀를 반기고 있었다. 고운 화장과 우아한 가방이 참 예뻤다. 주름이 보이지 않는 얼굴과 예쁜 색으로 염색한 머리도 눈에 들어왔다.

몇몇 친구들이 날 부르며 "우리 엄마는 어디에 있냐"고 물어봤을 때 난 "엄마가 오지 않으셨다"고 거짓말을 하고는, 혹시나 엄마가 내 이름을 들었을까 혹은 내 얼굴을 봤을까 걱정하며 화장실로 도망쳤다. 그리고 한 구석에 숨어서 엄마를 부끄럽게 생각한 내가 미워서, 또 한편으로는 이렇게 가난한 우리 집이 비참하게 느껴져 엄마를 원망하며 울었다.

그 후 난 더이상 엄마가 학교에 찾아오길 바라지 않았다. 학부모 모임이나 면담 공지가 있을 때마다 선생님께 "엄마는 못 오신다"고만 말씀드렸고 안내문은 가방에서 꺼내지도 않았다.

점차 졸업식이 다가왔다. 난 졸업식 이야기도 당연히 엄마에게 꺼내지 않았다. 엄마는 어차피 못 오실 거라고 생각했고, 엄마가 오시기를 바라지도 않았으니까. 그래서 엄마께서 먼저 나에게 졸업식 이야기를 꺼냈을 때는 놀랐다. 난 당황하며 엄마께서 바쁘신 걸 알기 때문에 "오지 않으셔도 된다"고 했지만, 엄마는 그래도 이번에는 반드시 갈 거라며 웃으셨다. 그 웃음이 날 불편하게 만들었다.

졸업식 날, 나는 순서가 진행되는 내내 불편한 마음으로 강당 뒤편을 확인했지만 꼭 올 거라던 말과 달리 엄마는 졸업식이 끝나도록 보이지 않았다. 사실 실망하기에 앞서 다행이라는 생각부터 들었다. 곱게 꾸민 다른 부모님들 사이에서 홀로 미운 오리처럼 서 있을 엄마를 보고 싶지 않았기 때문이다.

졸업식이 끝나고 강당 밖으로 나갔을 때, 강당으로 다가오는 엄마가 보였다. 엄마는 내가 걱정하던 모습 그대로였다. 언제나처럼 헤진 갈색 신발과 낡은 회색 잠바. 나는 당황해서 친구들과 선생님들께 작별인사를 할 새도 없이 손을 흔들고 있는 엄마에게 달려갔다.

엄마는 "그 동안 나와 잘 지내준 친구들에게 고맙다고 인사를 하고 싶다"고 했고, 난 "그럴 필요 없으니 빨리 집에나 가자"며 엄마를 재촉했다. 어차피 대부분 고등학교에서 다시 만나게 될 테니까. 엄마는 "왜 그러냐"며 "인사만이라도 하자"고 말씀하시다가 갑자기 말을 멈추셨다. 엄마는 잠시 날 바라보시다가 조심스럽게 물었다.

"엄마가 부끄럽니?"

순간 정말로 심장이 쿵 하고 내려앉는 듯한 느낌이었다. 난 당황했지만 "아니"라고 대답하며 "그저 집에 빨리 가자"고만 했다. 엄마는 집에 가는 길 내내 아무 말도 없으셨다.

며칠 후 내 생일이 돌아왔다. 사실 딱히 특별할 것은 없었다. 집에서는 항상 소고기 미역국 한 그릇으로 초라한 생일 축하를 끝냈고, 봄 방학에 겹쳐 있는 생일 날짜 때문에 직접 만날 수 없는 친구들에게서는 축하 문자를 받는 것으로 만족해 왔기 때문이었다.

그래도 생일이라는 사실에 들뜨는 마음은 어쩔 수 없었다. 그래서인지 아침에 일어나 아무 것도 없는 차가운 부엌을 봤을 때 들뜨던 마음이 차갑게 내려앉고 가슴이 울렁거리는 듯했다. 엄마가 이제는 내 생일마저 잊었다는 생각에 눈물이 났다.

이런 상태에서 울기까지라도 한다면 정말로 내가 불쌍하게 느껴질 것 같아서 울지 않으려고 노력하며 혼자 부엌에서 밥을 먹으려고 했을 때 친구에게 갑작스레 전화가 왔다. 무슨 일로 전화를 했나 궁금해 하며 전화를 받자, 지금 다른 친구들과 함께 우리 집 주변에 있으니 "어서 나오라"고 말하는 친구의 목소리가 들렸다.

나는 친구들의 위치를 묻고 "금방 갈 테니 기다리라"고만 말하고 먼저 전화를 끊었다. 그동안 친구들에게 집의 자세한 위치는 알려주지 않았던 나는 혹시라도 친구들이 우리 집을 보게 될까 덜컥 겁이 나 재빨리 밖으로 나갔다.

난 그 때까지도 친구들이 왜 왔는지에 대해서 아무 생각도 없었기 때문에 골목을 돌아 나타난 나에게 친구들이 폭죽을 터뜨리고 "생일을 축하한다"고 말하며 선물과 케이크를 안겼을 때, 너무 놀라고 기쁜 마음에 참았던 눈물까지 터뜨렸다. 그렇게 울다가 친구들은 기억하는 내 생일을 가족들이 잊었다는 사실이 원망스러워 더 서럽게 울었다.

친구들은 그저 내가 감동을 많이 받았나 보다 하며 놀려대다가 울음을 그치지 않는 나를 보고 당황하며 나를 달래기 시작했다. 나는 친구들에게 "정말로 너무 감동을 받아서 운 것뿐"이라고 말하고는 같이 어딘가에 놀러가자는 친구들의 제안을 거절했다. 나에겐 생일날에라도 친구와 놀러 다니며 어딘가에서 돈을 쓰는 건 사치였다.

친구들이 아쉬워하며 돌아간 뒤 나는 케이크를 소중히 가지고 집안으로 들어갔다. 부엌에선 언니가 밥을 차려 먹으려고 하고 있었다. 언니가 "웬 케이크"냐고 물어보는 게 정말로 내 생일을 모른다는 뜻 같아 퉁명스럽게 "친구들이 준 케이크"라고 대답한 뒤 밥 대신 케이크 한 조각을 먹을 생각으로 상자 속에서 케이크를 꺼냈다.

그러자 언니는 "저녁에 엄마가 돌아오시면 같이 먹어야 한다"고 핀잔을 주며 내 케이크를 다시 상자 속에 집어넣었다. 순간 울컥하며 화가 나 "내 생일을 기억도 못하는 엄마랑 언니가 무슨 상관이냐"며 소리를 질렀다. 언니는 처음에는 놀란 듯 멍하니 서 있다가 갑자기 나에게 화를 냈다.

"너 정말 엄마가 너 생일을 잊으셨다고 생각해? 며칠 전에 엄마가 얼마나 우셨는지 넌 모르잖아. 엄마께서 이번 달은 유난히 힘들어서 네 이번 생일은 챙겨주지 못할 것 같아서 너무 미안하다고 하시더라. 그게 너무 미안해서 생일에 관한 말은 한마디도 못 꺼내고 오늘 아침도 그렇게 일찍 나가셨단 말이야. 왜 이렇게 철이 없어?"

언니가 소리를 지르고 방에 들어갔지만 난 상자 속에서 케이크를 다시 꺼낼 수가 없었다. 케이크는 조용히 냉장고에 넣고 도서관에서 빌린 책을 읽으며 밤이 되어 엄마께서 오시기를 기다렸다. 엄마는 밤 열두시가 넘어서 집에 돌아오셨는데, 부엌 불을 켜두고 그 때까지 깨어 있던 나를 발견하시고는 놀라시며 "왜 아직까지 자지 않았냐"고 물어보셨다.

난 "케이크를 같이 먹으려고 기다렸다"고 대답했고, 엄마는 언니가 물었던 것처럼 "갑자기 웬 케이크냐"고 물어보셨다. 난 "친구들이 아침에 내 생일을 축하한다며 케이크를 주고 갔다"고 말하며 한 조각을 잘라 엄마께 드렸다.

엄마께서 식탁에 앉아 케이크 조각을 물끄러미 보시더니 "친구들이 착하네, 엄마가 못 챙겨주는 케이크도 챙겨주고"라며 말하시곤, 잠시 무슨 말을 덧붙이려 뜸을 들이시다 갑자기 눈물을 흘리셨다. 엄마가 우는 모습을 그 때 처음 봤다. 그 모습을 직접 보는 건 언니를 통해 들었을 때보다 더 큰 충격으로 다가왔다.

아무 말도 할 수가 없었다. 머릿속이 텅 빈 듯 아무 생각도 들지 않아 위로를 해드릴 수도 없었고, 같이 눈물을 흘릴 수도 없었다. 하지만 엄마께서 울먹이는 목소리로 나에게 "너무 미안하다"는 말을 했을 때 갑작스레 같이 울어 버렸다. 엄마는 생일 케이크를 사주지 못하는 것도, 다른 것들도 모두 미안하다고 하셨다.

사실 엄마께서 날 자랑스럽게 생각하는 것을 알고 있었다. 집에서 혼자 참고서도 없이 교과서로만 공부하면서도 곧잘 1등을 하는 딸을 누구보다도 자랑스럽게 여기셨다는 걸, 그래서 사람들을 만날 때마다 예쁘고 공부도 잘하는 착한 딸에 대해서 칭찬을 한다는 걸 알고 있었다.

그런 엄마가 나에게 아무 관심이 없을 리가 없다는 것도, 무슨 일이 있든지 날 뒤에서 응원해 줄 것도 알고 있었지만 외면했다. 상장을 받아 오고 반장이 됐다는 딸을 누구보다도 칭찬해주고 싶었지만, 지치고 피곤한 몸 때문에, 그리고 아무 것도 해주지 못해 미안한 마음에, 언제나 "그래"라고 어렵게 한 마디만을 꺼낸다는 걸 알고 있었다.

남들처럼 영어 학원을 보내 주지 못해 가슴 아파하고 미안해 하시면서도 내가 열심히 노력한 끝에 만들어 낸 결과를 보며 기특해 하셨다는 걸 알고 있었다. 졸업식이 끝나고 아무 말 없이 집에 돌아와 식탁 위에 누군가에게 빌렸지만 결국 사용하지 못했던 카메라를 말없이 올려놓으신 것을 모른 척했다.

엄마께서 누구보다도 날 사랑하고 자랑스러워하고 계신다는 걸 이미 알고 있었으면서도 엄마를 원망하는 철없는 마음이 앞서 그 모든 걸 외면하고 있었다. 그리고는 엄마가 나에게 해줄 수 없는 것들 때문에 엄마를 원망했다. 엄마가 언제나 힘들게 일하시고 그렇게 바쁘게 지내시는 것도, 언제나 해진 신발과 낡은 잠바를 입는 것도, 얼굴에 가득한 주름과 희끗희끗한 흰머리도 모두 나 때문이라는 것을 알면서도 그런 엄마를 미워했다.

엄마는 졸업식 때의 질문에 대한 내 대답을 이미 알고 계셨을 것이다. 그리고 그 사실에 엄마께서 얼마나 상처를 받으셨을지에 대해서도 알고 있었다. 난 나에게 예쁜 옷이나 맛있는 음식을 사 주지 못해도, 다른 엄마들처럼 곱게 화장하고 꾸밀 수 없어도, 이 세상에서 가장 날 아껴주고 사랑해주는 단 하나뿐인 엄마를 부끄러워했고 그런 엄마가 있다는 사실이 얼마나 행복한 것인지에 대해서도 잊고 있었다.

내 모든 이기적이던 생각들이 엄마가 눈물을 흘리시며 "미안하다"고 말하는 순간 너무나도 부끄럽게 느껴져 나도 같이 울며 계속해서 "죄송하다"고 말씀드렸다. 그렇게 내 열일곱 번째 생일날, 엄마와 나는 서로가 10년이 넘도록 마음속으로만 되뇌던 사과를 처음으로 입 밖으로 꺼냈다.

그 후로 2년이 지났고, 가정 형편은 많이 나아졌다. 이제는 친구들에게 우리 엄마를 먼저 소개시켜 주고 사람들에게는 "가장 존경하는 사람이 엄마"라고 말한다. 생일에는 축하한다는 말을 듣는 대신 엄마께 "날 낳아주셔서 감사하다"고 말씀드린다.

가끔 시간이 있을 때마다 엄마와 함께 팔짱을 끼고 산책을 나가기도 하는데, 그렇게 엄마와 짧게라도 대화할 수 있는 시간이 정말 행복하다. 형편이 나아졌지만 생일날에는 여전히 소고기 미역국을 끓인다. 우리에겐 아직도 일 년에 네 번이나 되는 가족들의 생일 때마다 케이크를 챙기는 게 사치로 느껴진다.

내가 더 열심히 공부해서 언젠가 안정적인 직업을 가지게 된다면 가장 먼저 엄마와 함께 엄마가 항상 바라시던 유럽여행을 가고 싶다. 그리고 엄마께서 가장 좋아하는 독일에서 생신을 맞으실 때 예쁜 선물과 케이크를 사 드리고 싶다. 그 때는 생일 케이크를 앞에 두고 울면서 서로에게 사과를 하는 대신 웃으며 서로에게 고맙다고 말할 수 있었으면 좋겠다.

수상 소감

　제 충돌기를 쓸 수 있는 기회를 주셔서 정말 감사합니다. 쓰면서도 몇 번이나 울었고, '이런 개인적인 이야기를 써도 내가 과연 후회하지 않을까' 하며 몇 번을 고민했지만, 이렇게 충돌기를 쓰고 나니 홀가분해요.

　슬프기도 하지만 그 때 제가 했던 부끄러운 생각들을 다시 한 번 반성하고, 엄마께서 얼마나 절 사랑하시는지는 다시 한 번 되돌아보며 감사하게 되는 소중한 경험이었어요.

　글 속에는 적지 못했지만 어렸을 때 집이 많이 힘들었기 때문에 종종 불편한 대우를 받는 경우가 많았습니다. 그런 것들이 저한테는 정말 큰 상처가 되기도 했습니다. 그래서 그런 대우를 받지 않고 무시당하지 않기 위해 무엇이든지 남들보다 더 잘해야 한다는 강박관념 같은 게 있었고, 사람들의 시선을 받는 걸 유난히 싫어하기도 했습니다.

　아직도 전 언제나 완벽해야 한다는 생각이 들고 길거리에서 우연히 닿는 눈길도 불편할 때가 많습니다. 저와 같은 환경이나 더 심한 환경에서 자라온 아이들이 많다는 걸 알고 있고, 전부는 아니겠지만 많은 아이들이 나중에 자라서도 저보다 더 심한 트라우마를 가질 거라고 생각합니다.

하지만 사람들의 인식이나 금전적인 문제로 인해 자신들이 마땅히 받아야 할 정신적 치료를 받을 수 없을 거예요. 그래서 전 정신과 의사가 되어 그런 사람들을 전문적으로 돕고 싶다는 꿈을 가지고 있습니다. 그리고 언젠가는 '국경 없는 의사회'에 들어가 세계에 곳곳에서 힘든 삶을 살아가는 사람들을 위해 일하고 싶습니다.

초등학교 6년을 다니는 내내 도서관에서 살다시피 하다 보니 책을 정말 좋아하게 됐습니다. 책을 많이 읽으며 무언가를 알게 된다는 것의 즐거움을 자연스럽게 배웠기 때문에 제가 공부를 좋아하게 되고 열심히 노력할 수 있었다고 생각합니다.

어렸을 때는 도서관에서 책을 읽을 수 있다는 사실이 좋았지만, 한편으로는 다른 친구들과 다르게 도서관에만 박혀 있는 제가 싫을 때도 있었어요. 하지만 지금은 그 시간들이 제 또 다른 장점을 만들어 주었다는 것에 감사하고 있습니다.

언젠가부터 책을 읽는 것에만 만족하지 않고 그 내용과 느낀 점을 남겨두려 노력하다 보니 자연스럽게 독후감을 쓰게 됐고, 글을 쓰는 것도 좋아하게 됐어요. 그래서 정신과 의사가 된 후 책 몇 권을 쓰고 싶습니다. 정신과 치료에 관한 사람들의 편견을 바꿔줄 책과 고민이 있을 모두를 위한 책은 꼭 쓰고 싶어요.

항상 남을 배려하도록 노력하고 있습니다. 엄마께서 항상 다른 사람을 욕하지 말고 정직하게 살면서 남을 먼저 배려하라고 하셨거든요. 그걸 실천하려고 노력해 와서인지 지금은 정말 소중한 친구를 세 명이나 만났습니다.

정말 소중한 친구가 한 명만 있어도 행복하다고 하는데, 전 셋이나 있으니 정말 행복한 사람이라고 생각해요. 신기한 게 모두들 다른 곳에서 만나고 친해진 후 개인적인 이야기를 알게 됐는데 다들 저랑 비슷한 환경에서 자라왔더라고요. 그런데도 그렇게 착하게 자란 친구들이 지금 제 옆에 있어 줘서 정말 행복합니다.

최우수상

괜찮은 척

·

윤슬 (전라남도 담양군)

괜찮은 척

윤슬(전라남도 담양군)

"절대 안 된다."

이모의 말은 칼로 자른 것처럼 짧고 명확했다. 나는 이모를 설득하는 것이 쉽지 않을 것임을 본능적으로 직감했다. 벌써부터 머리가 지근지근 아파오는 것 같았다. 나는 잠시 머릿속으로 생각을 정리하고는, 차분하게 입을 열었다.

"왜 안 되는데요? J는 착한 애에요. 이모도 아시잖아요. 그 목소리 좋은 애."

"그래도 안 돼. 어쨌든 남자 애잖니? 남자는 일단 무조건 조심하고 봐야 해."

또, 또 그 소리다. 미간에 저절로 주름이 잡혔다. 남녀공학에 다니게 된 첫날부터, 귀가 따갑도록 들어 온 얘기였다.

"그냥 영화 보고 밥만 먹는데 무슨 걱정이세요? 그리고 저랑 J 단 둘이만 놀러가는 것도 아니에요. 다른 친구들도 함께 가기로 했어요."

"다 그런 식으로 시작해서 사귀기까지 하는 거야. 사귀게 되면 J가 너를 가만 놔두겠니? 손도 잡으려고 하고, 뽀뽀도 하고. 가까워지다 보면 더한 짓도 하려고 할 걸. 요즘 애들이 다 그러잖니."

나는 바람 빠진 풍선처럼 흐늘흐늘했다. 이모가 한숨을 푹푹 내쉬는 걸로 보아, 내 바람은 이모의 입을 통해 빠져나가고 있는 게 분명했다.

"이모가 J에 대하여 뭘 안다고 그렇게 말해요? 그리고 이모는 남자라면 질색을 하시면서, 왜 나랑 이모부랑 손잡는 건 뭐라 안 해요?" 생각보다 큰 내 목소리에, 나도 조금은 놀랐다. 그렇다고 소리를 낮추고 싶지는 않았다. 화가 나셨는지, 이모의 얼굴이 붉게 달아올랐다. 이모는 마음을 추스르시고는, 조곤조곤히 내 질문에 답하셨다.

"그거야 이모부는 너를 사랑하시고 아끼시니까 믿을 수 있는 거고. 남자 애들은 어떤 나쁜 생각을 할지 모르잖니."

"하지만 이모부가 내 가슴 만졌단 말이야!"

꾹 잡아 누르고 있던 고함이, 순식간에 입 밖으로 터져 나왔다. 이모의 눈동자가 지진이 난 것처럼 요란하게 흔들렸다. 나는 황급히 내 입을 막았지만, 그런다고 이미 뱉은 말을 다시 주워 담을 수는 없었다. 눈물로 시야가 뿌예졌다. 나는 옷소매로 눈물을 찍어내었다. 왜 갑자기 울음이 나오는지, 또 대체 내가 무슨 생각으로 이런 말을 했는지… 하나도 알 수 없었다.

"슬아, 그게 무슨 말이야? 이모부가 널? 대체 언제?"

이모가 내 어깨를 잡고 마구 흔들었다. 말끝에 진득하게 울음이 묻어났다.

"중학교… 1학년 때."

"이모부가 너한테 정확히 어떻게 했는데? 왜 그랬는데?"

이모는 귀가 아플 정도로 크게 소리를 질렀다.

"몰라요. 기억 안나요. 모른다고요."

나는 모른다는 말만 반복하며 고개만 저어댔다. 이모가 우는 걸 보자 겁이 났다. 나 먼저 울음을 그쳐야 할 것 같았다. 나는 입술을 씹으며 꾸역꾸역 눈물을 삼켰다.

이모가 자리를 박차고 일어섰다. 쿵쿵 소리를 내며, 이모부가 계신 방으로 걸어 들어갔다. 쾅. 문이 요란하게 닫히는 소리가 났다. 나는 구석진 곳으로 가 쪼그리고 앉았다. 하면 안 될 말을 해버린 것 같았다. 나는 심장 부근에 가만히 손을 올려다 놓았다. 심장이 정신없이 쿵쾅대었다.

"내가 당신을 얼마나 믿었는데, 어떻게 애한테 그런 짓을!"

이모의 목소리가 뚜렷하게 들려왔다. 길고 서글픈 울음이 이어졌다. 이모부가 뭐라고 변명을 하는 듯했지만, 이모의 우는 소리에 묻혀 잘 들리지 않았다. 그것은 울음보단 비명에 가까운 소리였다.

나는 문득 이모가 심장이 아프시다는 사실을 기억해냈다. 이러다가 이모가 쓰러지시면 어떡하지? 괜히 말했구나, 뒤늦은 후회가 밀려왔다. 그냥 침묵할 걸 그랬나. 3년 동안 얌전히 묻어두었던 일을, 뭐 하러 지금 다시 꺼냈을까.

화목했던 가정이 나 때문에 무너져 내릴 것 같아 두려웠다. 바쁘신 부모님을 대신하여, 나를 초등학교 때부터 키워주신 이모였다. 그런 이모가 나 때문에 서럽게 울고 있었다. 나는 죄송한 마음에 어쩔 줄을 몰랐다.

얼마나 시간이 지났을까. 이모가 다시 내가 있는 방으로 돌아오셨다. 이모의 얼굴은 온통 눈물로 얼룩져 있었다. 나는 구겨진 얼굴을 힘겹게 폈다. 많이 힘들지는 않은 것처럼 보이기 위해서였다. 내가 힘든 만큼 이모도 힘들 거란 걸 알고 있었다. 이모가 너무 많이 힘들면, 몸이 그것을 견디지 못하고 망가진다는 것 또한 모르지 않았다. 이모가 병원에 실려 가는 사태를 막기 위해, 나는 괜찮아야만 했다.

"슬아, 이모부가 실수로 그랬대. 딱 한 번 실수였대. 미안해, 정말 미안해."

이모는 제대로 말을 맺지 못하셨다. 이모부 대신 왜 이모가 미안하다고 하실까? 나는 조심스럽게 손을 뻗었다. 가늘게 떨고 있는 이모의 어깨를 다독였다. 그리고는 말했다. 괜찮다고. 난 괜찮으니까, 걱정하지 말라고.

거짓말이었다. 괜찮지 않았다. 아까부터 울리는 심장이 아팠고, 온 몸이 녹아내릴 것처럼 피곤했다. '딱 한 번 실수'라는 말이 자꾸만 머릿속에서 맴돌았다. 이모에게는 잘 기억나지 않는다고 말했지만, 사실 나는 다 기억하고 있었다.

딱 한 번이 아니었다. 열 번, 스무 번, 어쩌면 오십 번을 훌쩍 넘었을지도 모른다. 그러므로 실수도 아니었다. 실수라면 그렇게 자주 반복될 수 없었다. 하지만 실수라는 걸 받아들여야 한다. 더 상황이 심각해지기 전에, 여기에서 끝내야 한다. 나를 둘러싼 세상이 전부 부서져 버리기 전에.

"저 피곤해요. 이제 잘게요."

이모가 입을 열어 뭐라고 더 말씀하시기 전에, 내가 먼저 말을 꺼냈다. 나는 침실로 가서, 침대 위로 누웠다. 지쳐 있었지만 잠은 오지 않았다. 디지털시계의 붉은 빛만이 어둠 속에 선명했다. 그 동안 억누르고 있었던 눈물이 왈칵 터져 나왔다. 나는 누가 들을까 봐 이불로 입을 틀어막았다.

희미해졌던 과거의 기억이 다시 수면 위로 떠올랐다. 중학교 1학년, 겁 많고 바보 같았던 그 때의 내가 생각났다. 중학교 때의 내가, 책상에 앉아 공부를 한다. 문이 열린다. 이모부가 들어온다.

"공부하느라 피곤하지? 안마해 줄까??"

웃으며, 내게 이렇게 묻는다. 나는 "해주세요"라고 대답한다. 그러면서, 이모부를 따라 싱긋 눈을 접는다. 이모부의 안마는 언제 받아도 시원하다.

그런데 그날의 안마는, 평소와는 다르다. 어깨를 두드리던 손이 슬금슬금 옷 밑으로 들어온다. 당황한 나는, 어떻게 반응해야 할지 모른다. 소리 없이 입술만 오물거릴 뿐, 결국엔 어떤 말도 하지 못한다. 이모부의 손은 곧 나에게서 떨어진다. 떼어지지 않는 입술을 움직여, 나는 말한다. "안마, 감사합니다"라고.

중학교 때의 내가, 침대에 누워 쉬고 있다. 끼익, 문소리가 난다. 이모부가 살금살금 걸어와 내 곁에 눕는다. 나는 옆으로 누워, 이모부에게로 등을 돌린다. 불안한 예감이 작은 마음을 갉아먹는다.

"안마해 줄까?"

이모부가 묻는다. 그 목소리가 참 다정하게 느껴진다. 나는 잠시 고민하다가, "해주세요."라고 전과 똑같이 답한다. 이모부가 내 등을 꾹꾹 누른다. 하루의 피로가 싹 풀리는 기분이다. 그런데, 또 손이 옷 속으로 들어온다. 내 몸은 돌처럼 딱딱하게 굳는다.

그만하라는 말이 목구멍에 엉켜 붙는다. 나는 침과 함께 그 말을 되삼킨다. 어차피 끝날 일이니까, 조금만 참으면 될 거라고 생각했다. 이번에는 그 행동을 하는 시간이 전보다 조금 긴 것 같기도 하다. 안마가 끝난다. 나는 "고맙습니다."라고 말한다. 꼭, 전에처럼.

이모부는 그 뒤로도 내게 자주 안마를 해주셨다. 이모부는 꼭 내게 동의를 구하셨고, 나는 그 때마다 "해주세요."라고 말했다. 나는 "하지 마세요."라고 말하는 법을 몰랐다. 내가 이모부의 성의를 거절하면, 이모부가 나를 싫어하게 될까 봐 불안했다. 어느 날 또 이모부가 안마를 해주셨을 때, 나는 작게 몸을 움츠렸다.

"안마가 싫으니?"

이모부가 따스하게 물으셨다. 나는 애꿎은 손톱만 잘근잘근 깨물었다. 어떻게 대답해야 제일 좋을까? 나는 한참동안 고민하다가, 마침내 사실대로 말하기로 결심했다.

"네. 싫어요."

그 간단한 말을 하는 데에는 많은 용기가 필요했다. 이모부는 "알겠다."고 말하며, 내 머리를 가볍게 쓰다듬어 주셨다. 그 뒤로 이모부는 내게 안마를 해주시지 않았다. 나는 참 다행이라고 생각했다. 그렇게 그 일은 마무리된 것 같았다. 이모부도, 나도, 다시는 그 얘기를 꺼내지 않았다.

기억은 시간이 지남에 따라 빛바래고 잊혀졌다. 아니, 잊혀야만 했다. 그런데 그러지 않았다. 오히려 예리한 상처가 되어 마음 한 편에 남았다. 상처는 사라지지 않았다. 붕대로 칭칭 감고 있어 몰랐을 뿐이었다.

나는 3년 전의 일을 생각하다가 잠에 들었다. 잠을 잘 때만큼이라도 편해지고 싶었는데, 좋지 않은 꿈이 나를 덮쳤다. 꿈속에서, 이모가 구급차에 실려 가셨다. 내 얘기를 듣고 너무 큰 충격을 받으신 것이 그 이유였다. 내가 멍하게 구급차를 바라보고 있는데, 갑자기 여동생이 뛰쳐나왔다.

"언니 때문이야! 언니가 입만 다물고 있었어도, 이모가 아프진 않았을 거야!"

동생은 악을 지르며 내 목을 졸랐다. 현실보다 생생하게 숨이 막혔다.

"어서 가서, 이모부에게 사과해!"

동생의 목소리가 고막을 거칠게 긁어 내렸다. 동생이 나에게서 손을 놓자마자, 나는 부리나케 이모부에게로 달려갔다. 미안하다고 말하기 위해서였다. 무엇을 잘못했는지는, 아무리 고민해도 알 수 없었지만 말이다.

헉. 나는 짧은 숨을 들이쉬며 꿈에서 깼다. 온몸이 땀으로 축축이 젖어 있었다. 아침 일곱 시. 일어나서 학교 갈 준비를 해야 할 시간이었다.

나는 화장실로 가 머리를 감았다. 드라이기로 머리를 꼼꼼히 말리고는, 밥을 먹으러 주방으로 나왔다. 이모부가 먼저 앉아 식사를 하시고 계셨다.

"안녕히 주무셨어요?"

나는 평소와 다름없는 어조로 이모부께 인사를 했다. 늘 내가 앉던 자리인, 이모부 옆자리에 앉았다. 식탁 위에는 계란 프라이와 고추장, 그리고 다른 반찬들이 있었다. 나는 밥에다가 온갖 반찬들을 넣은 후, 참기름을 치고 싹싹 비볐다. 뱃속이 파도가 일렁이는 것처럼 울렁댔지만, 내색하지 않았다. 또 누군가에게 걱정을 끼쳐주기는 싫었기 때문이었다. 이왕 괜찮은 척 연기를 시작한 김에, 끝까지 해야 할 것 같았다.

나는 밥알 한 톨도 남기지 않고 밥그릇을 깨끗이 비웠다. 다시 화장실로 들어가 이를 닦고, 방으로 들어가 교복을 입었다. 나는 "다녀오겠습니다."라고 씩씩하게 외치며 문 밖을 나섰다. 땅에 질질 끌리는 그림자가 오늘따라 무거웠다.

아침 자습 시간부터 배가 계속해서 부글거렸다. 화장실을 몇 번이나 들락날락거렸지만 아픔은 더 심해지기만 했다. 억지로 밥을 밀어 넣어서 그런 것 같기도 했다.

"많이 아파?"

친구가 걱정스러운 눈길을 보냈다. 나는 희미하게 입술을 올리며 "괜찮아."라고 말했다. 마치 그 말밖에 할 줄 모르는 로봇 같았다.

그래, 나는 침묵을 깼다. 3년 동안 구석진 곳으로 치워 놨던 사건을 다시 꺼냈다. 그런데 과연 뭐가 달라졌을까? 달라진 건 없었다. 그렇고 그런 하루들만이 똑같이 반복되었다. 나는 학교에서 수업을 듣는다. 맛있게 급식을 먹고, 야자를 한다. 집에 도착해서는 이모와 이모부께 학교 다녀왔다고 인사를 한다.

혼자서 밤늦게까지 뒤척이다가 결국엔 잠에 들고, 가끔씩 별로 좋지 않은 꿈도 꾼다. 이 평범한 일상이 깨지는 꿈이다. 꿈속에서는 이모가 병원으로 실려 가기도 하고, 이모와 이모부가 이혼하기도 한다. 새벽이든 아침이든, 꿈에서 깨면 난 늘 이런 생각을 한다. 과연 이 사건이 말할 가치가 있는 것이었을까? 말하기 전이나 후나 바뀐 것은 없는데.

내가 이모께 이 일을 말씀드린 지 어느덧 일주일이 지났다. 나는 내 방 책상에 앉아, 끙끙대며 수학 문제를 풀고 있었다. 똑똑, 노크 소리가 들리더니 곧 문이 열렸다. 이모부였다. 이모부는 안으로 조용히 걸음을 내딛었다. 3년 전, 이 방에서 일어났던 일이 머릿속에 떠올랐다. 나는 고개를 세차게 저어, 그 생각을 겨우 털어냈다.

"미안하다. 그 일이 너에게 이렇게 큰 상처가 될지 몰랐다."

이모부의 말은 꼭 생선 토막 같았다. 미안하다는 말만 들었을 땐 괜찮게 느껴졌지만, 왠지 모르게 비릿한 냄새가 났다. 생각 없이 덥석 집어삼키기엔, 그 안의 잔가시가 너무 많았다. '큰 상처가 될지 몰랐다'는 건 무슨 뜻일까. 원래 상처가 안 될 만한 일인데, 내가 바보 같이 혼자 상처를 입어 버렸다는 말인 것 같았다.

어쨌거나, 나는 괜찮은 척을 해야 했다. 이모부가 사과를 건네셨으니,

나는 괜찮다고 대답하며 작게나마 웃어야 했다. 그러나 나는 아무 말도 할 수 없었다. 혀가 뻣뻣하게 굳어 움직이지 않았다. 그제야 알았다. 나는 전혀, 괜찮지 않다는 것을.

"어서 내 방에서 나가 주세요. 어서!"

정말로 내가 하고 싶었던 말을 했다. 한 자 한 자 내뱉을 때마다 핏줄이 뚝뚝 끊어지는 것 같았다. 이모부가 놀란 토끼 눈을 하고 나를 보셨다. 나는 그 시선을 피하지 않았다.

이모부는 잠시 흠칫하시더니, 곧 방에서 나가셨다. 이모부의 쓸쓸한 뒷모습이 눈에 선명히 다가와 박혔다. 알 수 없는 자괴감이 몰려왔다. 괜찮다고 할 걸 그랬나. 나는 내 스스로에게 물었다. 답은 돌아오지 않았다.

나는 연필을 입에 물고, 풀리지 않는 수학문제와 씨름했다. 수학보다 훨씬 더 중요한 문제가 내 앞에 있다는 걸 알았지만, 그 문제를 똑바로 마주할 용기가 내겐 없었다. 덜컥. 문고리 돌아가는 소리가 났다. 이번에 들어온 것은 이모였다.

"저, 슬아. 이모부의 사과를 받아줘야 되지 않을까? 딱 한 번 실수였는데."

이모가 조심스럽게 말씀하셨다. 그 순간, 마음 깊은 곳에 쌓아둔 모든 분노며 슬픔들이 한꺼번에 터졌다.

"딱 한 번 실수라고 누가 그래요? 손가락으로 꼽을 수도 없을 만큼 많았는데!"

눈물이 뺨을 타고 밑으로 흘러내렸다. 이번에는 눈물을 닦아내지 않았다. 그냥 마음껏 흐르도록 놔두었다.

"이 일이 다 내 잘못인가요? 그래서 괜찮지도 않으면서 괜찮은 척해야 하나요?"

나는 목이 잠기도록 소리를 질렀다. 숨겨두었던 내 마음의 상처들을 모조리 열자, 고름과 진물이 누렇게 터져 나왔다.

"아니야, 슬아. 네 잘못이 아니야. 이모가 거기까진 미처 몰랐었어. 미안하구나."

이모가 작게 흐느꼈다. 하얗게 질린 입술이 달싹대며 미안하다는 말을 반복했다. 이모는 두 팔을 벌려 나를 안았다. 나는 이모에게 안겨 하염없이 울었다. 네 잘못이 아니라는 말이 따스한 숨결이 되어 귓가를 맴돌았다.

그리고 드디어, 무엇인가가 바뀌었다.

이모부가 내게 와서, 정말로 미안하다고 했다. 네가 받은 상처가 얼마나 큰지 드디어 느꼈다는 말과 함께. 사과에 진심이 느껴졌지만, 나는 괜찮다고 말하지 않았다. 아직은 괜찮지 않기 때문이었다.

아침이 되었다. 이모부가 먼저 식탁에 앉아 계셨다. 왠지 모르게 속이 불편했다. 밥을 먹고 싶지 않았고, 그래서 밥을 먹지 않았다. 학교 가기 전, 원래는 이모부께 "다녀오겠습니다."라는 인사를 해야 했다. 그러나 인사를 하기에는, 아직은 상처가 너무나 컸다. 내가 정말로 괜찮아지기까지는, 이모부와 멀리 떨어져 있고 싶었다. 그래서 나는 그냥 곧바로 학교로 향했다.

상처는 쌓인다. 말하지 않으면 그 안에서 곪고, 썩어 버린다. 나는 지금 아프다. 상처가 따가운 햇살에 그대로 노출되었다. 햇살은 부드럽게 상처를 어루만져 주기도, 뜨겁게 소독하기도 한다. 아프고 눈물도 나지만, 그래도 낫는 과정이니까 싫지는 않다. 물론 완전히 나을 수는 없다. 분명 흉터는 남을 거니까. 그러나 어찌되었든, 침묵하고 있던 그 때보다는 나아질 수 있을 것이다.

아직은 괜찮지 않아. 하지만 언젠가는 괜찮아질 거야.

나는 내 스스로의 상처에 대고 나지막하게 속삭였다.

수상 소감

저는 00고등학교 1학년에 재학 중인 학생입니다.

글 쓰는 걸 좋아하고, 소설가와 의사가 되는 게 꿈입니다. 저는 사실 충돌기를 쓸까 말까 많이 망설였습니다. 내 부끄러운 상처들을 충돌기로 쓰는 것은 저에게는 힘든 일이었으니까요. 하지만 이 충돌기를 쓰면서 저는 제 상처들을 다시 되짚어보고, 치료할 수 있는 시간을 가질 수 있었습니다.

충돌기에 나왔듯이 저는 이모와 이모부와 함께 살고 있습니다. 그렇다고 엄마 아빠가 저를 사랑하지 않으시는 것은 아닙니다. 이모도, 엄마도, 아빠도 저를 모두 사랑하십니다. 다만 집안 사정상 부모님과 떨어져 살아야 할 뿐입니다. 저는 저를 사랑해 주시는 분들이 이렇게 많다는 것에 행복합니다.

저는 제 감정을 남에게 잘 드러내는 편은 아닙니다. 내가 힘들다고 해서 그 힘듦을 표현하면, 남들도 같이 힘들어진다고 생각하기 때문이었습니다. 하지만 지금 다시 생각해 보면, 그 생각은 옳지만은 않은 것 같습니다. 슬픔과 아픔도 필요할 때에는 남들에게 털어놓아야 합니다. 나 혼자서 꼭꼭 숨겨 놓고 있으면 해결책은 나오지 않을 테니까요.

2016년에는 좋아하는 작가님들이 새로 생겼습니다. 『외딴 방』과 『엄마를 부탁해』 등의 소설을 쓰신 신경숙 작가님과 「푸른 밤」·「흐린 날에는」 등의 시를 쓰신 나희덕 시인님, 그리고 저희 국어 선생님을 존경합니다. 저는 그 분들처럼 솔직한 작가가 되고 싶습니다. 자신이 아파했던 경험을 바탕으로, 남들의 슬픔을 공감하고 위로해 주고 싶습니다.

그리고 소설도 수필처럼 꾸밈없이 쓰고 싶습니다. 정말 제가 표현하고 싶어 했던, 그러나 용기가 없어 묻어 두었던 것들을 제 소설 속에 녹여보고 싶습니다.

학교생활. 친구들과의 사이는 괜찮은 편입니다. 친구의 부탁을 잘 들어주는 편이어서 그런 것 같습니다. 제가 친구의 말을 안 들어주면, 그 친구가 저를 싫어할 것 같다는 생각을 늘 가지고 삽니다. 하지만 이 충돌기를 쓰면서 생각해보니, 아닌 것은 확실히 아니라고 말해야 될 것 같습니다.

2015년 가을,

저는 바쁜 엄마 아빠 대신 이모와 이모부와 함께 살고 있습니다. 겉으로 보기에는 아무 문제없는 화목한 가정이지만, 사실 제게는 꼭꼭 숨겨 온 상처가 있습니다. 글로 쓰기도 힘든 일이지만, 그래도 용기를 내어 적어 보겠습니다.

그것은 바로 3년 전(2015년 기준, 올해로 본다면 4년 전), 이모부가 제 가슴을 만지는 등의 성희롱을 자주 했다는 것입니다. 나는 중학교 1학년 때에 일어났던 그 일을 아무에게도 말하지 않았습니다.

그러나 3년 후 지금, 저는 우연히 그 때의 일을 이모께 말씀드리게 되었습니다. 이모는 화가 나고 배신감이 들어, 이모부와 심하게 말다툼을 하셨습니다. 저는 우리 가정의 화목함이 나 때문에 깨져 버릴 것만 같아 두려웠습니다. 모든 게 내 잘못 같다는 죄책감 또한 들었습니다. 그래서 일부러 아무렇지 않은 척, 괜찮은 척하려고 노력했습니다. 나만 괜찮으면 우리 가족 모두가 괜찮을 거라는 생각 때문이었습니다.

하지만 저는 전혀 괜찮지 않았습니다. 3년 전 받은 마음의 상처는 지금도 계속 곪아가고 있었습니다. 저는 결국 상처는 드러내야만 나을 수 있다는 것을 깨닫고, 더 이상 괜찮은 척을 하지 않겠다는 다짐을 하게 되었습니다. 그 사건이 제 잘못이 아니었다는 것 또한 알게 되었습니다.

이 이야기를 이 공모전에 낸 것은, 상을 타고 싶은 마음 때문이 아닙니다. 제가 상처를 극복한 과정을 다른 학생들과 같이 나누고 싶습니다. 그래서 혹시라도 저와 같은 아픔을 겪은 학생이 있다면, 이 글을 읽고 조금이나마 희망과 용기를 얻었으면 좋겠습니다. 절대 너의 잘못이 아니라고, 그러니까 힘내라고 말해주고 싶습니다.

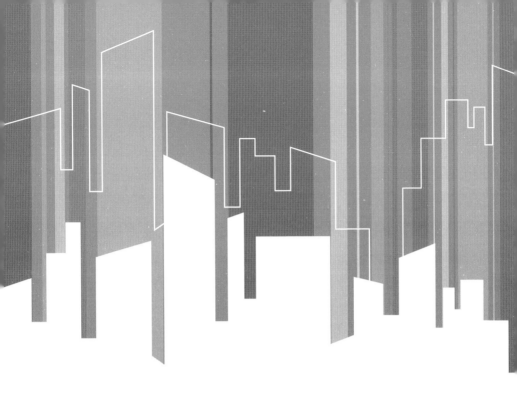

우수상

그래도 살 만하다

·

이하나 (경기도 양평군)

그래도 살 만하다

이하나(경기도 양평군)

　태어나는 것부터 순탄치 못한 나에게 때때로 닥쳐오는 시련, 고통, 슬픔과 마치 바람이 불어오는 듯 맞아주는 행복, 기쁨, 사랑이 담겨 있는 가족, 친구, 사회 그리고 학교와의 다양한 충돌과 해결 과정 그리고 현재의 내 모습….

　나는 1998년 2월 23일 제주도에서 겁 많은 미혼모인 엄마의 무서움을 뚫고 태어났다. 엄마는 날 혼자 진통하고 혼자 병원을 가서 홀로 나를 낳았다고 한다. 나중에야 알았다. 저 사실이 얼마나 고독하고 쓸쓸하며 고통스러웠을는지.

　나는 그렇게 태어났다. 가장 축복받아야 할 날에 서럽게 우는 엄마에게서 맑게 웃으며 나는 태어났다. 그래도 나는 뱃속에서부터 엄마에게 힘이 되어 주고 싶었나 보다. 엄마의 말에 의하면 나는 진통시간을 오래 끌지 않고 4번 만에 쑥 하고 나왔더란다. 그 사실이 나를 기쁘게도, 슬프게도 했다.

　내 어린 시절을 한마디로 정의하자면 '서럽게 우는 애늙은이' 정도라고 말할 수 있겠다. 내 기억 속의 어릴 적은 많이 울었고, 그 나이에 맞지 않는 언어를 구사하며 칭찬받기 위한 약은 짓도 서슴지 않았기 때문이다. 그때 우리 엄마는 나에게 존경의 대상이었고, 불쌍한 존재였으며, 내가 도와야 하는 사람이었다. 엄마는 자활이라는 생활이 어려운 사람들을 위해 직업을 주는 센터에서 일했는데 '열린 화장실'이라는 공중화장실 청소를 했다. 7일 내내 아침과 저녁 두 번씩 365일 쉬는 날 없이 꼬박 3년을 했다.

그것도 모자라 밤부터 새벽까지 폐지를 주워 고물상에 파는 일을 했다. 어린 나는 새벽에 날 두고 나가는 엄마가 싫었고, 혼자 있는 것을 죽기보다 싫어했다. 그래서 새벽에 날 두고 나가는 엄마의 차 소리가 들리면 깨서 차를 쫓아가기도 했었다. 팬티 바람으로 말이다.

그래서 결국 차를 타면 나는 엄마가 화장실 청소를 하는 동안 그 좁은 '다마스'라는 차 안에서 쪼그려 잠을 잤다. 나중에야 엄마는 어린 내가 집에서 편히 자는 게 아닌 락스 냄새와 온갖 세제 냄새가 나는 좁고 지저분한 차 안에서 쪼그려 자는 것을 보는 게 힘들었다고 말하셨다.

그런데 엄마가 모르는 사실이 하나 있다. 나는 그냥 엄마의 곁이 좋았던 것이다. 혼자서 자는 집안이 아닌 좁고 냄새나는 차 안에서 쪼그려 잘지라도 그게 엄마의 곁이니까, 팬티 바람으로 차를 쫓아가도 창피하지 않을 만큼 나는 엄마와 떨어지는 것을 싫어했다. 또 밤부터 새벽까지 엄마가 폐지를 주울 때 나도 옆에서 같이 줍고 돕다가 결국 차에서 또 자는 등 한시도 떨어져 있지 않으려고 무척 애쓴 거 같다.

그 어린 나이에 왜 그렇게까지 간절히 행동했을까. 답은 엄마가 죽을까봐 혹은 날 버리고 가버릴까 싶어서였다. 엄마는 생활력이 무척 강한 사람이다. 겉으로는 여린 구석 하나 없이 독하게 보이게 행동한다. 엄마는 그게 나와 함께 살아나가는 방법이라고 생각하는 사람이었다.

그런 엄마가 유일하게 스트레스를 해소하는 것은 술이었다고 나는 생각한다. 엄마는 술을 하지 못한다. 술만 마시면 화가 나고, 슬퍼 무언가를 부수고 던지고 떠들썩하게 대성통곡을 한다. 어린 나는 매번 반복되는 그 상황이 싫었고 무서웠으며 두려웠다. 오늘은 뭐가 부서질까, 옆집에서 소리를 들으면 어쩌지, 엄마는 왜 저러는 걸까, 언제 다 치우고 자지, 엄마가 얼른 잤으면 좋겠다 등등 엄마가 술 먹은 날이면 하늘에 계신 하나님 부처님 세상에 모든 신들에게 빌었다. 제발 엄마가 술을 안 먹게 해달라고, 잠들게 해달라고 울며불며 빌었다.

내가 얼마나 서럽게 울었는지 다음날 어느 여자 한 분이 집에 찾아오셨다. 아동학대 신고를 받고 왔다면서. 나는 그런 사실이 없다고 했지만 그 분은 끝까지 나와 엄마를 상담하고서야 돌아가셨다. 내 기억으로는 아마 그때 날 힘들게 하는 게 뭐냐는 그 분의 질문에 엄마가 술 먹는 게 너무 힘들다고 대답했던 것 같다. 엄마는 술 먹는 거 빼고는 나에게 사랑을 아낌없이 퍼붓고, 여느 엄마와 같이 자식을 예뻐했지만 그 술을 끊지 못했다.

그래서 나는 어릴 적 기억을 되짚을 때는 항상 엄마가 술을 먹고 무언가가 깨지고 엉망진창이며 내가 서럽게 우는 기억들을 마주한다. 그렇다고 엄마가 알코올중독자였던 것은 아니다. 단지 엄마는 세상의 각박함과 힘듦, 날 혼자 키워야 하는 무게들을 술을 통해 잠시나마 덜어냈을 뿐이다.

나는 그 사실을 아주 어렸을 때부터 알게 되었다. 엄마가 술을 마시면 항상 나에게 이야기를 늘어놓았기 때문이다. 내 친아빠는 누구고, 어떤 인간이고, 너는 엄마를 돕기 위해 이 세상에 태어났으며 등등 힘들었던 일들과 속상한 일들을 나에게 다 털어놓으셨다. 보통 술 먹을 때마다 달라지는 내용은 별로 없었다. 매번 같은 얘기를 했기 때문에 이제는 암기했을 정도이니까 말이다.

가장 충격적이었던 말은 내 친아빠가 나를 성폭행했다는 사실이다. 어려서 들은 말이고, 기억도 안 났기 때문에 그 때는 '아, 그렇구나' 하는 반응이었던 것 같다. 사실 난 그때 그 말을 듣고서 처음 생각한 것은 '엄마가 또 울었겠구나'였다. 어렸을 때부터 나는 참 엄마를 많이 걱정한 것 같다는 생각이 든다.

이렇게만 보니 내 어린 시절이 전부 우울해 보이지만 사실 그렇지는 않다. 날 무척 사랑하는 엄마는 내가 밤에 잠을 못 잘 때면 차를 몰아 종종 폭포로 데려가고는 했다. 그때 엄마와 손잡고 걸은 그 길들이 나는 아직도 문득 떠오르고는 한다. 또 엄마와 할아버지와 함께 낚시를 간 것과 엄마가 큰맘 먹고 사준 인형 세트와 구두에 즐거워했던 기억들도 자리 잡고 있다.

엄마와 제주도에서 나와 여주라는 곳으로 와 내가 초등학교에 들어왔을 때는 새 아빠가 생겼었다. 그 아빠는 나에게 무척이나 다정했고 상냥했다. 나는 그동안 엄마에게서 아빠란 존재에 대해 들으며 아빠는 엄마에게 힘든 존재이고 나에게 필요 없는 존재라고 각인되어 있었다. 이 새 아빠는 그런 나에게 낯설었지만 처음 느껴보는 아빠라는 포근함에 잔뜩 빠지게 만들었다.

그 후 나름대로 자리를 잡고 셋이서 살림을 꾸려나갔는데, 엄마와 새 아빠가 다투는 횟수가 점차 늘어갔고 엄마는 다시 술을 먹었다. 처음에는 새 아빠가 나를 안심시키고 방으로 보낸 다음 엉망진창이 된 집을 다 치우고 엄마의 울음과 화를 감당했다. 나는 그 모습을 보고 아마 더 새 아빠를 의지하지 않았나 싶다.

그동안 엄마가 술을 먹으면 언제나 그 뒷감당은 나의 몫이었고 내가 해결해야 하는 일이었기 때문이다. 새 아빠가 있으니까 내가 더이상 울면서 빌지 않아도 되었고 슬픔 끝자락으로 떨어지는 일이 없을 거라 굳게 믿었던 것 같다.

그러던 새 아빠가 일자리를 찾는다며 외출하는 기한이 자주 길어졌다. 그렇게 새 아빠가 외출한 날이면 엄마는 술을 먹었고, 이미 새 아빠에게 의존성이 높아진 나는 더 감당하기 힘들었고 점점 엄마가 싫어졌다. 그러다가 새 아빠가 또 외출한다고 나갈 때 엄마에게 나도 따라가겠다고 그랬다. 엄마는 어이가 없어 하는 것도 같았고 화가 난 것도 같았다. 그리곤 나에게 "너도 갈 테면 가라, 대신 엄마 얼굴 볼 생각 하지 마라"고 했다.

나는 그 말을 듣고도 새 아빠를 따라갔다. 후에 결국 가지 못하고 집에 다시 돌아왔지만 엄마에게 나가라는 소리를 들었다. "날 버린 딸은 필요 없다"고 말이다. 그때의 나는 엄마에게 화가 나 있었으면서도 엄마가 두려웠다. 엄마를 버린 것이 아니라 엄마가 술을 먹는 것이 무서웠고, 그것을 새 아빠 없이 내가 전부 감당해야 하는 사실이 두려웠다. 그런데 엄마는 내 마음을 몰라주고 버렸다고만 해서 화가 났고, 나한테 화를 내는 엄마가 또 술을 마시면 어쩌나 두려웠다.

그런데 나는 이 사건으로 인해 엄마에게 씻을 수 없는 죄를 지었다고 생각한다. 아직도 엄마가 쓸쓸한 얼굴로 "너도 갈 테면 가라"고 한 말이, 또 그 말에 냉큼 간 내가 지워지지 않는 채로 남아 있다. 이런저런 일이 있고 난 후 결국 새 아빠는 내가 학교에 간 사이에 엄마에게 장기 외출을 다녀온다며 옷가지를 추려서 떠났다.

학교에서 돌아온 나는 떠났다는 엄마의 말을 듣고 방으로 가 울음소리가 들리지 않도록 숨죽여 울었다. 아마 그때 나는 어렴풋이 생각하고 있었을 것이다. 새 아빠는 어쩌면 돌아오지 않을 거라고 말이다. 정말 안 돌아왔지만 말이다.

새 아빠가 떠난 후에 나는 엄마에게 더욱 잘하려고 노력했다. 날 홀로 힘들게 낳고 키워준 엄마를 고작 3년 같이 산 새 아빠 때문에 버렸다는 그 죄책감이 나를 계속해서 짓눌렀고, 또 다시 혼자가 된 엄마가 불쌍했으며 어떻게든 엄마를 웃게 만들고 싶었기 때문이다. 이때 내 나이 10살, 초등학교 3학년이었다.

나의 가정사로 인해 이미 나는 초등학교에서부터 내 나이에 맞지 않는 생각들과 말을 하기로 유명했고, 이것들이 딱히 나쁜 일을 초래하지는 않았다. 오히려 좋은 평가를 받았다. 이미 많은 일을 겪어 생각이 깊었기 때문인지 나는 유독 어른들에게 좋은 말을 많이 들었다. 학교에서는 반장과 선생님의 총애를 도맡았고 밖에서는 이웃 어른들에게 칭찬을 많이 들었다.

친구들 사이에서도 중재자 역할을 하고 힘들어하는 친구에게는 같이 얘기를 하며 상담해 주고, 내가 할 수 있는 조언과 도움을 주는 등의 활동을 주로 해서 인기가 좋았다. 또한 내가 힘들어 할 때 나에게 은사님이라고 여겨질 만큼 나의 아픔을 감싸주시고 위로해 주시며 엄마와도 연락을 해주시던 선생님이 계셨는데, 그 분이 언젠가 나에게 "잘 커줘서 고맙다"라고 하신 적이 있다.

나는 그 말이 내가 힘들었던 모든 것들과 내 슬픔·아픔들을 겉치레식으로 포장하지 않고 진실로 위로받았다는 느낌을 받아 더욱 바르고 착한 아이로 크려고 노력한 것 같다. 나에게는 그 말 한마디가 삐뚤어지지 않고 올바른 길로 나아가게 된 주춧돌 같은 역할이었다.

그렇게 집과 학교생활이 안정될 때 즈음에 엄마가 다니던 직장에서 만난 언니라며 어떤 아줌마와 친하게 지냈고, 친밀한 관계가 되어서 절에도 같이 다니는 등 왕래를 했다. 그러다 엄마가 그때 살고 있던 집의 집주인과 통화하는 내용을 들었다. 월세가 많이 밀려 있고, 이미 보증금은 다 쓴 상태이며, 이번 달 월세는 어떻게 할 것인지에 관한 통화였고, 통화를 끝내고 나서는 한숨을 쉬며 힘들어 하셨다. 덩달아 나도 어떡하나 걱정을 했다.

엄마가 다니는 직장의 월급이 많은 것도 아니었고, 고된 노동이 필요했던 일이라 나는 엄마와 길거리에 나 앉아야 하나. 이제 우리 모녀는 어떻게 살아야 하는 건지, 왜 하늘은 이런 시련을 나와 엄마에게만 주시는 건지, 신이라는 불특정 대상에게 표출하지 못하는 나의 분노와 원망을 쏟아 부었다. 그때는 정말 밥도 못 먹고 매 끼니를 라면으로 때우던 때라 나는 영양실조에 걸렸었고 엄마도 몸이 아팠다.

이런 최악의 상황에서 엄마의 동료인 아줌마가 같이 다니던 가까운 절에 공양주 자리가 비었다며, 딸과 둘이 들어가 살기에는 나쁘지 않을 거라고 소개시켜 주었다. 나는 엄마에게 생각할 것도 없이 냉큼 들어가자고 설득했다. 엄마가 그래도 그 집에서 사는 게 낫지 않겠냐고 나에게 말했지만 나는 그때 다른 생각할 겨를이 없었다. 언제 쫓겨날지도 모르는 집도 싫었고 라면으로 매 끼니를 때우는 것은 더더욱 싫었기 때문에 엄마에게 무조건 우기고 졸라서 결국 이사를 갔다.

그때 그 아줌마와 아줌마가 소개시켜준 다른 아저씨가 우리의 짐을 옮겨주고 도와주셨다. 절로 이사를 오고 나서 나는 좁은 방이었지만 매일 밥을 먹는다는 것과 다른 많은 사람들과 함께 살아가는 것이 좋았다. 매일 아침 공양을 하기 전 절 소유인 자전거를 허락 맡고 동네 한 바퀴씩 타는 것도 좋았고 엄마가 더 이상 술을 먹지 않는 것도 좋았다. 또 엄마가 밥을 먹으니 힘이 난다고 말하는 것도 좋았으며 학교 다녀와서는 엄마 일을 내가 도와줄 수 있는 것도 좋았다.

엄마의 웃음이 늘어나는 것과 비례해 나도 웃음이 가장 많아졌던 때가 아닐까 싶다. 그러다가 끔찍하지만 스님이 나에게 이상한 짓을 하기 시작했고, 나는 한참동안 그것이 나쁜 짓인지는 모르고 그냥 기분이 나쁜 것을 넘겼다. 그런데 점점 내가 이걸 참아야 하는 건지 엄마에게 말해야 하는 건지 구분이 안 가기 시작했다. 스님은 도대체 나에게 왜 그럴까, 둘만 있는 자리를 피해보고 만들지 않으려고 해도 핑계를 만들어 스님은 나를 불러냈고, 그때마다 불쾌한 행동들이 반복되었다. 성폭행과 성추행의 개념을 몰랐던 건 아니지만 스님은 우리 엄마에게 친절하셨고, 갈 데 없는 우리 모녀를 받아주신 좋은 분이셨기 때문에 그런 쪽으로는 절대 생각할 수 없었다.

하지만 도를 넘어가는 느낌이 들기 시작했고, 나는 엄마에게 절을 나가고 싶다고 얘기했다. 도저히 엄마가 신뢰하는 스님이 나에게 그런 이상하고 더러운 행동을 했다는 말을 꺼낼 수가 없었다. 안 그래도 내가 어렸을 때 나의 친아빠라는 사람이 나에게 성폭행을 했다는 사실이 엄마를 괴롭히는데, 내가 나만 말하지 않으면 되는 일을 엄마에게 말해 더 괴롭게 하고 싶지 않았다. 그래서 절이 싫다고 학교 다니는 데 창피하다고 엄마에게 나가자고 졸랐다.

당연히 엄마는 잘 지내던 애가 갑자기 그러니까 당황하셨고 화를 내셨다. 그렇지만 참고 살기에는 정말 끝내 내가 어떻게 될 것만 같았기에 나는 말도 안 되는 그런 핑계들로 절을 나가자고 엄마를 졸랐다. 엄마는 내가 계속해서 그러는 게 이상했던 건지, 아니면 뭔가를 알고 있었던 건지 아줌마에게 집을 부탁했다며 좀 기다리라고 했다. 아줌마는 엄마와

내가 살 집으로 세림 주택이라는 곳을 알아봐 주셨다. 세림 주택은 엄마
와 자녀가 들어가서 살 수 있는 집으로 자립할 때까지 일정 기한 동안 무
상으로 지낼 수 있다고 그랬다.

엄마와 나는 세림 주택 관계자와 상담을 받고 계약서를 작성 후 그 집
으로 이사를 했는데 그때도 아줌마와 그 아저씨가 도와주셨다. 이사하
고 난 후에 엄마와 아줌마 가족들, 아저씨 등이 여행을 가게 되었다. 여
행지에서 아줌마는 아저씨와 엄마를 이어주려고 했다. 아저씨는 총각이
었고 유쾌했으며 나에게 친절했다. 나는 그런 아줌마의 의도가 나쁘지
않았다. 엄마도 더 이상 힘든 일을 하지 않고 다른 아줌마들처럼 남편과
사는 모습이 보고 싶었기 때문이다.

사실 저 이유가 전부라고 말하면 그건 거짓이다. 나는 문득문득 엄마
와 나를 버린 새 아빠가 너무 그리웠고 미웠으며, 다시 그런 존재인 아빠
가 생겼으면 하고 바랐기 때문이다. 그러면 엄마도 외롭지 않을 거라 그
렇게 생각했다. 여행이 끝나고 집으로 돌아온 후에 엄마와 그 아저씨는
간간이 연락을 하는 듯했고 나는 그냥 모른 척했다. 엄마는 여기서 다시
일자리를 구했고, 일이 힘들었던 건지 다른 속상한 일이 있는 건지 또 술
을 먹었다.

술을 먹고는 깨진 접시 조각으로 가슴을 그었다. 어린 마음에 나는 엄
마가 죽을까 거의 공황 상태였으며 지금도 다시 생각하고 싶지 않을 정
도로 끔찍했다. 그냥 생채기인 상처였지만 그 행위만으로도 나는 정말
엄마에게 잘못했다고 빌었다. 다 내가 잘못했다고, 제발 그러지 말라고,

다시는 안 그러겠다고, 엄마 일도 더 잘 도와주고 엄마 힘들게 하지 않겠다고, 그러니 제발 그 유리 조각 내려놓으라고. 엄마가 술을 먹은 적은 많았지만 그런 행위를 한 건 처음이라 나는 도저히 정상적인 사고방식이 되지 않았다.

누구에게 도움을 요청해야 하는지, 이런 꼴을 보여도 되는 건지, 그저 울며불며 엄마에게 매달리는 수밖에 떠오르지 않았다. 잠시 뒤 엄마는 유리 조각을 내려놓았고 지쳐 잠들었다. 페트병 소주가 집에 뒹굴고 김치를 담았던 접시는 벽에 던져져 색칠 공부를 한 것처럼 얼룩덜룩하게 묻었다. 엄마의 상처부터 치료했다. 옷도 입히고 정리한 다음 치우면서 생각했다. 나는 엄마가 좋은데, 너무너무 사랑하는데, 왜 엄마는 나를 이렇게 힘들게 할까.

정말 술을 만든 사람을 죽이고 싶은 충동이 일었고, 스스로 그런 끔찍한 생각을 했다는 것에 자책을 했으며, 여느 날과 같이 서럽게 울었다. 그런데 엄마 핸드폰으로 아저씨의 전화가 왔다. 받아서 목소리를 들으니 너무 서러워서 더 울었다. 그냥 이 지구상의 어떤 사람이라도 나를 좀 도와줬으면, 우리 엄마를 술을 못 먹게 해주었으면, 날 구해주었으면 좋겠다는 생각이 들어 그냥 울었던 것 같다.

얼마 있다가 다시 전화 온 아저씨가 저녁밥 먹게 나오라고 했고, 혼자 있는 엄마가 걱정되었지만 집에 있고 싶지가 않아 따라 나섰다. 아저씨는 여러 가지 음식을 시켜주며 많이 먹으라고 엄마도 힘든 일이 있어 그런 거라며 나를 다독여 주셨다. 다 먹고 김밥을 몇 줄 더 사서 내 손에 쥐어주며 "엄마 일어나면 주라"고 하고 나를 집까지 데려다 주셨다. "무슨 일이 생기면 연락하라"는 말도 덧붙여 하는데 왠지 눈물이 났다.

집에 들어가 술 취해 잠든 엄마를 보고는 안도해서 울었다. 나는 혹시 깨서 또 술을 먹을까 불안했었다. 아무 소리도 나지 않게 엄마 옆에 좀 떨어진 곳에 누웠다. 김밥은 머리맡에 둔 채로 엄마가 일어나면 술이 아 닌 머리맡의 김밥을 먹기를 바라며 잠을 잔 것 같다. 또한 아저씨가 새로 운 아빠가 되어 주었으면 좋겠다는 바람과 함께.

다음날 엄마는 나에게 약속을 했다. 다시는 술을 먹지 않겠다고. 나는 그 약속에 세상을 다 얻은 것처럼 기뻐했다. 엄마와 함께 오랜만에 시내 도 돌아다니고 쇼핑도 하다가 아저씨 얘기가 나왔다. 나는 아저씨가 괜 찮다며 좋은 사람인 것 같다고 엄마에게 생각해 보라며 은근슬쩍 권했 다. 후에 엄마와 아저씨가 많이 친해져서 아저씨 집에 가서 요리도 해 먹 고 잠도 자고 오는 등 그런 생활을 했다.

그러다가 내가 엄마에게 아저씨와 함께 살자고 먼저 청했다. 같이 살 면 더 잘살 수 있을 거라고 행복할 것 같다고 엄마에게 말했다. 엄마는 내게 물었다. 아빠가 있었으면 좋겠냐고, 그래서 나는 있었으면 좋겠다고 대답했다. 그 당시 나는 그게 엄마에게나 나에게나 좋을 거라고 생각했다. 그래서 엄마와 나 그리고 아저씨는 같이 살게 되었다.

우리가 살고 있는 집은 미혼모와 이혼가정을 위한 집이기 때문에 같 이 살 수가 없어 아저씨 집으로 옮기게 되었는데, 아저씨는 농사를 지으 며 사는 농부였다. 그런데 잘 사는 것이 아니라 그때 벌어 그때 쓰는 정도였다. 집이라고 표현하기도 그런 비닐하우스 안에 컨테이너 박스가 우리의 새로운 보금자리였다.

그래도 나는 좋았다. 다 같이 살면 행복할 것 같았기 때문에 집처럼 생겼든 아니든 별 상관이 없었다. 화장실에 전구가 없어도 문이 전부 닫히지 않아도 좋았다. 변기가 없어 밭에 가서 볼일을 보아야 했어도 괜찮았다. 그때가 내 나이 12살, 5학년 2학기였다. 방도 하나이고 부엌과 화장실이 붙어 있는 집이었지만 나는 행복할 거라 믿었다. 이제는 엄마와 나도 정상적으로 행복하게 살 수 있다고 그렇게 생각했다.

처음에는 좋았다. 아저씨도 친절하고 엄마에게 잘해주고 매일 매일이 즐거웠다. 엄마와 아저씨는 혼인신고도 하고, 아저씨는 내 성과 이름을 바꾸고, 진짜 딸처럼 아빠의 성을 따르고, 앞으로 잘 살아 보자며 말했다. 그렇게 호칭도 아저씨에서 아빠로 변했다. 아빠는 얼마 지나자 엄마와 다투는 일이 잦아졌다. 다투고 나면 차를 끌고 친구를 만나거나 술을 마시러 나가기 일쑤였으며 허허벌판, 하우스밖에 없는 곳에 있는 컨테이너 박스에서는 차 없이 나가기도 쉽지 않았다.

그러나 엄마는 차가 없었고 집에서 계속 스트레스를 받을 수밖에 없었다. 그러다 보니 나와 약속했던 건 잊어버린 채 엄마는 술을 마셨다. 처음에는 아빠가 엄마를 달래보고 해결해 보려고 하더니 나중에는 나에게 떠맡기고 다시 나가기 일쑤였다. 산 지 1년 만에 이럴 수가 있나. 나는 이제 곧 중학교에 올라가는 준비도 해야 하는데 이런 불안정한 상황에서 내가 뭘 해야 하는지 답이 없었다.

엄마와 아빠는 싸우고 다투면서도 같이 살았고 그때마다 상처받는 건 나였다. 언제나 싸울까봐 조마조마, 싸울 때는 엄마가 술 먹으면 어쩌나 조마조마, 술 먹고 나서는 일이 왜 이렇게 됐을까 자책하며 나는 병들어 갔다. 모든 일이 우울했으며 마음놓고 못 웃었고 내 자신만을 자책하는 일이 잦아졌다.

그런 상황에서 나는 중학교에 입학했고 초등학교 때와는 다른 내 모습과 다 처음 보는 친구들, 낯선 상황에 나는 쉽게 적응하지 못했고 그 생활이 계속되어 결국 왕따를 당했다. 정말 죽고 싶었다. 나는 여태까지 집안이 불우한 아이였지만 밖에서는 언제나 밝고 긍정적이며 활발하고 리더십 넘치는 아이였는데, 이제는 집안도 불우하고 부정적인 것도 모자라 친구들에게도 받아들여지지 못하는 동떨어진 아이라는 생각에 살고 싶지가 않았다.

처음에는 내가 학교에서 이상하다는 걸 알아챈 엄마 덕분에 선생님께 도움을 요청해 보았지만 흘려가던 사과뿐 오히려 친구들은 더 교묘해졌다. 싸이월드에 이름은 올리지 않은 채로 나에 관한 이야기와 욕설 등을 썼고 떠들었으며 나는 점점 더 지쳐갔다. 그 애들에게 나는 머리부터 발끝까지 맘에 안 드는 애였으며 다 가십거리였다.

친구가 없어 노는 대신 했던 공부로 인해 좋은 성적을 받으면 "쟤는 친구 없어서 맨 날 공부만 하나봐~"라는 식으로 비꼬고 괴롭혔으며 내 숨통을 조였다. 그 당시 학교와 집 모두 내 쉼터가 되어주지 않았던 나는 점점 더 어두워져 갔고 처음 자살 기도를 하게 되었다. 그때가 15살, 중2

였다.

친구들에게 따돌림을 당해 속상하고 너무 화가 났었다. 내 자신에게도, 그 아이들에게도 그런데 그 화를 풀 수 있는 방법을 몰랐다. 막연히 화가 나 차라리 내 몸을 괴롭히자는 생각을 했다. 필통에 있는 커터 칼로 왼쪽 손목 동맥이 있다는 곳을, 정말 죽었으면 좋겠다는 생각을 가지고 휘둘렀다. 나는 응급실에 실려 갔고 여섯 바늘을 꿰맸다.

그리고 얼마 지나서 새로운 담임선생님께서 모든 사실을 아시고는 나를 괴롭혔던 친구들을 나와 함께 모두 불러 자습실에 앉히셨다. 장장 4시간 동안 얘기를 했다. 친구들의 오해, 나의 오해, 그리고 화해까지 선생님은 피해자의 입장을 너무 잘 아셨다. 겉으로만 하는 사과가 아닌 진심어린 사과를 할 때까지 너의 잘못은 뭐고 왜 해야 하는지 설명해주셨으며, 결국은 서로서로 다 진심이 담긴 대화들을 하며 화해를 할 수 있도록 이끌어 주셨다.

후에도 내가 잘 지내는지 친구들의 행동 파악과 여러 가지를 신경 써주시며 나에게 관심을 가져주셨다. 나는 내 은사님이 겹쳐 보이는 그 선생님께 진심으로 감사하다는 말과 인사를 하고 마음을 열게 되었다. 선생님과 나는 급속도로 친해졌으며, 선생님은 나에게 상담권유와 함께 우울증 개선 프로그램 등 많은 지원을 해주셨다. 나는 그 덕분에 우울증을 극복하고 내 원래 모습으로 돌아갈 수 있었다.

예전처럼 잘 웃고 긍정적이고 활발해진 나를 친구들은 좋아해 주었으며, 나는 친구들과 더 친해져 학교생활을 즐겁게 할 수 있었다. 새로운 담임선생님이 도와주신 지 불과 반 년 만의 결과였다. 비록 집은 아직 그대로였지만 엄마도 같이 상담을 받으며 술을 거의 끊고, 나에게 안 좋은 모습은 최대한 안 보여주고 잘해주려 노력하시는 게 보였다.

난 그런 엄마의 노력과 선생님의 도움으로 내가 상담을 받다가 나도 상담을 해주고 싶은 마음이 들어 '또래 상담'이라는 동아리에 들어가 나처럼 힘들었던, 그 어떤 일로 힘들어하고 있는 사람에게 상담을 해주려고 상담 자격 수료증도 받았으며, 실제로 학교에서 많은 친구들을 상담해주고 도움을 주게 되었다. 또한 단짝친구들도 많이 생겨 학교 다니는 게 너무너무 즐거울 정도로 행복했다.

그리고 장래희망으로 상담사가 되고 싶다는 생각을 했다. 꿈이 생기니 공부도 더 열심히 하게 되고 비록 집이 힘들지만 내가 노력하면 다 이루어질 거라는 무한긍정적인 마음까지 생겨 뭐든 다 열심히 했다. 그렇게 16살 중3이 되어 지내던 중 예전에는 관심 없던 미용에도 관심이 생기고, 친구들과 시내에 나가 노는 것도 즐겁고 막 다른 쪽으로 호기심이 생기기 시작했다.

그러다 보니 평소에는 잘 쓰지 않던 돈이 필요했고 엄마에게 매번 달라고 하기가 미안했다. 그때 처음으로 참외 농사를 시작한 해였는데 엄마는 농사가 처음이라 뭐든지 서툴고 힘들어서 고생하고 있었다. 게다가 아빠조차 엄마 말을 듣지 않고 일도 잘 도와주지 않아 속상하게 하는 와중에 엄마 혼자 어떻게든 돈을 벌어볼 거라고 아등바등 일하는 모습을 보아온 내가 돈을 주며 친구들과 재미있게 놀고 사고 싶은 것을 사라고 말하는 엄마의 얼굴이 속상했지만, 나는 이기적이게도 그 돈으로 정말 잘 놀고 사고 싶었던 걸 샀었다.

어쩌면 가장 이기적인 건 나였을지도 모르겠다. 매번 미안하다고는 말하지만 그건 말뿐이고 그 돈을 그렇게 쓰는 내가 어쩌면 가장 나쁘지 않을까 생각했다. 집에서는 공과금도 매번 밀려서 내고 반찬은 김치 아니면 쌈, 김이 전부인데 엄마는 내가 달라고 하면 언제나 아무 말 없이 돈을 줬다.

언젠가 엄마는 술을 먹고 말했다. 못해주는 게 많아서 미안하다고, 무엇이든 다 해주고 싶은데 이렇게 살게 해서 미안하다고. 그때 알았다. 엄마가 나에게 아무 말도 안 하고 돈을 주는 이유를. 그 이후로 돈을 쓰지 못했다. 그리고 나는 알바를 찾았다. 근처 편의점이었는데 5시 30분부터 11시까지 하는 거였는데 손님이 없고 한가해서 3500원이 시급이었다. 너무 작았지만 나는 그거라도 버는 게 어딘가 해서 일하기 시작했다.

엄마는 당연히 처음에 반대했지만 나는 사회생활 먼저 해보는 것도 도움이 된다며 엄마를 설득했고, 결국 엄마는 다치지 않고 힘들면 언제든지 그만두기로 한다는 약속을 받고는 허락했다. 나는 주 5일 일했고 받은 월급은 5만원을 제외하고는 전부 엄마에게 줬다. 엄마는 그 돈을 처음엔 받지 않으려 했지만, 내가 자꾸 권하니 나중에는 급한 공과금과 반찬 같은 것을 그 돈으로 사기 시작했다.

엄마는 미안해서인지 나에게 월급 얘기나 내 일 얘기는 일체 하지 않았지만, 나는 엄마가 내가 번 돈을 눈치 보지 않고 엄마가 써야 하는 데

쓰고 있다는 사실이 너무 기뻤다. 비록 여유가 남지 않아 엄마에게 사주고 싶은 것도 못 사주고, 엄마가 사고 싶은 것을 사라고 해도 안 살 것이 뻔해 자주 말 안 했지만 그래도 엄마와 나는 그때 그 정도만으로도 만족했다.

당시에 집의 재정 상태가 엉망이었고, 아빠는 우리를 만나기 전부터 빚이 1억 정도 있어 독촉전화들이 오는 상황이었기 때문에 사치를 바라거나 해서는 안 됐었다. 그런데 아빠가 점점 더 제멋대로 행동하고 엄마를 힘들게 해서 나조차 치를 떨었다. 엄마가 힘들게 일할 때마다 나는 내 탓인 것 같았다.

내가 엄마에게 아빠와 같이 살자고 했는데, 내가 이 집으로 들어오자고 그랬는데, 엄마는 내 말을 들어준 죄밖에 없는데, 고생은 내가 아닌 엄마가 다했다. 그래서 그즈음에 나는 더 열심히 살아서 어서 엄마와 나가야겠다는 생각밖에 하지 않았다. 공부도 열심히 하고 엄마와 서로 위로하고 다독이며 파이팅하자고 마음을 다잡고 하루하루 독하게 살았다.

그러다 보니 벌써 내가 17살 고등학교 1학년이 되었고 어영부영 학교생활을 시작하게 되었다. 엄마와 떨어지는 것이 불안했지만 고등학교가 멀어 어쩔 수 없이 기숙사에 들어가게 되었다. 그런데 중학교 공부 실력이 부족했던 건지, 내 공부 방법이 잘못된 건지, 나는 도통 고등학교 수업과 공부에 따라가지 못했고 뒤처지기 시작했다.

또 한창 새 학기라 새로운 친구들과 친해져야 했기 때문에 정신이 없었다. 친구가 없었던 그 시절을 알기 때문에 나는 다른 누구보다 친구에

예민했으므로 공부보다 그게 더 중요했다. 그렇게 1학기 중간고사가 훌쩍 지나가고 내 성적에 실망하며 공부에 슬럼프가 왔다.

그것도 모자라 내가 없는 집에서는 엄마가 아빠와 술을 먹고 싸우다 아빠에게 맞았다며 전화가 왔다. 나는 기숙사 벌점이고 뭐고 집으로 택시 타고 달려가 119를 부르라는 엄마의 말에 119를 불러 인근 병원으로 가 그냥 돌아오는 일을 겪었다.

아빠는 경찰서에서 진술서를 쓰고 집이 아닌 다른 곳에서 자고, 엄마와 나는 집으로 돌아왔는데 가관이었다. 대충 치우고 엄마를 재운 다음 어째서 이런 일이 벌어진 건지, 아빠가 엄마를 때렸다는 사실이 믿겨지지 않았고, 엄마가 너무 불쌍했으며, 벌어진 상황이 진저리 치게 싫었다.

그리고 그 자리에서 생각했다. 돈을 벌어야겠다고 돈을 벌어서 엄마와 여기서 벗어나야겠다고 말이다. 안 그래도 가여운 우리 엄마를 때린 남자하고는 더 이상 같이 있게끔 둘 수는 없다고 다짐했다. 그리고 나는 고등학교 올라오면서 그만둔 알바를 2달 만에 시급 좋은 곳에서 다시 시작하게 되었다.

처음에는 공부와 병행했지만 밥 먹고 공부만 하는 애들과 일하면서 하는 내가 동등해지기는 무리가 있었는지 점점 성적은 떨어졌고, 나는 아예 공부를 놔버렸다. 당장은 돈을 모아 엄마와 나가는 것에 집중하자고 생각하며 악착같이 돈을 벌었다. 내 나이의 내 친구들이 흔히 하는 화장, 쇼핑 그런 건 나에게 사치였다. 그래도 버틸 수 있었던 건 엄마였다. 엄마와 웃으며 사는 것, 엄마가 날 보고 웃어주는 것, 날 걱정해주는 것,

엄마와 함께 그 지옥 같은 곳을 나오는 것이 목표였기 때문에 나는 괜찮았다.

어차피 엄마는 내 전부였으므로 그리고 나름 행복했다. 엄마와 아빠욕을 하며 차에서 밤을 새는 것, 엄마의 인생 얘기를 들으며 서로 얘기하는 것, 그런 것들이 나는 행복했고 나를 버티게 했다.

그 상태로 약 1년간 지내다가 내가 알바로 번 돈과 엄마가 모아둔 돈을 합쳐 엄마와 나는 이사를 했다. 이삿짐을 다 옮기고 청소를 마친 후 엄마와 나는 부둥켜안고 울었다. 서로에게 그동안 수고했다며 앞으로 둘이서 행복하게 살자고, 둘이 의지하고 기대며 살자고 말하며 그동안 서러웠던 생활을 청산했다.

운 좋게 엄마가 가지고 있던 제주도의 빌라 한 채가 외삼촌이 나오면서 세를 내놓게 되어 다달이 월세를 받아 생활에 보탬이 되었고, 아빠가 생활비를 보태주어 나름 살 만해졌다. 나는 엄마의 권유로 인해 알바를 그만두고 현재는 내가 하고 싶은 것을 하라는 엄마의 말에 태권도를 배우고 있다. 또한 여주시에서 하는 '고등 또래'라는 또래 상담 동아리를 중학교에 이어서 나가 다른 힘든 사람들을 상담해주며, 나도 한 걸음 더 성장해 나가는 즐거운 생활을 하고 있다.

엄마와 단 둘이 여행도 다니며 부유하지는 않지만 소소한 행복을 느끼며 살고 있다. 내가 이런 나의 부끄러운 이야기를 잘 쓰지도 못하는 필력으로 쓴 이유는 나의 이야기가 다른 누구에게 용기와 희망을 줄 수도 있다는 포스터의 말 때문이다. 비록 정말 우여곡절이 많았던 나지만 나는 잘 살고 있고 앞으로는 내 이런 경험들을 바탕으로 더 잘살 수 있을 것이다.

그러니 내 글을 읽거나 보게 되는 사람도 나처럼 산 사람도 있으니 희망을 가지길 바라며, 나보다 더 힘들게 살아온 사람들도 전부 나처럼 파이팅하기를 바란다.

다시 생각해 봐도 겪고 싶지 않은 경험들이지만 나는 이 경험들로 인해 여기까지 성장했고, 앞으로 무한한 가능성이 있다고 생각한다. 그러니 너무 힘들어도 더 나은 길로 나아가는 길이라고 생각하며 조금만 견뎌내었으면 좋겠다. 내 생각은 그렇다. 그래도 살 만하다.

수상 소감

저는 고등학교 2학년 이하나입니다.

충돌기에서 저를 다 보여드려 어떻게 자기소개를 해야 할지 모르겠네요.

힘든 일들을 많이 겪었고 포기하고 싶었던 적도 많았지만, 그때마다 엄마를 보며 더 열심히 살았습니다. 지금 누리고 있는 행복은 다 제가 노력한 대가라고 생각합니다.

앞으로의 계획은 태권도를 열심히 배워 대회에도 나가고 싶고, 엄마와 하루하루 소소한 행복을 누리며 사는 것입니다. 노래 부르는 것도 좋아해 가수가 될까 고민 중입니다

먹는 것을 좋아하고 통통하며 한창 다이어트 중입니다. 현재 관절이 안 좋아 병원에 다니고 있지만 정신이 행복하니 몸이 아파도 행복합니다. 제 충돌기를 읽는 사람이 희망을 가지기를 소망하며 이 글을 썼습니다.

현대중공업 고졸채용 성공수기

·

하길한 (경상남도 창원시)

현대중공업 고졸채용 성공수기

하길한(경상남도 창원시)

시작하는 글

부모님의 이혼으로 몸이 불편한 어머니와 함께 살면서 꿈도, 목표도 가질 수 없었던 꼴지 인생에서 나를 변화시키게 했던 어머니의 한마디는 "너는 우리 집안의 가장이다."라는 말씀이었습니다.

그 후 마산공업고등학교에 입학하여 내가 할 수 있는 일에 도전한 결과 고졸 취업생의 자랑인 현대중공업에 입사하게 되었습니다.

생각조차 하기 싫은 생각 어린 시절

부모님은 내가 초등학교 1학년 때 이혼을 하셨습니다. 어머니는, 나와 두 살 어린 여동생을 키우겠다며 양육비 한 푼 없이 저희 두 명을 데리고 오셨습니다. 어머니께서는 화장품 가게에서 일을 하셨습니다. 일을 마치시고 오시면 항상 나와 동생에게 웃음을 잃지 않으려 애써 웃으셨으며, 다른 애들에게 뒤지지 않게 하시려고 말없이 고생도 하셨습니다.

그러던 어느 날 어머니께서 갑자기 쓰러지면서 우리 집에는 더 이상 미소라고는 찾을 수가 없었습니다. 쓰러진 그날로, 어렵게 돈을 구해 좋다는 병원을 찾아다녔습니다. 하지만 병명조차 찾을 수 없었고 근근이 찾은 공황장애라는 병, 직장도 그만두시고 어머니는 병을 낫게 해서 오겠다며 서울로 가시면서 나와 동생은 아버지에게 맡겨졌습니다.

그리고 1년 뒤 나와 동생은 새벽 3시에 친가 집에서 쫓겨났습니다. 그때 불과 12살, 초등학교 5학년인 나는 다른 사람도 아닌 아버지에게 버림받았습니다. 그렇게 다시 나와 동생은 어머니께 맡겨졌고, 그 일로 병세가 더욱 안 좋아진 어머니는 이틀에 한 번씩 창원파티마 병원 응급실에 실려 가곤 하였습니다.

초등학생인 나는 어머니가 잘못될까 하는 두려움에 실려 갈 때마다 울기도 하고, 병원에서 어머니가 오실 때까지 잠을 설치기도 하였습니다. 그렇게 병원에서 돌아오신 어머니는 항상 나와 동생을 보며 안으시면서 눈물을 흘리셨고 "미안하다"는 말만 반복하였습니다. 그렇게 병을 낫게 하기 위해 노력은 하였지만 현재까지 약으로 버티시는 어머니께 항상 감사의 말씀 올립니다.

철없는 불효자

우리 어머니는 내가 중학교 시절 길거리에서 노점을 하였습니다. 자그마한 옷 장사였는데, 처음에는 쪽팔려서 어머니를 피하여 다니곤 했습니다. 어느 날 학교를 마치고 친구들과 같이 길을 걷는데 어머니께서 다급하게 짐을 정리하시는 걸 보았습니다. 왜 그러시지 하고 옆을 보았더니 길거리 노점들을 단속하는 차량이 온 겁니다. 그래서 뛰어가서 어머니를 도와 짐을 옮겼습니다.

그러자 친구들이 웅성거렸습니다. 순간적으로 어떻게 말을 할까 생각하던 찰나, 어머니는 "고마워, 학생!"이라고 선수를 치시며 웃으면서 나를 보내시는 겁니다. 그날 밤 어머니는 방에 앉아서 울고 계셨습니다.

미안한 나는 다가가지도 못하고 멀리서 지켜보기만 했습니다. 우리를 위해서 저렇게까지 하시는데 '나는 도대체 무엇이 쪽팔려서 그랬던 걸까?'라는 생각에 정말 열심히 해서 어머니께 보답하리라는 결심을 하였습니다.

어떻게 해서든 재수시킨다

중학교 시절 성적이 좋지 않았습니다. 중학교 2학년에서 3학년으로 올라갈 무렵의 어느 날 어머니는 방으로 불렀습니다. 어머니는 나의 성적표를 들고 계셨습니다. 그러면서 "길한아, 너 2학년을 다시 다니자"라고 말씀을 하셨습니다. 순간 내 귀를 의심했고 아무런 생각이 들지 않았습니다.

어머니는 지금의 내 성적으로는 인문계를 갈 수 없다는 걸 아셨기에 나에게 재수를 권유한 것이었습니다. 나는 필사적으로 반대하였습니다. 그러자 어머니께서는 "그럼 커서 뭐가 될래? 너는 한집안의 가장이야"라고 하시는 것이었습니다. 순간 뒤통수를 맞은 듯 머리가 띵했습니다.

어머니는 우시면서 나를 보고 자신의 병을 낫게 할 훌륭한 의사라고 하셨습니다. 그런 어머니께 나는 3학년 때 열심히 하겠다며 기회를 달라고 했습니다. 그러고는 학교의 수학 보충반을 들어갔습니다. 수업을 듣던 중 시험을 쳐서 수학 심화반으로 넘어가는 기회를 주겠다며 시험을 보았습니다.

그런데 점수가 좋게 나오지 않은 나를 보더니 "길한아, 너는 내가 어떻게 해서든 재수를 시키겠다"며 또 한 번 재수하라는 말씀을 듣고 말았습니다. 그러면서 3학년 졸업 성적을 보는 순간 느꼈습니다. "82%, 이 성적으로는 인문계는 안 된다. 차라리 공고를 가자"며 어머니께서 반대하셨지만 그 성적에 갈 수 있는 데라고는 공고밖에 없었습니다. 할 수 없이 공고에 입학하게 되었습니다.

좋은 친구를 만나서 용기를 얻다

중학교를 졸업하고 마산공업고등학교로 면접을 보러갔습니다. 면접은 중학교처럼 시험도 보지 않았고 간단한 손가락 펴기, 앉았다 일어나기 기타 등등으로 진행했으며, 모든 면접을 마치고 입학하게 되었습니다. 처음에 배정된 곳은 1반이었습니다. 한 달도 안 되어 적응을 못해 전학 가는 친구가 있는가 하면, 일진이라는 애들은 담배를 피우기도 했습니다. 이것이 내가 본 공고의 첫 모습이었습니다.

그렇게 두 달 정도 지날 때쯤 수련회를 가게 되었습니다. 2박3일이 지나고 마지막 날 중학교 친구가 나에게 친구를 소개시켜 주었습니다. "길한아, 이 애가 우리 반에 전교 1등으로 들어온 애야"라는 소리를 듣고 "응, 그래? 안녕?"이라고 인사만 하고 고개를 돌리려는 순간, "안녕, 내이름은 수학의 명재라고 해. 잘 부탁한다."라며 웃어 주었습니다.

그렇게 명재와의 첫 만남으로 시작된 후 역시나 전교 1등으로 들어온 학생이라 학교 선생님들은 동아리 권유와 기능생 권유를 많이 하셨습니다. 나와는 다른 이야기라고 생각하고 있을 때 명재가 다가오더니 "기능생 같이 할래?"라며 말했습니다. 너무 기쁜 나머지 그러겠다고 대답하고 기능실인 CAD(기계설계)실로 갔습니다.

들어가서 지도 선생님께 기능생을 하고 싶다는 순간 성적 이야기를 하셨습니다. "성적은 낮지만 열심히 하겠습니다"라고 말을 하고 난생처음으로 학교에서 기능 활동을 하게 되었습니다.

무슨 일을 하는지도 모르는데 기분이 좋았습니다. 그렇게 정상수업을 마치고 난 뒤 CAD를 손 제도와 컴퓨터 제도를 하면서 행복한 시간을 보냈습니다.

결국 어김없이 찾아온 시험기간에 난후 처음 보는 친구들과 공부를 하면서 친구들에게 물어보고, 모르는 건 명재에게 가르쳐 달라고 하면서 시험을 본 결과 반에서 9등이라는 성적이 나왔습니다. 가슴이 쩌릿했고, 너무 기분이 좋았습니다. 이렇게 3년만 하면 되겠다는 자신감을 얻을 수 있었습니다.

일반 학생과 기능생의 갈림길에서

그렇게 시작된 고등학교 생활은 처음 욕심이 생겼습니다. 자격증을 따는 것이었습니다. 우리 기능부는 강주용 선생님과 김진용 선생님 두 분께서 지도하셨습니다. 강주용 선생님께서는 우리 입장을 많이 생각해

주셨고, 김진용 선생님께서는 우리들의 입장을 이해는 하셨으나 기능대회 입상에 신경을 쓰게 했습니다.

그래서 선생님 몰래 공부를 하여 1학년 때 전산응용 기계제도 필기와 실기도 합격하여 1학년 말에 자격증을 취득하였습니다. 김진용 선생님께서는 "어차피 메달을 따면 자격증이 나오는데 왜 쓸데없는 짓 하냐"며 혼을 내키셨습니다.

그렇게 2학년이 되어서 지방기능경기대회가 다가왔습니다. 그 당시 1회 필기시험으로 밀링 필기를 합격하여 실기를 치르려고 했던 나에게 선생님께서 "지방대회에 열중해라. 밀링 자격증은 나중에 따라"며 주의를 주셨습니다. 그래도 선생님 몰래 밀링 선생님을 찾아가서 밀링 자격증을 취득하고 싶다고 특별히 부탁하여 연습을 하기도 했습니다.

그렇다고 해서 CAD 기능도 수월히 한 것은 아닙니다. 둘 다 많이 노력하였고, 마침내 노력은 현실이 되었습니다. 밀링기능사 취득과 기능대회 17명 중 5등이라는 결과를 만들어 냈습니다. 그 이후부터 김진용 선생님께서는 나의 고생을 인정해 주셨습니다.

동아리활동 6개, 많은 경험을 쌓다

학교생활을 하면서 동아리에 관심이 많았습니다. 그렇게 문예부와 선도부를 하던 나에게 동아리 담당선생님께서 "네가 뭔데 이렇게 많은 동아리를 하려고 하냐? 1개면 충분하다"고 1개만 하라고 말씀하였습니다.

나는 선생님께 나의 노력을 보여드리기로 각오하고, 오전 5시에 기상

해서 6시 30분에 등교하고, 밤 11시에 마치면서 고등학교 2학년 때부터 시작된 동아리활동은 문예부를 비롯하여 CAD 기능부, 인터랙트, 선도부, 취업 동아리, 창업 동아리 등 여섯 개나 되었습니다.

처음에는 담당 선생님들께 욕도 많이 먹었습니다. 일이 꼬이기도 하고 일처리를 못해 나가라는 소리도 들었습니다. 하지만 나는 선생님들께 들었던 욕을 듣고 한 귀로 내뱉지 않았습니다. 욕을 들을 때면 기분은 당연히 나쁘지만 욕을 들을 수 있어서 나의 잘못된 행동을 고칠 수 있었기 때문입니다. 그런 나의 모습을 보시고 6개 활동 중 3개의 동아리의 회장 및 부장을 맡게 해주셨고, 지금까지도 학교에 관심이 많아 카페를 만들어 후배들의 소식을 접하고 있습니다.

출발점은 사라졌지만 도착점은 사라지지 않는다

2학년 말에 강주용(CAD 담당) 선생님께서 기능부에 대해 이야기를 해주셨습니다. 교장 선생님께서 바뀌셔서 "이제 정상수업을 다 빠지고 여기 와서 기능을 해야 되는데 할래? 말래?"라는 말씀이셨습니다.

그 당시 반에서 1~3등 사이의 성적을 유지하고 자격증도 3개나 취득했던 나에게는 엄청난 고민을 주었던 말씀이셨습니다. 한참을 고민하던 나의 모습을 보신 강주용 선생님께서는 나와 손명재와 한병진을 보면서 "너희들의 꿈을 위해 기능부를 나가거라"고 말씀하셨습니다.

순간 너무 미안한 마음에 무슨 말을 해야 될지 고민한 끝에 선생님께 "선생님께 절대 창피하지 않는 자랑스러운 제자가 되겠습니다"라고 말한 뒤 2학년 방학 때 공기업 반을 들어갔습니다. 정확한 목표 기업은 없었으나 삼촌이 그동안 우리 가족에게 힘이 많이 되어 주셨고, 삼촌께서는 창원의 현대 로템에 다니셨기 때문에 현대에 들어가고 싶은 생각이 많았습니다.

하지만 현대는 고졸은 뽑지 않는다는 정보가 있어서 그 꿈은 접어둔 채 삼성 SSAT를 연습하고 있었습니다. 하지만 대기업 추천서를 받을 수 있는 학생 수는 정해져 있어 나는 끝내 다른 무언가가 필요하던 도중 포토폴리오를 떠올렸고, 이 포토폴리오를 취업용으로 바꾸어 보자는 엉뚱한 생각을 하게 됩니다.

그렇게 시작한 취업용 포토폴리오 안의 내용인 스펙을 쌓기 위해 공기업 반을 나가면서 선생님들은 나에게 실망을 많이 하였습니다. 하지만 포토폴리오를 만든다고는 말하지 않았습니다. 3학년 1학기 때 나는 방학동안 만든 포토폴리오를 5부를 복사하여 학교에서 취업을 담당하시는 선생님들께 가지고 가서 "제가 접니다"라고 자신 있게 말씀드렸습니다.

선생님들의 반응은 생각 이상으로 뜨거웠고, 며칠도 안 돼 교내의 모든 선생님이 나의 이름을 불러주셨습니다. 불과 3주라는 시간 동안 괴롭기도 하였지만 선생님들께 인정받았다고 생각하면서 뿌듯함을 느꼈습니다.

학수고대하던 현대중공업 추천서를 받다

우리 학교에는 특채가 잘 오지 않아 매일 하루에 두 번씩 고졸채용 커리어와 고졸채용 사람인 사이트를 계속해서 보게 되었습니다. 가끔씩은 특성화고가 지원이 안 되고 마이스터고만 지원되는 곳이 많아 나름 억울하기도 하였습니다.

그렇게 3월부터 서류를 넣기 시작하면서 대학도 1차는 포기하고 삼성, 한화, LG, 기타 등등 총 여덟 군데나 밀리면서 취업 담당 선생님께서는 중소기업을 추천해 주시기도 하셨습니다. 그럴 때마다 귀가 솔깃하기도 하고 조건이 좋아 당장이라도 가고 싶은 곳도 많았습니다.

그러나 어머니께서는 기다려 보자고 말씀하셨습니다. 그렇게 시간은 흘러도 오지 않는 대기업 소식에 할 수 없이 대학교 2차에 지원하게 되었습니다. 그렇게 대학 면접을 보고 며칠이 지난 뒤 어느 때처럼 실습을 하려는 찰나 면접담당 선생님께서 나를 찾더니 나의 손을 잡고 따라오라고 하시면서 "현대중공업 추천서가 들어왔으니 받아야 된다"고 하셨습니다.

순간 현대라는 이름을 듣고 욕심이 생겼고, 3학년 부장을 맡은 우리 담임선생님께 찾아가서 추천서를 받고 싶다고 말씀을 드리니 담임선생님께서는 교내 선생님들이 상의해서 결정한다고 말씀하셨습니다.

나는 다른 선생님께 일일이 찾아가서 추천서를 받고 싶다고 말씀드렸습니다. 나는 성적으로는 되지 않았지만 자격증 개수와 동아리활동 수상 경력 봉사시간으로는 제일의 학생이라 추천서를 받을 수 있었고, 현대중공업에 들어가기 위해 노력하였습니다.

포토폴리오도 다시 만들고 면접 연습도 더욱 열심히 하였습니다. 그리고 당일 면접관님께 말한 자기소개 1분 중 "저는 한 집안의 가장입니다. 마지막으로 하고 싶은 말 중 제가 자랑스러운 오빠와 아들이 될 수 있도록 도와주십시오."라고 하자 면접관님들이 웃으면서 나를 쳐다보았습니다.

며칠 뒤, "축하한다. 길한아, 합격이다."라는 말을 듣는 순간 귀를 의심하고 가슴이 먹먹했고, 그날 나를 보살펴 주었던 모든 사람이 같이 나를 위해 울어준 그날은 잊을 수가 없었습니다.

꿈을 준비하자

고등학교 졸업 날까지 내가 학교에서 얻은 것들은 국가공인자격증 5개, ITQ 4개, 상장 28장, 동아리 6개 활동, 봉사시간 200시간 이상 달성, 내신 2.1등급이었습니다.

중학교를 석차백분율 82%로 졸업한 내가 이렇게 할 수 있었던 큰 이유는 더 이상 내가 노력하지 않는다면 길이 보이지 않았기 때문입니다. 그리고 가장 큰 힘은 가정에서 학교에서 어머니와 선생님들께 들었던 욕을 듣고 한 귀로 내뱉지 않았기 때문입니다.

나의 이야기는 여기가 끝입니다. 시선을 조금만 다르게 본다면 길은 나타나게 됩니다. 고졸취업을 준비하는 취업생 여러분, 꿈을 쫓지 마시고 꿈이 나에게 올 수 있도록 준비를 하십시오. 감사합니다.

수상 소감

다른 세상을 살아야 했던, 학생 나이와는 안 맞는 말투와 행동으로 철들었다는 소리를 듣지만, 때론 철없이 부모 품에 안겨 어리광도 부리고 싶은 나이 20살에 일을 하자니 참 많은 생각을 합니다.

어른들의 이기심과 아이들의 문제점, 정치와 사회에 대한 실망감, 이것이 진정 내가 살고 있는 사회라는 생각과 후회를 많이 하기도 합니다.

많은 인연이 모여서 하나의 큰 덕이 되어 꿈의 기업에 취직하였던 성적보다는, 인성을 중요시 하였던 부모님과 저의 행동에서 보이는 성실함을 보여주는 짧고 굵은 충돌기입니다.

심사위원상

어둠 속에서 피어나는 꽃

·

편지웅 (광주광역시)

어둠 속에서 피어나는 꽃

편지웅(광주광역시)

10, 9, 8, 7, 6, 5, 4, 3, 2, 1….

수많은 인파들의 함성과 기대 속에서 2016년 첫 시작을 알리는 종소리가 내가 살고 있는 집, 보육원. 동생들과 선생님이 모여 있는 이 곳 거실 TV 화면 속에서 울려 퍼졌다. 누군가의 소망, 누군가의 바람. 추운 날씨였지만 TV 속에 비춰진 사람들은 음, 사람 냄새가 났다고 해야 할까?

이제 20살, 더이상 10대라는 말을 쓰지는 못하겠지. 이제 뭐 나도 사회에서 인정해 주는 어른이라는 게 한동안 낯설어 할 거 같다. 많은 사람은 아니더라도 내 옆에 있는 사람만큼은 어려운 일이 있을 때 늘 함께하는 어른이고 싶다. 내 잘못과 실수를 인정하고 책임지는 어른이고 싶다. 누구에게 기대지 않고 스스로 일어설 수 있는 그런 강한 어른이고 싶다. 변하지 않는 건 내 가치이다. 세상에서 가장 중요한건 내 자신이다. 나른 누구도 아니고 바로 나.

그저 아파하고 실패했던 이야기이다. 이 이야기를 끝으로 나는 내 모습 그대로를 사랑하기로 결심했다. 더 이상 도망치지 않고 여기서부터 시작하는 거다.

프롤로그: "나 원 참, 기계가 또 고장 나서 이거 퇴근도 늦어지고 말이

야. 기계가 이 말썽이면 위에서 바꾸거나 뭘 해줘야 하는 거 아니야. 아막내 오늘 고생 많았고 어서 퇴근해.”

“네 부장님도, 과장님도 고생하셨습니다. 내일 뵐게요!”

내 나이 19살, 특성화고 3학년. 이제는 더 이상 학생이 아니라 직장인이다. 다른 또래 친구들처럼 나도 취업을 했고 인쇄소에 들어가 잡일을 하며 일을 배우고 있다. 나는 보육원에서 살고 있고 내년에 자립해서 먹고 살려면 진학보다는 취업을 해 돈을 벌 수밖에 없는 현실이다.

뭐 하나 뛰어나게 잘한 게 없는 나에게는 더욱, 한 달 월급 받아 점심값과 차비를 빼면 딱 100만원이 남는다. 지금은 보육원에서 살고 있지만 내년이면 당장 월세부터 각종 공과금에 모든 게 돈이겠지. 나는 노력하지 못했다. 자포자기하듯 포기하고 살아와서 세상에 내던져진다. 아무런 준비도 없이 그냥.

처음 특성화고를 진학하기로 한 것 역시 취업을 생각해서였다. 하지만 입학하고 학교를 다니면서 알게 되었다. 내가 기계랑은 전혀 맞지 않는다는 걸. 정답이 있는 세상인 줄 알았다. 왜 이렇게 힘든 건지, 또 어떻게 하면 벗어날 수 있는지. 뭘 해야 잘살 수 있는 건지 정답이 있는 줄 알았다.

지금의 생활과 내 자신에 만족하려 한다. 아침에 누구보다 일찍 출근하여 공장 안에서 공기가 찢어지듯 시끄러운 기계 소음 속에서 기능 있는 아저씨들 밑에서 일을 배운다는 것들. 일이 있을 때 바쁘게 일하고 또 한가할 때는 세상 이야기를 하며 그렇게 사는 거. 그분들은 20여 년 동안이 회사에서 근무를 하셨던 분들이고 낮은 월급과 열악한 환경 때문에 버틴 젊은이가 없지만 기술 한번 배워두면 써먹을 수 있을 거라고 하신다.

왜 그런 게 있잖아. 싫어하는 건 분명히 말할 수 있고 또 알겠는데 좋아하는 건 딱 이거다 하고 말하지 못하는 거. 내가 기계랑은 전혀 맞지 않지만 내가 진짜 좋아하는 일을 모르겠는 거야. 매일 퇴근 후 회사 정문을 벗어나서 버스정류장으로 향하는 길. 손에 샌드위치를 들고 먹으며 분주하게 뛰어가는 학생들, 누군가를 기다리고 있는 듯 카페에 앉아 있는 아저씨. 길가에서 버스킹을 하는 형 누나들. 또 두 손을 맞잡은 채 미소를 띠며 식당에 들어가는 연인들까지. 하나같이 다 자기 삶을 사는 거 같은 거야.

반면에 나는, 퇴근하고 집에서 두 정거장 전에 내려서 마트에 들러 술을 한 병 사가지고 근처 공원에서 들이키고 들어가. 이렇게 무기력감에 빠져 버린 지도 벌써 3년이 지났네. 가로등 불빛에 비춰지는 내 그림자, 인쇄소에서 일을 하면서 매일 접하게 되는 전단지와 각종 홍보물들. 그 속에서 백화점 인쇄물에 찍힌 자신감 넘치는 모델들과 명품관 신제품 안내장.

페이스 북에 들어가면 누군가의 연애 이야기, 또 친구들의 좋은 소식들. 함께 모여 밥을 먹으며 찍은 사진들. 누구는 열심히 꿈에 도전해 가고 있다는 이야기들까지. 나와는 다른 세계처럼 느껴지는 거야. 그들만의 행복, 재미, 인생. 자리에서 일어나 바지를 털고 중얼거려. '사실 나도 꿈꾸고 싶다'고.

중독

새벽, 쌤과 동생들 모두가 잠드는 시간. 나는 방문을 열고 들어와 곧장 문을 닫았어. 이내 손가락 하나 힘으로 손쉽게 문을 잠갔지. 불을 켜지도 않았지만 창문에서는 도로의 불빛들이 스며들어오더라. 나는 몇 발자국 걸어가 블라인드를 내렸어. 너무 어두운 걸까. 스탠드를 켜서 가장 약한 밝기를 유지하게 하고 가장 가까운 벽을 찾아 기대어 미끄러지듯 주저앉았어. 지쳐버린 몸과 마음, 이 적막한 공간을 술기운에 뱉은 숨결이 채워 주는 거 같아.

있잖아, 문을 잠근 것도. 커튼을 내리고. 술에 취하고 내 자신을 가둬버리는 거. 참 쉽더라. 뭐 내가 스스로 선택한 거지만. 근데 왜 사는 건 이렇게 어려운 걸까, 왜 진짜 내 모습을 찾는 건 이렇게 힘든 걸까. 내가 죽으면 슬퍼할 사람이 몇 명 있다는 걸 알아.

하지만 내가 당장 너무 힘드니까 이기적으로 생각하게 돼. 이제 그만 쉬고 싶은데. 잘못된 걸까. 오늘밤도 역시 죽는 판타지를 멈추는 건 너무 가혹하잖아. 예전 창문에 붙여 놨던 종이 한 장, 그 안에 쓰여 있는 글씨. "죽기 전에 딱 하나라도 제대로 해보고 죽자."

과거

아빠, 엄마, 누나, 나까지 이렇게 4명. 애초에 단란했던 우리 가족은 없었다. 가족끼리 함께 외식을 해본 적도, 사소한 나들이와 산책이며 여행까지. 단 한 번도 함께 해본 기억이 없다. 아빠의 잘못된 판단으로 빚만 쌓여버린 지금은 더욱 말할 것도 없다. 아빠는 친척들에게 손을 벌려가며 돈을 빌렸고, 또 사채 빚을 내고 급한 빚을 갚아 갔다. 며칠 후면 초등학교에 입학할 때 즈음 나는 누나와 방에서 자고 있는데, 거실에서 이야기하는 싸우는 소리가 들렸다.

"당신은 아들이 이제 초등학교 입학하는데 가방도 사야 하고, 학용품도 준비할 게 얼마나 많은데, 생활비를 안 주냐고요? 대체 당신, 애 아빠 자격이나 있어!?"

"이 여편네가 뭐라고 했어. 당신만 애들 키워 지금?"

"당신이 애들한테 쓰는 돈이 얼마나 되는데!!"

"저리 안 비켜? 피곤해 죽겠는데."

목소리는 더욱 커져만 갔고 누나와 나는 잠에서 깼지만 나가서 말릴 수 없었다. 너무 무섭고 또 약했다, 누나와 나는. 사업이 망한 후 아빠는 일용직 노동자가 되어 새벽마다 직업소개소를 전전하며, 엄마 역시 생활비를 위해 아침부터 늦은 밤까지 일을 하셨다. 현장에서 늦은 밤까지 일을 하시다가 집에 들어오시면 쓰러질 듯 주무신 사랑을 모르시는 고집 세고 무뚝뚝한 우리 아빠.

생활비를 안 주는 아빠를 대신해서 가정을 지키기 위해 종일 식당 설거지를 하며 생계를 꾸려가는 조용하지만 너무나도 강한 우리 엄마. 사랑받을 틈이 없어 한없이 어렸던 나와 일찍 철든 누나. 두 분은 사랑하지 않은 걸까, 못한 걸까. 서로 아끼며 뭉칠 힘이 없던 우리 가족은 가난이라는 풍파 앞에서 서로 제각기 흩날리고 있었다.

사랑받고 싶었다.

일하기 바쁘신 부모님은 누나와 나의 학교생활이나 성적에는 전혀 신경을 쓰지 않으셨다. 수업시간에 받아쓰기 테스트를 할 때면 다른 친구들은 두세 개만 틀리고 다 맞았지만, 나는 두세 개만 맞고 다 틀렸다. 단순히 엄마한테 칭찬받기 위해서 공부해가며 노력했었다. 그리고 드디어 100점을 맞는 날이 있었다. 항상 늦게 들어오시는 부모님을 채 기다리지 못하고 누나와 나는 일찍 잤다.

그날 밤 가방에는 100점 맞은 시험지와 소풍 안내장도 함께 잠들어 있었다. 평소에 알림장 검사를 하지 않았지만 그날만큼은 정말 엄마가 내 가방을 확인해 주길 바랐었는데. 자고 있는 내 모습을 보고 흐트러진 이불을 다시 목 끝까지 덮어주고 머리를 쓰다듬으며 내 곁을 지켜주길 바랐었다. 채워지지 못한 내 자신은 점점 더 애정 결핍증이 커져갔다. 밤이 너무 무서웠다. 처음에는 집배란다 창문 쪽에서 기웃거리며 몇 시간이고 엄마가 보일 때까지 기다렸다. 어린 나이였고 또 엄마가 좋았으니까. 하루, 이틀. 매일을 그렇게 기다렸다.

소풍 안내장이나 급식비 통지서가 있는 날이면 늘 두려웠다. 소풍비조차 버거운 게 우리 형편이었다. 임금을 제때 받지 못해 전기세와 수도세가 밀려 곧 끊기기 직전이었고, LPG 가스통에서 떨어져 가는 가스처럼 쌀통에 얼마 남지 않는 쌀까지. 누나와 내 급식비는 두세 달씩 밀려 있는 상황에서 차마 소풍 간다고 말을 하지 못했다.

급식비가 밀려 행정실에 갈 때면 혹여 친구들에게 들킬까봐 안절부절 못했다. 너무 부끄러워 얼굴은 빨개졌다. 죄지은 사람처럼 고개를 숙였다. 새 학기가 되면 항상 적어내는 가족 인적사항. 그 중에서 눈에 박힌 부모님 직업란. 부모. 공사판에서 막노동을 하는 아빠, 식당에서 설거지를 하는 엄마. 그때는 너무 부끄러웠다, 가난이. 집안 형편이, 우리 부모님이.

공휴일 날, 소개소에 일이 없어서 아빠가 일을 못하시고 집에 들어오셨다. 나는 정말 한 번이라도 아빠와 함께 손잡고 놀이동산을 꼭 가고 싶었지만 돈이 없다는 걸 알기에 가고 싶다고 차마 입 밖에 말을 할 수가 없었다. 아빠가 동네 슈퍼에 뭐 좀 사고 바로 온다는 걸 기어코 따라갔다. 냉장고 진열대에서 소주 몇 병을 집어 들고 있을 때 나는 과자 하나가 너무 먹고 싶었다.

그래서 졸랐다. 어린 마음에, 아빠는 끝내 사주지 않으셨고 집에 돌아와 파리채 2개가 부러지고 엄마가 말리기 전까지 회초리질은 멈추지 않았다. 이제 뭐든 짐이 될 거 같았다. 그 후로 아빠에게 크던 작던 고민이나 사소한 의논, 어떠한 장난조차 칠 수 없었다. 가난이라는 단어 앞에서 두 분은 힘겨워했고 마음의 여유조차 뺏어가 버렸고 나는 늘 불안했다.

익숙해졌다. 늦게 들어오시는 부모님과 밤이. 집 앞 가로등 밑에서 쭈그리고 앉아 있다가 불이 켜지고 몇 시간이 지나서야 엄마가 집에 왔었으니까. 누나가 있었지만 왜 어울리지 못했을까. 밖에서 맴돌기 시작했

다. 학교가 끝나고 동네 놀이터에서 처음 보는 친구들과 어울리기 시작
했다. 시간이 지나면 그 친구들은 한명 두 명씩 부모님의 손을 잡고 멀어
져갔다.

왜 우리 부모님은 이렇게 힘들어 해야 하는 걸까. 왜 나는 혼자여야만
하는 걸까. 나도 여느 친구들과 가정처럼 평범하게 살고 싶었고 그게 꿈
이 됐고 희망이, 소망이 됐다. 특별이 흐린 날이 아니면 밤하늘에 별 몇
개 정도는 쉽게 찾을 수 있었다. 밤에만 들을 수 있는 소리와 냄새. 적당
한 가로등 불빛과 서늘한 바람. 그렇게 밤이 편하고 좋아져갔다.

똑똑똑-. "저기요. 안에 누구 계실까요??"

가족이 다 모인 저녁 시간, 문 밖에서 누가 노크를 하며 불렀다.

"네, 누구세요??"

"혹시 여기 지웅이 집 아닐까요??"

"네 맞는데요. 무슨 일이시죠??"

……. 대문 밖에서 엄마와 어떤 아저씨와 대화하는 듯한 목소리가 들렸
다.

"저희 아들은 그럴 아이가 아닌데요?"라는 엄마의 대답도 함께.

부모님께 돈을 받기는 힘들지만 다른 친구들의 돈을 훔치고 뺏는 건
쉬웠다. 어느 순간 생긴 도벽은 갈수록 심해졌고 겁도 없이 나는 대담해
져 갔다. 아는 후배의 집에서 부모님의 장사 잔돈을 훔쳤었다. 누나가 방
으로 들어가 평소에 열지도 않던 내 가방을 열었다. 거실에서 그 모습을
본 내 심장은 순간 덜컥했다. 엄마에게 들키는 게 무섭고 또 너무 미안했

다. 일은 일어났고 누나가 돈뭉치를 발견하게 됐다.

처음이었다. 2년 동안 도벽을 해왔지만 처음 걸렸고, 엄마의 손에 붙들려 후배의 집을 찾아가는 30분 동안 처음 봤던 엄마의 눈물이었다. 너무 창피하고 부끄러웠다. 표현할 수는 없지만 처음 느껴봤던 감정이었다. "엄마를 실망시키면 안 되겠다"는 미안한 감정도. 항상 강하다고 생각했던 엄마의 모습. 그때 그 눈물이 아직도 가슴에 맺힌다. 그렇게 멈출 줄 몰랐던 내 도벽은 그날 이후로 내 모습에서 사라졌다.

다른 학교로 전학을 갔다. 4학년 때 다른 동네로. 전에 살던 집은 팔아 급한 빚을 또 해결하였고, 우리 가족은 이사를 갔다. 보증금 500만원에 월세 30만원. 1층이 집주인이고 우린 2층에서 살게 되었다. 이사를 마치고 새로운 학교에 처음 가기 전, 아무 문제없이 잘 다니자고 되뇌었다.

쉽게 어울리지는 못했지만 좋은 친구 몇 명을 사귀게 되었다. 5학년이 되고 어느 여름날, 그날은 학교가 빨리 끝났던 날이었다. 나는 집에서 TV를 보고 혼자 밥을 해서 챙겨먹었다. 계단에서 급한 발자국 소리가 들렸다. 누구지? 빠르고 다급한 보폭은 우리 엄마는 아니었다. 그리고 지금은 일하는 시간이었으니까.

가방에서 열쇠 꺼내는 소리가 들리더니 이내 문이 열렸다. 엄마였다. 내게 빨리 나갈 준비를 하라는 말을 집안에 울리고 무얼 챙기려는 듯 급하게 방안으로 들어가셨다. 공기는 무겁고 또 차가워졌다. 나 역시 황급히 옷을 걸쳐 입고 엄마 손에 이끌려 택시를 탔다.

"한국 병원 빨리, 빨리 좀 가주세요"

영문을 몰랐지만 물어보지 않았다. 직감적으로 안 좋은 일이 생겼다는 건 느낄 수 있었으니까. 택시는 정말 빠르게 병원 응급실로 앞에 차를 멈췄고 엄마와 나는 그저 뛰었다. 응급실에 들어서자 병원 냄새가 내 몸과 머릿속을 휘감았다. 왜 들어섬과 동시에 내 머리와 마음은 혼란스러워진 걸까. 흰색 커튼 한 장 쳐져 있는 침대 주위에는 흰색 가운을 입은 의사들과 여러 간호사들이 몰려 있었다.

조금 멀리 떨어져 있는 거리였지만 왜였을까. 피 냄새가 내 마음을 찔렀다. 먼저 와 있던 고모가 엄마에게 상황을 설명해 주셨다. 아빠가 신축 아파트 공사 현장에서 시멘트를 가득 실은 레미콘 차량에 복부까지 깔려 바로 이곳 한국병원에 왔다고 한다. 엄마가 조심스럽게 의사들이 모여 있는 곳으로 다가가 커튼을 열었다. 그리고 이내 뒤돌아 몇 걸음 떼지 못하고 그 자리에서 주저앉아 오열하셨다.

나는 차마 볼 수가 없었다. 우리 아빠는 저런 곳에 누워 있을 사람이 아닌데…. 실감도 제대로 안 났고 사실을 애써 부정했다. 의사가 다가와서 고모와 우리에게 다른 대학병원으로 빨리 가야 할 거 같다고 했다. 곧장 고모가 아빠 곁을 지켜 앰뷸런스를 타고 다른 병원으로 갔고 나는 엄마를 이끌고 택시를 타고 뒤따라갔다.

소식을 들은 누나도, 서울에서 아빠의 친척들과 가족들도 다 내려왔다. 검사 결과는 나왔고, 의사는 마음의 준비를 하라는 말을 우리에게 남겼다. 눈물바다가 됐다. 나는 화장실로 갔다. 세면대에서 세수를 하고 거울을 봤다.

"아빠…." 아빠와의 깊은 추억이 없었다. 늦은 밤까지 힘든 일을 하시고 쓰러질 듯 잠들었던 우리 아빠. 아빠에게 안마 한번 못 해본, 일 다녀오셨냐는 말 한마디를 못 해본 불효자다, 나는. 아빠가 죽는다는 말에 엄마와 누나를 내가 지켜야 한다고 생각했었다. 갑작스럽게 친척인 나경이가 떠올랐다. 잘사는 부모님 밑에서 동생과 사랑받고 앞으로 행복하게 자랄 모습이.

하지만 난 더 이상 아무것도 안 하고 가만히 있을 수가 없었다. 지키고 싶었다. 우리 가족을, 희망을. 수술해도 의미가 없다는 의사의 말에 무릅쓰고 큰고모가 수술을 그래도 해보자고 가족들을 설득했고, 그렇게 우리는 1%도 안 되는 확률에 희망과 기적을 걸었다.

9시간이 넘어가는 수술시간 도중 의사 한 명이 나와 성공적이라는 말로 우리들에게 희망을 남겨주었다. 앞으로도 큰 수술이 여러 번 남아 있지만 그렇게 놓칠 듯 날아가려는 목숨은 15개월의 병원생활과 끈질긴 재활치료로 다시 두 발로 땅을, 세상을 내딛으셨다.

다큐멘터리 같은 걸 보면 형 누나들이 알바하는 모습을 봤었다. 나라고 못할까. PC방에서 검색 창에 '신문배달 하는 법'을 쳐봤다. 그리고 바로 지도에 뜬 근처 신문사를 찾아가서 "신문배달을 하고 싶은데 어떻게 하면 되냐"고 물었고, 그 분은 내게 친절하게 설명해 주셨다. 알려준 위치대로 나는 신문보급소를 찾아갔고, 거기선 나이를 물어보지 않고 내일 새벽 3시까지 나와 보라며 흔쾌히 허락해 주셨다.

일주일 동안 따라다니며 일을 배웠고 드디어 내가 한 작은 아파트를 맑게 되었다. 학교 갈 때는 깨워줘도 잘 안 일어나던 내가 알람 소리를 듣고 새벽에 일어나 간단히 찬물로 세수를 끝내고, 4만원 주고 산 중고 자전거에 몸을 싣고 새벽을 가로질렸다. 5시만 돼도 주민들의 출근 때문에 엘리베이터를 이용하지 못했다.

그래서 그 시간 전까지 일을 끝마쳤다. 각 신문사의 신문을 계단에 펼쳐놓고 각 동에 호수별로 구독하는 신문을 추린 후 엘리베이터에 오르고, 20층부터 배달해야 할 층을 누르고 내려갔다. 어렸을 때부터 밤에 익숙해서 무섭고 겁나지는 않았다. 그렇게 세상에 스스로 처음 부딪쳐 갔다. 한 달이 지나고 통장에 찍힌 월급은 18만원이었다.

중학생이 되고 처음 걱정되었던 건 교복 값이었다. 동복, 하복 다하면 돈 40만원. 결코 쉽게 마련할 수 있는 돈이 아니었다. 나도 모르는 사이 내 성격은 소심해져만 갔고, 학교에서 여러 친구들과 어울리는 게 힘들었다. 친구들에게 먼저 다가가는 게 힘들어져만 갔다. 언젠가부터 내게 소중한 친구가 생겼고 그때부터 학교에서 웃을 수 있었다.

각자 가진 개성들. 교복을 몸에 맞게 줄이거나 부츠 컷으로 줄이며 벌어진 각도만큼 자신이 세 보인다고 생각하는 건지. 누구는 가방에 들어 있는 담뱃갑을 자랑하기도 한다. 다툼이 일어날 때면 입에서는 험한 욕설들과 지지 않으려는 기 싸움. 누가 일 짱이고 이 짱이고. 소위 말하는 잘나가는 친구들을 두려워하는 친구들. 같은 나이, 친구들이지만 계급을 나누며 반마다 짱들의 괴롭힘 속에 힘겨워하는 친구들이 있었다.

"야, 너 오늘부터 너 둘이 내 책 딱깔이 해. 쉬는 시간마다 딱딱 알아서 다음 시간 교과서 내 사물함에서 꺼내 책상 위에 올려나. 알았냐??"

우리 반에서 조금 논다는 애가 나와 내 친구에게 한 말이다. 왜 그때 나는 화내지 못했을까. 왜 그 부탁, 아니 명령을 듣고야 말았을까. 지금 생각하면 도저히 이해하지 못하지만 그때는 너무 약했다. 그래서 친구를, 내 자신을 지킬 수 없었다. 내가 할 수 있는 건 아무것도 없었다.

신문배달을 했지만 수업시간에 졸지는 않았다. 하지만 공부에 관심은 없었다. 부모님도 그러셨고 나 역시도 그랬다. 하지만 한번쯤은 성적을 올려보고 싶었다. 어울리는 친구들과 한 달 동안 매일 공부를 한 적이 있었다. 지하철 의자에서, 아파트 공원에서. 그렇게 성적은 갈수록 나아졌고 중상위권을 유지했다.

아버지는 다시 노가다에 뛰어들었다. 달리 방법이 없으셨다. 나 역시도 신문배달을 그만두고 주말에 편의점 야간 알바를 하려고 생각했다. 학교에도 지장을 안주고 또 서비스업이라서 사람들과 부딪혀 보고 싶었다. 알바천국에 들어가서 검색했다. '주말 야간'이란 수많은 모집공고 속에서 일일이 문자를 보내며 나이가 어리지만 잘할 수 있다, 한번만 시켜달라고 사정사정하며 면접을 보러 다녔다.

내 간절함을 보신 사장님은 내게 일을 시켜주셨고 어린 나이라는 핸디캡을 만회하기 위해서 더 열심히 일했다. 그렇게 받은 시급은 3200원. 나는 단지 일을 할 수 있다는 게 감사했으니까. 모두가 잠드는 새벽시간, 먹자골목 쪽에 위치한 편의점이라서 그런지 술에 잔뜩 취한 채 횡설수설하며 버럭 화내는 사람들. 매장 안까지 담배를 끄지 않고 들어오는 손님들. "어서 오세요, 안녕히 가세요"라는 인사말처럼 "봉투에 담아 드릴까요?"라는 물음에 "그럼 나보고 이걸 들고 가라는 거예요, 뭐에요."라는 식으로 따져 묻는 손님들까지. 나는 을이었고 손님은 갑이었으니까.

하지만 좋은 사람들도 많았다. '1+1'이라는 말에 "피곤하실 텐데 이거 하나 드시라"는 손님들이 참 고마웠다. 그렇게 사람들과 더 어울려보고 내 자신과 내 환경에 부딪치고 나아갔다. 더 이상 아무것도 하지 않고 살기 싫었다. 열심히 살고 싶었다. 내게는 꿈처럼 변한 소망, 평범한 가족을 꿈꿨으니까. 내가 할 수 있는 일들은 이제 더 이상 내빼며 피하고 싶지 않았다.

밥상을 엎었다. 이혼했다는 말에. 엄마는 아빠가 이혼 도장을 찍어 주지 않으면 보증금도 안 주고 떠난다고 협박했다고 했다. 여느 때처럼 다름없이 이사를 했던 우리 집에 아빠 짐은 없었던 거였다. 아무런 상의 없이. 희망이 무너지는 줄 알았다. 여느 평범했던 가족처럼 살고 싶다는 건 더 이상 꿈일 뿐이었다.

"나를 이렇게 괴롭게 할 거면 왜 낳았냐고!! 누가 태어나고 싶어서 태어난 줄 알아, 엄마는 엄마도 아니야!! 왜 나를 태어나게 해서 이렇게 힘들게 하는데. 다 필요 없어. 엄마나 잘살아!!"

연이어 "존나 죽는 게 더 편하겠지."라는 그 말을 끝으로 차가워진 집안은 공허함만 커져갔다. 자전거를 들고 무작정 집을 나왔다. 몇 년 전부터 나는 크게 어긋나 있었다. 사춘기 때문인 걸까. 중학교에 들어선 후 집에 들어오면 누나와 엄마랑 매일을 싸우고 또 싸웠다. 나는 엄마를 정말 사랑하는데. 오늘도 엄마 가슴에 대못을 박아버렸다.

뒤돌아서면 너무 후회하지만 엄마의 그 아픔과 외로움을 알지만, 어쩌다 내가 이런 쓰레기가 됐을까. 중학교 3학년. 가족을 지키고 싶었던 나는 괴물로 변해 있었다.

도시의 밤은 아름답다. 반짝거리는 네온사인과 화려한 간판. 유리창 너머 저녁을 먹는 가족들의 모습과 행복한 냄새, 곳곳에 보이는 값비싼 차들. 그곳에 내가 있을 곳은 없었다.

페달을 세게 굴렸어. 턱 끝까지 숨이 차도 절대 멈추기 싫었는 걸. 가난이 나를 따라잡지 못하게. 괴물 같은 모습이 더 이상 나를 집어 삼키지 못하도록 그렇게 계속 밟았어. 밤은 깊어만 갔고 도시에서 벗어나 강 쪽이었어. 다리 위에서 자전거를 멈추고 바닥에 앉아 난간에 기대었어. 옛날 생각이 났어.

"다 필요 없어, 엄마도 아빠도 다 필요 없으니까 눈앞에서 꺼지라고 제발."

"나 참 못됐다 진짜."

생활비 한 푼 없이 사랑을 모르는 아빠 때문에 여태까지 얼마나 힘들었을까. 얼마나 외로웠을까 우리 엄마. 근데 아들인 나는. 내가 여태까지 해왔던 말 하나하나가 엄마 심장에 박혀 왔겠지. 나 왜 이러지. 엄마 너무 미안해. 앞으로 더 힘든 날이 많을 텐데.

내가 없으면 다 잘살 거 같다는 생각을 했어. 식당 설거지 벌이로 아들딸 키우며 월세 내고 살아간다는 게 너무 힘들잖아. 나도 이제 곧 고등학교 올라가면 우리 엄마 벌이로는 도저히 나까지 감당하지 못할 텐데, 내가 사라져 버리면 우리 가족이 행복할 거 같은 거야.

더 이상 망나니 짓거리도, 속도 안 썩혀도 되니까. 사실 엄마가 많이 힘들거든. 병원에서 한쪽 시력이 거의 안 보인다는 진단을 받은 거야. 한쪽 귀도 그렇고. 우리 엄마 불쌍해서 어쩌냐, 진짜. 나 참 나쁜 놈이지. 그렇게 잘못된 선택을 했고 예전 파노라마가 스쳐 지나갔다. 아빠가 동네 놀이터에서 나를 목마 태우고 놀아주고 있었네.

그렇게 그날 밤, 모든 것들은 추락하고 말았다. 다음날, 내 방 책상에 편지 한 장이 있었다. 처음 받아보는 엄마의 편지. 그 속에 적혀 있는 엄마의 속마음.

"지웅아. 어제 엄마가 야단쳐서 미안해. 보육원 보낸다고 한 소리 진심이 아닌 거 알지. 엄마는 우리 지웅이를 너무나 사랑한단다. 엄마는 지웅이 없으면 못 살아. 지웅이가 요새 사춘기가 온 것 같아. 지웅이는 말버릇만 좀 고쳤으면 한다. 엄마한테 너무 함부로 대하는 것 같아. 엄마한테 너무 함부로 대하면 지웅이가 너무 미워진다. 부모에게 최소한의 예의는 갖췄으면 한다. 최소한의 예의를 갖추고 말버릇만 고치면 정말 사랑스런 지웅이가 될 텐데. 지웅이는 엄마의 벗이자 동반자야. 앞으로 우리 가족을 이끌 사람이야. 지웅이가 있기에 엄마는 든든하단다. 앞으로 조금씩만 고쳐나가자. 엄마도 될 수 있는 대로 너희들한테 욕하지 않을게. 지웅이도 그러렴."

'내가 무슨 생각을 한 거야 대체.'

다시는 돌이킬 수 없을 수도 있었던 잘못된 행동이었다. 싸울 때마다 엄마가 자주했던 "보육원에 보내버린다"는 말. 진지하게 고민하기 시작했다. 지금 환경에선 내 힘으로 내 자신을 바꾸지 못할 거 같았다. 오히려 서로 상처만 남고 아픔만 더 심해질 거 같았다. 달라지고 싶었다. 어긋나 버린 내 모습을 다시 찾고 싶었고 내 꿈을 찾고 키워가고 싶었다.

현실적으로도 엄마는 나를 고등학교를 보낼 여유가 없었고 나 역시도 학업을 포기하고 알바에 전념해야 하나 생각했었다. 보육원에 가야겠다. 그 생각뿐이었다. 막상 간다고 하니까 엄마가 말렸다. 나는 경제적으로도, 잠시 떨어져서 서로의 시간을 갖는 것도 필요할 거 같았다. 복지 관련 과에서 한 달 생각해볼 시간을 주고 그때 다시 연락하라고 했지만 2주도 못 지나서 담당자에게 재촉하며 설득했다. "그때 가도 생각이 변하지 않을 거 같다고. 지금보다 훨씬 좋을 거라고"

그렇게 새로운 출발은 시작되었다. 보육원에서 한 선생님이 차를 끌고 우리 집에 왔다. 김대성 선생님. 앞으로 나를 담당하게 될 선생님이라고 했다. 몇 가지 옷들과 책들. 내 물건들을 챙겨 차에 싣고 엄마를 향해 미소를 보였다. 보육원에 처음 와서 배정받은 303호. 방이 6개, 거실과 부엌. 함께 씻을 수 있는 욕실. 나는 2살 형과 동생이 쓰는 방에서 지내게 되었고 빈 벽장 안에 내 짐들과 꿈을 채워 넣었다. 그리고 문짝에 붙여놓은 종이 한 장. '절대 포기하지 말자'는 말.

303호는 17명이 함께 살았다. 형들과 같은 나이의 친구들. 동생들. 사람들에게 다가가는데 낯설고 힘든 나였지만 편지를 써가면서 친해지려고 노력했다. 형들은 적응을 잘할 수 있게 도와줬고, 후문에 의하면 몇 년 전까지는 폭행이 심했지만 지금은 그런 게 사라졌으니까 잘됐다고 일러주었다.

진짜 너무 좋았다. 아늑한 집과 학교가 끝나면 집에 반겨주는 동생들과 친구들이 있다는 게 너무 좋았다, 게다가 선생님까지. 따뜻했다고 할까? 더 이상 돈 걱정을 하지 않아도 된다는 게 기뻤다. 교복 값이든 수학여행 체험학습비든. 제대로 챙겨 먹지 못했던 밥과 아파도 병원비, 약값 걱정을 안 해도 된다는 게 정말 좋았고 감사했다.

애들과 서서히 친해지면서 고등학교 진학으로 고민을 했었다. 하루 빨리 돈을 벌기 위해 취업을 생각하고 특성화고에 진학하기로 마음먹었다. 보육원에서 거리가 꽤나 멀지만 학교 선생님이 추천한 고등학교로 원서를 썼다. '부모님이 십몇 년 고생하고 몸부림쳐도 따라오던 가난을 내가 과연 끊을 수 있을까.'

고등학교 가는 첫날. 버스를 타고 딱 1시간 20분이 걸렸다. 정말 독한 마음먹고 다니기로 결심했으니까 문제될 건 없었다. 좋은 취업을 위해서 다짐했던 마음들은 며칠이 지나면서 흔들렸다. 이제는 확실했다. 내 안에 벽이 있다는 거, 다 잊고 성격과 내 자신을 노력으로 달라지게 할 수 있을 거라고 생각했는데, 고등학교에서 친구들과 어울리기가 너무 힘들었다.

호감형이라서 애들이 먼저 다가왔지만 나도 모르게 벽을 치고 있는 거 같았다. 먼저 다가가지 못했다. 참 내가 미웠다. 너무 싫었다. 언제 내 안에 상처가 자리 잡고 있었던 걸까. 나는 그렇게 깊은 늪에 빠져버렸다.

내 이야기를 한번 들어보고 싶다며 담임 쌤이 먼저 내게 다가왔다. 누구한테 기대며 속마음을 이야기해 본 적 없던 나였지만 긴 시간 동안 내 이야기를 울면서 또 웃으면서 이야기했었다. 내 과거와 내 모습을 선생님은 이해해 줬다. 언제 학교에서 검사했던 우울 척도 테스트에서 내가 위험하게 나왔다며 위클래스에서 상담을 꾸준히 받게 되었다.

계속 우울감에 젖어 있기 싫어 주말 야간에 감자탕 가게에서 알바를 했다. 이곳 역시 나이가 어리다고 거부했지만 사정하며 열심히 일하는 모습에 나를 써주시기로 했다. 금요일 밤이면 방과 후까지 마치고 바로 출근을 했다.

전에 교실에서 코피가 나는 내 모습을 본 걸까. 학교가 끝나고 선생님이 슬쩍 건네준 쇼핑백 안에는 편지와 비타민이 있었다.

"지웅! 고등학교 올라와서 네 꿈을 열심히 찾고, 그 꿈을 향해 한 단계씩 올라가는 모습을 볼 때면 대견하고, 오지고, 안아주고 싶다. 여린 외모와는 달리 누구보다 강인한 정신력을 지닌 울 지웅이가 너무 자랑스럽다. 쌤이 줄 수 있는 모든 사랑과 믿음을 주고 싶구나. 늘 너의 꿈과 노력을 격려할게. 요즘 피곤해 하는 너에게 꼭 주고 싶다. 비타민 먹고 파이팅. 2013년 7월 3일, 비 오는 수요일 심경숙."

방과 후 평일에는 자격증 실기 공부로 밤늦게까지 경비 아저씨의 발자국 소리를 들으며 공부했었다. 토요일이 시험 날이라서 평소보다 빨리 퇴근해서 시험을 보러 갔지만 피곤해서인지 실수를 하게 되었다. 그래도 괜찮았다. 스스로를 칭찬했다.

'정말 열심히 살고 있다'라고. 일을 열심히 했고 또 곧 잘해서 시급도 바로 올려주셨다. 이렇게 내 자신을 이기고 싶었다. 기능사 자격증에 매달리며 알바까지. 잘하고 있다고 생각했다. 그땐 정말.

방향을 상실해 버린 노력은 더 큰 방황을 가져다주었다. 정말 깊게 절망했다. 절망하고 또 절망했다. 나를 지지하고 아껴주는 보육원 쌤과 학교 쌤. 중학교 시절부터 내 상처를 다 받아준 친구 몇 명. 그리고 가족. 하지만 나는 전혀 달라진 게 없다고 느꼈다. 내 안에 있는 벽을 깨부수고 밀쳐내려 노력했었지만 다 헛수고인 거 같아서, 고등학교에선 어울리는 친구들이 없어 항상 방황했다.

주기적인 상담도, 소중한 이들의 힘과 응원 속에서도 나는 내가 가야할 길을 잃고야 말았다. 그렇다. 길을 잃은 거 같다. 끝없이 내 모습은 추락했고 초라해져만 갔다. 취업할 때 유리할 거 같아 기계과를 선택했었지만 내 적성에 절대 맞지 않다는 것도 직시하게 됐다.

깊고 또 간절한 다짐과 마음과는 다르게 새로운 학년에 올라갔지만 내 자신은 더 망가져 있었다. 그 바닥이 없는 구멍에 끝없이 추락하고 있는 느낌이랄까. 도무지 어떻게 해야 할지를 몰랐다. 여러 선생님과 또 외부 기관에서 상담을 받고 유튜브에서 많은 강의를 찾아보며 힘을 내려 했지만 정말 나는 바뀌지 못했다. 여전히 우울증과 아픔은 깊어져만 갔고 반 친구들과도 쉽게 어울리지 못했다.

답이 있는 세상이라고 생각했다. 어떻게 하면 취업을 잘해서, 좋은 회사에 들어가 돈을 잘 버는 게, 가난에서 벗어나는 게, 상처에서 내 자신을 찾는 게, 나는 답이 있다고 생각했다. 이 시련을 끝낼 수 있는, 왜 내가 이렇게 힘든 건지라는 물음의 답도 역시, 허영 없는 믿음은 나를 더 깊고 어두운 곳으로 매몰차게 몰아갔다.

내 안에 벽과 깊은 상처에 나는 점점 죽어가고 있었다. 다시 죽음을 생각했다. 죽고 싶었다. 도망치고 피하고 싶었다. 제일 편하고 좋아했던 밤조차 나를 힘들게 했으니까, 항상 가위에 눌리게 되고 악몽에 시달렸다. 학교에서 무의미한 시간들. 내가 뭘 좋아하고 또 잘하는지 아무것도 모르겠다. 이런 내 모습을 동생들에게 보여주기 싫어 항상 밤늦은 시간에 들어갔었다. 초라한 형이라고 기억되고 싶지는 않았다. 나는 정말 동생들을 아꼈으니까.

흔히 이별 노래나 슬픈 노랫말에 술이 나왔던 게 생각났다. 술을 마셔보고 싶었다. 아직 미성년자지만 마시고 싶다는 끌림을 주체하지 못하고 밤에 모자를 깊게 눌러쓰고 근처 편의점으로 갔다. 심호흡을 한번 하고 술이 있는 쪽으로 가서 눈에 보이는 소주를 아무거나 집어 계산대에 올려뒀다. 나를 약간 의심스러운 눈빛으로 한번 훑어보더니 꺼림칙한 듯하지만 계산해주었다.

나는 최대한 자연스럽게 가게를 빠져나와 근처 공원으로 가서 병뚜껑을 땄다. 그리고 곧장 입에 댐과 동시에 들이켰다. 약간 취기가 올라왔을까, 눈물이 뺨을 타고 흐를 정도로 한 번에 터졌다. 나는 늘 혼자 외로워했지만 술이 나를 달래주는 거 같았다. 그 순간만큼은 너무 따뜻했었다.

그날 밤 편히 잠을 잤지만 술이 깨니 여전히 현실은 내 목을 조여 왔다. 답답하고 숨이 막혀왔다. 악순환의 반복일까. 나는 전날 이후로 항상 술을 마시고 잠을 잘 수밖에 없었다. 술이 나를 편하게 해준다고 느꼈고 그렇게 믿었다. 시간이 지나고 나는 벽장에 페트병 소주 한 박스를 사서 자기 전에 마셨다. 그 박스가 10일을 넘기지 못했다. 쳇바퀴를 돌고 도는 시계처럼 나는 상처와 슬럼프에서 벗어나지 못하고 맴돌았다. 술은 친구처럼 내게 다가왔지만 시간이 지나자 나를 집어삼켜 갔다.

이별이라는 단어에 절대 익숙하지 못했다. 소중한 누군가가 떠나고 잃어버린 아픔.

처음으로 가족이라는 단어를 마음으로 이해하게 해준 동생이 있었다. 그 동생은 내 상처를 함께하려 했다. 항상 내게 따뜻한 말을 해줬고 힘을 줬다. 같이 산다는 것 외에는 공통점이 없는 우리였지만 나는 그 동생을 친동생처럼 아꼈고 또 그렇게 생각했다. 형제가 생긴 거 같아 정말 기뻤고 그 동생 역시 상처가 많아 잘 챙겨주고 지켜주고 싶었다.

어릴 때 사랑으로 채워지지 못해서이겠지. 나는 누군가에게 힘을 주고 상처를 안아줄 힘이 없었다. 그렇게 그 동생을 지키지 못했다. 피워대는 담배가 늘어나고 점점 방황을 하며 사고를 치고 결국에는 퇴소를 해버린 동생을 보고 마음이 무너져 내렸다. 내가 그 동생을 그렇게 만든 거 같았다. 나는 형 자격이 없었다. 그래서 그 동생을 잃었고 방황하는 동생을 멈추게 하지 못했다.

누가 마음먹고 내 인생을 가지고 장난치는 거 같았다. 술은 더 늘어만 가고 학교조차 가기가 싫었다. 엄청난 죄책감과 아픔이 나를 뒤흔들었다. 더 이상 사람을 만날 용기도 힘도 없다. 학교 가기 전에도 술을 마셨고 줄곧 잠을 잤다. 집에 돌아오는 버스길에서는 교통사고를 당해서 기억을 잃고 싶었다.

항상 내 옆에 있던 누군가가 사라진 듯 아픔은 한없이 약했던 내 자신을 더욱 헤어 나오지 못하게 가뒀다. 내가 다시는 나를 찾지 못하게 하려는 듯 말이다. 그날 밤 대성 쌤이 바람 좀 쐬자며 드라이브를 했다. 실컷 울었다. 정말. 답답한 마음을 눈물로 토했다. 조용한 곳에 차를 멈추고 대성 쌤은 내게 말했다.

"지웅아, 많이 힘들지??"

"……."

"쌤이 잘해주지 못해서 미안하구나. 안 좋게 듣지 말고 잘 들어봐, 너 스스로 이겨낼 수 있는 상처가 아닌 거 같아. 원장님이 병원에서 치료를 받아보는 게 좋을 거 같다고 하시는데 어떻게 생각하니?"

눈에 맺힌 물 때문일까, 가로등이 뿜는 불빛은 흩날려져만 갔다.

21일 정도 정신병원에 입원했다. 입원하는 동안 매일 울고 이불을 뒤집어쓰며 약에 취하고 소리 없이 울었다. 약에 억눌려 아무 생각도 하기 싫고 내 자신이 누군지 잃어버려 돌이킬 수 없을 거 같았다. 술을 마시지 못하는 불안감과 여기서도 역시 나를 달라지게 할 수 없다는 좌절감에 고통스러웠다. 역시 죽는 게 답일까.

하지만 내가 여태까지 살아온 순간들을 절대 잊지 못한다. 나는 정말 부끄럽지 않게 살기 위해 노력했었고 그렇게 살아왔다. 자랑스러운 아들이 되고 싶었는데. 병원에 들어가기 전, 1학년 담임 쌤이 남겨준 카톡.

"지웅아, 뱃심이 강해야 돼. 힘들수록 밥 꼬박 챙겨먹고 퇴원하면 강한 뱃심으로 다시 살아가보자 우리."

입원하고 며칠 후 밥을 꼬박 잘 챙겨먹었다. 그리고 나가면 해야 할 일들을 버킷리스트 형식으로 적어가면서 새로운 시작을 꿈꿨다. 운동도 꼬박하며 내 자신을 다시 일으켰다. 정신병원에는 나의 편견과 다르게 멀쩡한 사람들이 많았다. 형들부터 누나들. 아저씨와 아줌마까지. 정상적인 사람들이 왜 이런 곳에 있을까 생각해봤다.

미래가 없는 거다. 그분들에게, 나에게. 당장 아침에 일어나서 해야 할 일, 하고 싶은 일보다 상처가 너무 아프고 깊어서인 거 같다. 많은 분들과 대화하며 상처를 공감했지만 내가 바뀌지 않는 이상 현실은 달라지지 않는다는 걸 안다. 나를 바꿀 수 있는 사람은 다른 누구도 아니고 바로 나다.

중독

새벽, 쌤과 동생들 모두가 잠드는 시간. 나는 방문을 열고 들어와 곧장 문을 닫았어. 이내 손가락 하나 힘으로 손쉽게 문을 잠갔지. 불을 켜지도 않았지만 창문에서는 도로의 불빛들이 스며들어오더라. 나는 몇 발자국 걸어가 블라인드를 내렸어. 너무 어두운 걸까. 스탠드를 켜서 가장 약한 밝기를 유지하게 하고 가장 가까운 벽을 찾아 기대 미끄러지듯 주저앉았어. 지쳐버린 몸과 마음, 이 적막한 공간을 술기운에 뱉은 숨결이 채워주는 거 같아. 있잖아, 문을 잠근 것도. 커튼을 내리고, 술에 취하고 내 자신을 가둬 버리는 거.

참 쉽더라. 뭐 내가 스스로 선택한 거지만. 근데 왜 사는 건 이렇게 어려운 걸까. 왜 진짜 내 모습을 찾는 건 이렇게 힘든 걸까. 내가 죽으면 슬퍼할 사람이 몇 명 있다는 걸 알아. 하지만 내가 당장 너무 힘드니까 이기적으로 생각하게 돼. 이제 그만 쉬고 싶은데. 잘못된 걸까. 오늘밤도 역시 죽는 판타지를 멈추는 건 너무 가혹하잖아. 예전 창문에 붙여놨던 종이 한 장, 그 안에 쓰여 있는 글씨.

"죽기 전에 딱 하나라도 제대로 해보고 죽자"

어둠이 하늘을 밝히는 저녁, 길가에서 울고 있는 어린 꼬마가 보였다. 얼마나 혼자 외로웠을까. 아스팔트 위에 떠오른 그림자만이 유일한 친구였던 어린 아이. 아주 어릴 때부터 혼자라는 생각에 세상이 얼마나 벅찼을까. 지금까지 모두 내 어둡고 실패한 과거였다. 상처 속에 숨어 있는 아이가 바로 내 모습이었다.

죽음에 대한 동경, 죽음에 대한 판타지. 그토록 싫어져만 갔던 내 자신, 하루하루, 그렇게 매일을 죽는 생각들로 내 자신을 죽여만 갔다. 죽음을 희망했고 꿈처럼 변해 버렸다. 나는 늘 불안했고 어떠한 일에도 집중할 수가 없었다. 혼자 우는 시간이 많아져 갔고 약이 없으면 잠을 이룰 수 없었다. 끝이 보이지 않는 가시밭길을 품은 터널을 맨발로 홀로 걸어가는 듯 그냥 그런 기분 그런 느낌. 그게 나를 미치게 만들었다.

도망쳐 왔다.

　그동안 처했던 환경과 또 내 자신을 위한다고 생각했던 알바와 부딪침도. 깊은 우울감과 무기력감에 피해 술을 마셨던 순간들도. 이별이라는 단어가 익숙하지 않아서 사람을 피하고 마음의 문을 굳게 닫고 피해버린 것. 나는 줄곧 도망쳤다. 태어나서 단 한 번도 내가 하고 싶은 일을 진지하게 생각하고 살아본 적이 없다. 단 한 번도 나를 위해 모든 것들을 투자하고 매달리며 노력했던 적이 없다. 나는 나를 위해서 살아가지 않았다.

　이제 하나의 가족이라는 말은 어울리지 않겠지만, 아직도 월세로 사는 몸이 약한 부모님을 생각해서라도 항상 돈을 벌고 싶었고 취업만을 생각했었다. 내가 좋아하는 건 중요하지 않았으니까.

　하늘에 반짝이는 별들, 어둠이 세상을 뒤덮어도 꺼지지 않는 빛들이 있다. 늦은 시간까지 불이 꺼지지 않는 기숙사의 풍경, 그 안에서 상상되는 누군가의 노력, 누군가의 간절한 꿈. 거리를 밝히는 차들과 도로변에는 편의점과 그 안에서 일하는 누군가, 주택가에서, 아파트에서 비춰지는 불빛. 지친 하루 일과를 마치고 가족들과의 단란한 시간.

　설사 불이 꺼질지라도 다른 곳에서 불을 밝히고 있겠지. 아무리 힘든 삶이고 세상일지라도 누군가를 지키기 위해서, 또 이루기 위해서 힘을 쓰는 거 같다. 나는 세상과 동떨어져 그들 속에서 섞이지 못했다. 많은 시간 동안 방황했지만 지금 내 자신을 찾지 못하면 나를 기다리는 이는 죽음뿐이겠지.

"죽기 전에 딱 하나라도 제대로 해보고 죽자"

지금 이렇게 말도 아니게 망가져 버린 내 모습을 인정했다. 이게 솔직한 내 자신이고 현실이다. 우울감에 빠져 마셔왔던 술. 독주로 내 몸에 쌓여 나를 더 무기력하게 만든 술을 이제 끊기로 결심했다. 나를 사랑해 가기로 했다. 아픈 추억에 빠져 후회하기보다 더 좋은 추억들로 나를 채우기로 결심했다. 죽을 생각을 멈추기보다 살 궁리를 더 하기로 했다. 내가 좋아하는 것을 찾기로 마음먹었다. 다른 누구도 아니고 바로 내 인생을 내가 살아보기로 그렇게 마음먹었다. 2015년 7월 16일 밤에.

에필로그: 죽어버린 로맨스. 떠올리지 않는 미래와 꿈. 사랑하기를 두려워하고 새로운 만남을 꺼려하며 스스로 가둬버렸던 내 삶과 내 자신. 그게 내 과거였다. "죽기 전에 딱 하나라도 제대로 해보고 죽자"고 7월 16일 밤 다짐한 각오를 기억한다. 1년이 지나고 10년이 지나도 이 글을 볼 수 있기를, 그때 이 글을 보고 미소를 띨 수 있기를.

시간이 지나고 여느 평범한 나날들 중 하루.

"오늘은 혜성처럼 등장한 작곡가를 모시고 한번 인터뷰해 보도록 하겠습니다. 안녕하세요?"

수상 소감

한 소년의 실패했던 과거, 실패자의 이야기. 어둠에서 빛으로….

안녕하세요.

먼저 제 과거의 시간들을 정리할 수 있는 기회를 주셔서 영화학교 밀짚모자에 너무 감사드립니다.

우연치 않게 공모전을 접하게 되었고 저는 이 충돌기에 누구에게도 쉽게 말할 수 없는 상처를 정리했습니다. 이 충돌기를 끝으로 이제 자유로워지려 합니다. 이제 퇴소를 앞두고 있고 자립과 생활, 불확실한 미래와 꿈 때문에 일단 직장을 다니며 제 꿈을 찾고 좋아하는 일을 찾으려 했지만 거기서 끝이더군요. 직장을 다니는 것 외에는 잃어버렸던 제 자신을 찾아가지 못했습니다. 죽음만이 더 커지고 깊게 다가왔습니다.

"내가 당장 오늘 내 삶을 포기할 수도 있는데 내가 선택한 길이 최선일까"라는 물음에 저는 자신할 수 없었습니다. 절대 쉬울 수 없고 쉽지 않은 선택이지만 직장을 곧 정리하려 합니다.

당장 내달부터 퇴소를 하면 자취방을 구하고 월세를 내며 틈틈이 알바를 하고 그들과 함께 살려고 합니다. 세상에 섞여 살려 합니다. 혼자 사는 인생이 아니잖아요. 다른 평범한 친구들처럼 저도 꿈을 위해서, 제 삶을 위해서 살려 합니다. 작곡을 배워보려 합니다.

태어나서 처음으로 제가 진정 하고 싶고 마음으로 이해한 꿈이랄까요. 동생들의 힘이고 든든한 친구이고 싶은 제 욕심도 지켜보려 합니다. 요즘 주말마다 한참 나가서 살 집을 알아보고 있습니다.

한 번에 모든 것들이 바뀌지 않고 앞으로 더 힘든 나날들도 많겠지만 삶을 즐겨보도록 하겠습니다. 이렇게 생각을 정리할 기회를 주셔서 너무 감사드립니다!

잃어버린 로맨스를 찾아가고 있는 한 사람.

희망상

일방통행 속에 사라진 뚱뚱이

·

박민 (대구광역시)

일방통행 속에 사라진 뚱뚱이

박민(대구광역시)

'여자라면 한 번쯤은 짝사랑의 실패를 경험해보지 않았을까?' 하는 의문을 조심스럽게 가져본다. 왜냐하면 나 또한 짝사랑의 실패로 인해 나의 고등학교 시기의 반이나 좌지우지하는 시간을 맞이했었기 때문이다.

처음으로 좋아했었던 남자아이에게 나의 외형으로 인해 거부당할 것이라는 두려움에 휩싸였었고, 그것의 모든 원인을 살이라고 생각하고 있었기에 극단적인 다이어트를 선택할 수밖에는 없었고, 그 결과로 나는 섭식장애에 걸렸었다.

나는 고등학교 때까지 몸무게가 아주 많이 나갔었다. 키 158cm에 몸무게가 자그마치 78kg이었다. 상당한 고도비만에 속해 있었지만 그때까지만 해도 나 자신은 나의 몸에 불만이라는 것을 아예 가지고 있지 않았다.

TV에 나오는 다이어트 프로그램, 학교나 집에서 친구 언니들이 외쳐대는 다이어트. 왜 전부 다 살을 빼려고 그렇게나 안달이 난 건지 아예 이해가 되지도 않았었다. 나는 내 몸에 대해 '만족함'이라는 것을 가지고 있진 않지만 그렇다고 먹을 것을 줄여가면서까지 굳이 살을 빼고 싶은 마음은 없었다. 오히려 '사람은 그렇게 살에 목 메여 살면 안 된다.'라는 가치관을 가지고 내가 먹고 싶은 것 내가 먹을 수 있는 것을 마음대로 먹을 수 있는 이 '생활'에 대한 만족한 삶을 지내고 있었다.

물론 부모님과 다른 친척 어른들께서는 내가 너무 뚱뚱한 것 같다며 여러 번 나를 만날 때마다 일침을 가하셨지만, 나에게는 그저 그것이 잔소리로밖에 들리지 않았다. 내가 내 몸에 대해 불만이 없으니 남들이 뭐라고 하던지 그 말이 귀에 들어올 리가 없지 않은가? 그렇게 주위에서 들려오는 말들에 귀를 닫은 채 하루하루를 생활하다가 나는 처음으로 내 몸이 나의 눈에 비춰진 계기가 생겨났다.

공부에 흥미는 전혀 없었지만 고등학교를 다니며 야간 자습을 하는 것도 모자라서 학업에 더욱 전진하라는 주변 어른들의 강요로 인해 나는 주말 영어 학원을 등록하게 되었다. 흥미도 없을 뿐더러 친화력이 상당히 좋지 못했던 나는 몇 달이 지나도 매일을 알아듣지도 못하는 수업을 혼자 몰래 듣고 간다고 해도 과언이 아닐 만큼 항상 구석진 자리에 앉아 수업을 듣고 조용히 빠져나가곤 했었다.

그러다가 어느 날 이렇게 강의식 수업도 좋지만 같이 수업을 듣는 사람들끼리 의견을 나누어보라는 선생님의 말씀에 불시에 모둠별 수업을 하게 되었는데, 그때 동갑내기인 어떤 남자아이와 처음으로 말을 섞게 되었다.

그 남자아이는 창현이라는 이름을 가지고 있었고, 창현이의 살가운 성격으로 인해 자연스럽게 이런저런 대화를 주고받으며 친해질 수 있었다. 우리는 지나가다가 마주치면 가볍게 안부라도 물을 수 있을 정도로의 친분이 생겨났다.

　나는 이상하게도 초등학교 때부터 중학교, 그리고 고등학교는 여고로 진학하면서 남자랑은 친해질 구실도 없었을 뿐더러 연이라는 것도 아예 없었는지 남자의 성별을 가진 친구를 그때 처음 사귀어 보았었다. 처음으로 남자 아이들은 어떤 생각을 가지고 있는지 주로 어떤 대화를 하는지에 대해 알 수가 있었고, 그 호기심과 깨달음은 점점 창현이에 대한 호감으로 이어졌다.

　공부라는 그 자체에 흥미가 없었기에 학원에 있는 그 시간이 내내 고역처럼 느껴졌지만 창현이와 인사하고 이야기하고 가끔씩 마주치거나 나를 돌아봐 줄 때의 그 느낌 하나로 나는 학원에서의 시간을 즐겁게 보낼 수 있었다. 모르는 문제나 숙제를 물어본다는 빌미로 한 번씩 말을 섞어볼 수 있는 것도 좋았고, 그냥 저 뒷자리에서 수업을 듣는 창현이의 뒷모습만 보아도 그저 행복했다. 그렇게 시간이 갈수록 나는 자연스럽게 창현이를 좋아하게 되었다.

　그때부터였을까. 연애를 하거나 짝사랑을 하게 된다면 예뻐진다는 말이 현실이 되듯 나는 처음으로 내 자신의 내면이 아닌 외면을 들여다보게 되었다. 평소에는 거들떠보지도 않았던, 행여 보게 되더라도 그렇게 신경조차 쓰이지 않았던 화장실 거울에 비친 내 자신을 들여다보며 처음으로 뭔가 현실을 직시하게 되었다는 느낌을 정확하게 받을 수 있었다.

거울에 비춰진 나의 모습은 머리숱이 너무 많아 부풀어 올라 사자를 연상케 했고, 콧대라고는 찾을 수 없는 코와 그나마 봐줄만 했던 눈도 살이 너무 쪄 부풀어 오르는 듯한 볼 살에 묻히려고 하는 형상에 나는 그만 거울을 보던 화장실에서 도망치듯 나올 수밖에 없었다.

아예 보고 싶지가 않았다. 그야말로 이런 나의 모습을 철저하게 외면하고 싶었다. 하지만 거울로 본 그것이 나의 본 모습이고 현실이라는 생각이 들자마자 뭔가 엄청난 둔기로 머리를 맞은 만큼이나 여러 가지 생각이 섞여 머리를 복잡하게 만들었다.

다른 사람들은 이때까지 이런 나의 모습을 보고 있었던 걸까. 그럼 도대체 창현이는 도대체 나를 어떤 시선으로 보고 있었을까? 못생기고 뚱뚱한 아이라고 생각하지는 않았을까. 항상 혼자 수업을 듣고 있었으니 그저 안쓰러워 보여 나에게 말을 걸어준 것은 아닐까. 여러 가지 생각이 스쳐들고 그 생각들은 꼬리에 꼬리를 물어 나를 더욱 괴롭게 했다.

주말마다 매일 보는 아이, 내가 처음으로 친해진 남자아이, 내가 호감을 가질 수 있도록 해준 친구. 그 아이에게만은 예뻐 보이고 싶었고, 어리석게도 그때는 이런 내 모습을 창현이가 절대로 좋아해줄 리 없다는 생각에 내 외면에 변화를 주고 싶었다.

그래서 한 날은 큰마음 먹고 그때 한창 유행을 탔던 옷을 여러 벌 사서 거울 앞에서 입어보았다. 나의 옷 스타일을 바꾸어 보기 위함이었다. 그러나 거울에 비친 나의 모습은 가히 충격 그 자체였다. 나는 대부분 후드 티나 통이 큰 바지를 즐겨 입으며 대체적으로 몸의 라인을 감추었었기 때문에, 요즘처럼 몸의 라인이 적나라하게 드러나는 예쁜 옷을 입어 보니 그간 힘들게도 숨겨왔던 살 들이 여기저기 삐죽 튀어나와 옷 태를 모두 망치기만 했었다.

게다가 살로 인해 덩치가 있다 보니 시중에 판매되는 웬만한 옷들 사이즈는 나의 몸에 어림도 없었고 나는 그 사실에 정말 절망적임을 느낄 수밖에 없었다. 살이 살이다 보니 사이즈가 맞지 않는다는 것은 어느 정도 예상했던 결과였지만 그 어떤 예쁜 옷을 입고 꾸며 보아도 거울에 비친 내가 예뻐 보이지 않았다. 그때의 나는 이 모든 문제가 살 때문이라고 생각을 했다. 그리고 살을 빼야 한다고 생각했다. 나를 얽매이고 있는 이 살들을 모두 없애버려야 한다고 말이다.

그래서 남 일이라고만 생각했던 다이어트를 그때 이후 처음으로 생각해보게 되었다. 하지만 어떻게 살을 빼야 가장 효과적으로 결과가 눈에 나타날 수 있을지 확고한 결정을 내리지는 못했다. 아무런 정보도 없이 다이어트를 한다는 건 여간 어려운 일이 아니었고, 나는 항상 마음은 다 잡고 있었으나 음식에 대한 욕심이 많았고, 또 운동을 꾸준히 하기에는 내 자신이 너무나도 게을렀다. 그래서 비록 어리석지만 나에게는 먹는 양을 굳이 줄이지 않으며 살을 뺄 수 있는 간단한 방법이 필요했다. 그래서 나는 정보를 얻기 위해 인터넷을 찾아보기 시작했고 나의 시선에 확 꽂힌 방법이 하나 있었다.

그것은 섭식장애의 대표적인 증상 중 하나인 방법이었는데 바로 음식물을 모두 섭취한 뒤에 게워내는 행동이었다. 처음에는 이건 방법이라기엔 너무 지저분한 행위가 아닌가 하며 '무슨 이런 방법이 다 있을까?' 라는 생각에 일단 거부감부터 생겨났지만 날이 갈수록 스트레스가 쌓이고, 고칼로리의 음식을 먹을 날이 더욱 늘어나게 되고, 또한 폭식까지 하게 되니 살이 빠지기는커녕 더 찌려는 기미가 보이자 나는 결국 그런 극단적인 방법에까지 손을 대고 말았었다.

그냥 처음에는 밥을 먹고 난 후에 그냥 헛구역질만 해대면 저절로 음식물이 나오는 줄 알았다. 하지만 여기서 조금 더 나아가야 할 줄은 정말 상상도 못 했었다. 입 속으로 손을 집어넣어 목을 긁어내듯 음식물을 게워낼 수 있도록 유도해야 하는 것이었는데, 이 지저분한 행위를 내가 감히 어떻게 해야 할지 도무지 용기가 나지 않았었다.

하지만 더 이상 이러한 몸 상태로 남고 싶지도 않았기에 나는 그 행위를 도전으로 삼아보고자 큰마음 먹고 그 날 폭식을 한 뒤 변기통 앞에 서서 제대로 해보려고 하였지만 당연히 주저할 수밖에 없는 현실이었다.

아무리 해도 내 입 속에 이 지저분한 손을 집어넣는다는 것은 맨 정신으로는 할 수 없는 일인 것만 같았다. 이러한 행위가 너무나 지저분했고 또 내가 이런 행위를 내 스스로 하고 있다는 그 사실을 받아들이고 싶지도 않았다. 믿기가 싫었다.

하지만 나는 오늘 내 몸의 모든 음식물을 게워낼 목적으로 평소에 하지 않았던 폭식까지 해버린 상태였다. 며칠 동안 음식물을 섭취하지 않았기에 내 몸이 이 많은 양의 음식물들을 다 소화시켜 버린다면 이때까지의 노력이 물거품이 되어 버릴 거라는 생각에 휩싸여 두려움이 물밀

듯이 밀려와 결국 세면대에서 손을 몇 번이나 빡빡 문질러서 씻어낸 뒤 처음으로 입 속 깊이까지 나의 손을 집어넣었었다.

그때의 기분으로는 '정말 이러다가 입이 찢어질 수도 있겠구나.'라는 생각이 들 정도로 입이 벌어졌었다. 손을 최대한 깊숙이 집어넣은 후 목구멍에 대고 손가락을 조금 움직이자마자 위, 식도, 입 순으로 역류되는 음식물에 대한 그 이질감, 그 뒤로 느껴지는 메스꺼움이 동시에 느껴졌었다. 아무리 몸이 좋지 않던 날에도 속을 게워내지는 않았던 나는 이 상상을 초월하는 느낌에 충격을 꽤나 크게 받았었다.

그러나 문제는 지저분하고 생소한 이 느낌이 싫지만은 않았다는 것이었다. 폭식을 한 탓인지 거북할 정도로 윗배가 볼록 튀어나와 숨을 쉬기도, 몸을 움직이기도 굉장히 힘이 들었다. 그런 내 몸을 방해하던 많은 양의 음식물들을 모두 변기 통 안으로 흘러내려 보내고 나니 한없이 가벼워진 이 몸의 느낌은 상쾌하게 느껴질 정도로 좋았었다.

첫 느낌부터 이런 느낌을 받아 버리니 이 행위가 날로 지속되고 반복되어 간 것은 두 말할 것도 없었다. 나는 폭식을 하고 난 후도 모자라 무언가를 먹는 족족 화장실로 발걸음을 옮겼다. 과자 한 개를 먹었다면 그 과자 한 개를 뱉어내기 위함이었고, 밥 반 공기를 먹었다면 그 밥 반 공기를 게워내기 위함이었다.

그러다 누군가 집에 있는 날이라면 행여 소리가 새어 나갈까 불안해 세면대에 물까지 틀어놓고 일부러 소리를 분산시켜 속을 게워내기도 했었다. 그렇게 매일 토를 하다 보니 몸에 남아 있는 음식물도 없는 데다

체내의 수분까지 빠져 버리니 살이 빠지는 것은 당연지사일 수밖에 없었다. 게다가 몸무게 또한 1~2kg이 쑥쑥 빠져 버리니 나는 먹고 속을 게워내는 그 행위에 대해 굉장한 만족감을 느꼈었다.

그도 계속 그럴 수밖에 없는 환경인 것이 부모님께서도 맞벌이를 하셨기 때문에 내가 집에서 이러한 행동을 하고 있다는 것을 전혀 눈치 채지 못하였었다. 부모님께서 아시게 된다면 토를 하지 못하게 될 것이 뻔했으므로 나로서는 오히려 다행인 축에 속했었다.

물론 나의 이러한 행동들은 모두 내가 좋아한 창현이라는 아이 때문이었고, 창현이에게 예뻐 보이고 싶어 시작하게 된 행위였지만 창현이는 나와 친해지게 된 지 3달 만에 학원을 그만두게 되었고 나는 그 일에 대해 너무나도 낙심했었다.

지금 생각해보면 창현이가 학원을 그만둔 이유는 그 아이에게 고등학교를 다니면서 학원까지 다니려니 그것이 너무 힘들었었거나 그 학원이 자신에게 버거웠다는 이유가 가장 컸을 테지만, 그때의 나는 어리석게도 무조건 '나의 탓'이라고 생각했었다.

나의 이러한 외면 때문이라고, 창현이가 학원을 그만둔 것도 못생기고 뚱뚱한 내가 자기를 좋아하는 것을 알았기 때문에 그것을 알고 도망간 것이라고 생각했다. 그렇게 생각을 하니 너무나 괴로웠고 그날 처음으로 나는 거울을 바라보며 자학이란 걸 해보았다. 예쁘게 태어나지, 날씬하게 태어나지라는 원망도 해보면서 말이다. 그리고 훗달 나도 학원을 그만둘 수밖에 없었다.

그렇게 나도 학원을 그만두고 난 후 그렇게 나는 몇 달에 걸쳐 몸무게를 20kg 이상 감소했다. 낙심이라는 마음의 느낌이 꽤나 큰 영향이었는지 난 폭식을 하던 습관을 단번에 끊었고 음식에는 일체 손을 대지도 않았다. 행여 어쩔 수 없이 먹어야 하는 날이 있다면 쥐도 새도 모르게 입에 머금고 있다가 뱉어 버렸고, 아니면 그 자리에서 바로 휴지에 뱉어 싸서 버리기도 했었다.

　　아무도 모르게 낙심이라는 마음만으로 이루어진 나만의 은밀한 행동의 결과물은 황홀했지만 참혹할 수밖에 없었다. 게다가 나는 엄청나게 빠진 몸무게에도 전혀 만족하지 못했다. 20kg이나 감량한 그때까지도 나는 내가 뚱뚱하다고만 생각했었다.

　　식욕이라는 욕구가 채워지지 못해서 그런 건지 신경도 갈수록 예민해져 갔고, 내가 몸무게를 20kg이나 뺀 것에 어마무시한 자부심을 가졌지만 누군가 나에게 살에 대한 이야기를 꺼내면 엄청나게 히스테리를 부리듯 신경질을 냈었다.

　　교복은 헐렁하다 못해 흘러내려서 다시 새로 사야 했고, 몸에 영양분이 없으니 혈색은 새하얗게만 변해가고, 입술은 매일 부르트고, 게다가 살이 갑자기 너무 빠지다 보니 사자를 연상하던 머리숱들은 날마다 한 움큼씩 빠져 더 이상 머리숱이 많다는 소리를 듣지 못할 지경에까지 이르렀지만 애석하게도 나는 거울 속에 비친 내 모습이 너무나 뚱뚱하다고 생각했었다.

　　체중계에 오르고 0.1kg이라도 빠진 것을 확인하는 것이 나의 유일한 삶의 낙이었지만, 동시에 0.1kg이라도 늘어난다면 하루 종일 나 자신을 죄의식으로 물들여만 가는 원인이었다.

체중계에 오르는 것을 제외하면 정말 하루하루가 무의미의 연속이었다. 딱히 하고 싶은 일도 없고 밥을 먹지 않으니 무언가를 할 힘이 날 리도 없어서 주말에는 하루의 대부분 시간을 누워서 생활했다. 가끔씩 친구들이 연락을 해와도 영 기운이 없어 나갈 기력도 생기지 않았다. 평일날의 학교에서 또한 마찬가지였다.

먹은 게 없어 집중이 되질 않으니 수업을 들을 수 있을 리가 만무했고, 이동수업을 하다가 힘이 빠져 넘어지는 경우가 다반사였던 데다 몸에 수분이 없으니 어지러움까지 느껴 거의 매일을 조퇴해 집으로 갈 수밖에 없었다.

게다가 나는 급식비를 다 지불하였음에도 학교에서도 밥을 일체 먹지 않았다. 다 같이 있는 그 자리에서 내가 먹는 모습을 누군가에게 보여주고 싶지 않았을 뿐더러 밥 먹는 시간이 자유로운 집과는 달리 학교에서의 급식시간은 너무나 짧은 시간이었기 때문에 밥을 먹고 화장실로 가려면 시간이 턱 없이 모자랐다. 밥을 먹고 난 후의 속을 게워내지 못하는 것. 그게 학교에서 밥을 먹지 않는 주된 이유였다.

내가 점심시간에 밥을 먹지 않고 계속 운동장이나 복도를 배회하니 어느덧 담임선생님도 내가 점심을 먹지 않는 다는 것을 눈치 채셨던 건지 어느 날 나를 따로 불러내셔서 왜 밥을 먹지 않느냐고 물어보셨다. 나는 그것에 대한 이야기를 사실대로 이야기할 수가 없었다. 살이 찔까봐 밥을 먹지 않는다는 것 누가 그것을 정상적으로 받아들이겠는가.

게다가 선생님께서 밥을 먹으라고 직접 권유까지 해주셨지만 그것을 진심으로 받아들이지도 않았었다. 그 자리를 겨우 빠져나와서도 난 단 한 번도 학교에서 밥을 먹지 않았다.

하지만 이러한 나의 행동은 5달을 채 넘기지 못했다. 물론 학교에선 안 먹으면 그만이었지만 더 이상의 집에서는 아니었다. 그때가 1학년 여름방학이었고, 나는 그 해 여름방학에는 보충학습을 나가지 않았다. 어머니 또한 나의 여름방학에 맞추어 일을 쉬시게 되었는데, 어머니의 그런 갑작스러운 행동은 나에게 불안과 불만의 연속이었다.

어머니와 내내 같이 있다 보면 끼니를 거르는 것에는 한계가 있는 법이니까. 집에서마저 밥을 거부할 수밖에 없는 것은 정말 안타까운 것이었지만, 불효하게도 이 모든 이유가 밥을 먹은 후 속을 게워내지 못하기 때문이었다.

그래서 어머니랑 방학 동안 꽤 많은 마찰이 있었다. 물론 '왜 밥을 먹지 않느냐?'가 주된 주제였고, 나는 그저 입맛이 없다는 것에 초점을 두어 이야기하며 대충 둘러댈 수밖에 없었다. "아무렴, 밥을 먹고 속을 게워내지 못하니까."라고 어머니께 어찌 말씀드리랴.

어머니께서 걱정과 충격을 받으실 거라는 것도 당연히 있었지만, 잠재적이어야만 하는 이 행위를 들키는 날에는 난 다시는 이 행위를 하지 못하게 될 테니까. 그래서 어머니께 이 사실을 숨길 수밖에 없었다.

밥 먹는 것을 최대한 자제했다. 행여 먹게 되더라도 먹고 게워냈다는 티를 안 내려고 엄청나게 노력했다. 하지만 나의 이러한 노력은 방학의 기간이 반도 지나지 않아 산산이 부서졌다.

내가 밥을 계속 먹으려 하지 않으니 어머니께서 자장면이라도 시켜 먹자며 나를 설득하시기에 나는 어쩔 수 없이 그 말에 알겠다고 동의할 수밖에 없었다. 자장면 같은 고칼로리의 음식을 섭취할 생각을 하니 눈앞이 캄캄했지만 그때 나는 이틀 동안 아무것도 안 먹은 상태였으므로 무언가를 먹는 모습을 어머니께 보여드려야만 했었다.

기다리지 않았던 자장면이 오고 그것을 먹는 순간에도 나는 적게 먹으려고 노력했다. 빨리 포만감이 차도록 오랫동안 씹어 먹는 것도 모자라 되새김질까지 해대었다. 하지만 이때까지 음식을 제대로 섭취한 적이 없었으니 음식을 삼키는 그 한 입 한 입마다 나의 몸이 1kg씩 불어나는 것 같은 그 느낌을 떨칠 수가 없었고, 먹는 내내 불안감을 안고 있을 수밖에는 없었다.

그렇게 꾸역꾸역 자장면을 입에 구겨 넣듯 억지로 먹다가 몇 젓가락을 남겨놓고 배가 부르다는 이유로 자리에서 일어났었다. 그리고 난 뒤에 마치 평범한 일상 중 하루의 일과인 것처럼 나는 여느 때와 다름없이 20분간의 여유를 가지고 화장실로 직행해 딱 속을 게워내려 했던 그 순간이었다.

갑자기 거세게 쿵쾅거리며 밖에서 화장실 문을 거칠게 두드리는 소리가 들려오면서 빨리 문을 열라는 어머니의 호통 섞인 목소리까지 들려왔었다. 문 너머로 큰 소리가 들려오자 이게 무슨 일인가에 대한 상황

파악이 채 되기도 전에 계속되는 호통소리에 속을 게워내려던 행동마저 모두 잊어버린 채 변기 앞에 우뚝 서서 화장실 문을 열지 말지에 대해 안절부절 못하며 고민하고 있는데, 부서질 듯 두드려지는 문과 어머니의 호통 섞인 목소리에 덜컥 겁을 먹고 마지못해 화장실 문을 열 수밖에 없었다.

그리고 난 엄청나게 화가 난 표정을 짓고 계시는 어머니와 마주할 수 있었다. 내가 문을 연 후 어머니는 변기 앞에 서 있는 나를 보시고는 너 왜 그러냐는 화가 섞인 물음으로 나에게 입을 여셨다. 왜 밥을 먹고 계속 게워내느냐는 어머니의 물음에 나는 온몸이 딱딱하게 굳어지는 것만 같았다. 어머니가 뭐 어떻게 아시게 된 건지에 대한 의문과 머릿속이 뒤죽박죽 혼란스러워졌고 나는 어머니의 물음에 아무런 대답도 해드릴 수가 없었다.

내가 그 물음에 대해 입을 열지 않으니 어머니께서 내 생각을 읽으신 건지 나의 의문에 대해 직접 이야기를 해주셨다. 어머니께서 나의 이러한 행위를 아시게 된 경위는 내가 음식물을 게워낸 뒤 변기통의 뒤처리가 깔끔하지 못했다는 점과 밥을 먹고 난 후의 화장실로 향하는 일정한 시간 때문이었다.

나는 어머니의 말씀을 듣는 내내 그 어떠한 티도 내지 않으려고 노력했고 또 어머니의 물음에 끝까지 그 어떠한 말도 하지 않고 잡아떼려고 하였지만, 내 앞에 굉장히 화가 나신 어머니를 보니 아무런 말도 없이는 도저히 그 상황을 넘길 수는 없을 것 같았다.

하지만 도대체 어떤 말로 이 상황을 헤쳐 나가야 할지 몰랐다. 어머니의 감정이 격해져 있는 상태에서 당장 장황한 설명을 하기에도 어려워 보였다. 시간을 계속 끌 수도 없을 것 같아 결국 간략하게나마 "살이 찌는 게 두렵다."라고 이야기를 드렸으나, 나는 그 문장 선택이 아주 옳지 못했다는 것을 그 말 직후에 바로 알 수 있었다.

어머니께서 처음으로 나의 뺨을 내리치셨기 때문이었다. 어머니께서 내 뺨을 내리치신 그 순간 놀라 소리를 지르기도 전에 어머니의 다른 손이 내 머리채를 휘어잡고 잡아당기는 그 손아귀에 이끌려 난 거실로 거의 끌려가다시피 발걸음을 옮길 수밖에 없었다. 원치 않게 장소가 바뀌게 되고 어머니의 손이 내 머리카락을 떠나간 후에도 나에게로 향하는 어머니의 거센 손길들은 멈추지 않았다.

은연중에 흘긋 보였던 어머니의 얼굴은 불덩어리를 연상시킬 만큼이나 잔뜩 새빨갛게 달아올랐었다. 그야말로 분노 그 자체였다.

어머니가 화가 난 것은 충분히 이해가 갔었지만, 그래도 나는 맞는 내내 답답함이 밀려오는 것을 참을 수가 없었다. 아무런 이유도 알지 못하면서 왜 제대로 내 이야기도 듣지 않고 나를 이렇게나 때리는지 의문이 피어났고, 그 의문이 계속해서 쌓이다 결국 나는 주체할 수 없이 화가 나 어머니의 손이 내 머리에 닿는 그 순간 생전 처음으로 찢어질 듯 비명을 내질렀다.

내 비명소리에 놀라신 어머니가 순간 우뚝 손길이 멈추시자마자 나는 그때를 놓치지 않고, 어머니에게 평생 가도 주워 담지도 못할 어리석고 철없는 말들을 내뱉었다.

도대체 엄마가 뭘 아냐고, 내가 무슨 일이 있었는지, 내가 왜 살을 빼는지도 모르면서 무턱대고 때리기만 하냐고, 내가 너무 뚱뚱하고 못 생겼으니까 아무도 나를 좋아해주지 않는다고, 내가 좋아하던 사람도 내 모습이 이 따위라서 다 도망갔다고, 내가 뭘 해도 내가 예뻐 보이지가 않는다고, 내가 받은 이 상처들을 엄마가 알기나 하냐면서, 내가 울분을 토해내며 이야기하자 어머니는 아무런 반응 없이 나를 공허하게 쳐다보기만 하였었다.

아마 내 말에 충격을 꽤나 받으신 듯했다. 그 말을 끝으로 한동안 서로간의 아무런 말도 오고가지 않다가 곧 어머니께서 무거운 정적을 깨시고서 나를 향해 상당히 떨리는 목소리로 입을 열었었다.

그러면 그렇게 살을 빼도 되는 거냐고, 네 몸을 망쳐 가면서까지 그렇게 살을 빼도 되는 거냐고, 나에게 다그치듯이 말을 하시는 그 순간 나는 어머니의 눈이 충혈된 것을 알 수 있었다.

왜 그러냐고, 너 왜 그러느냐고, 그러다가 쓰러져서 행여 잘 못 되기라도 한다면 그때는 어찌할 거냐고, 너 없이 엄마가 어떻게 사느냐고, 나를 부여잡고 호소하듯 이야기를 하나가 충혈이 된 눈 사이로 눈물을 흘리시는 어머니의 모습을 보자마자 그때 또 한 번 무언가가 내 머리를 둔탁하게 내려친 느낌이 들었고, 무언가가 심하게 잘못되었다는 것을 직시할 수 있었다. 이건 아닌데, 내가 어머니를 울리려고 한 행동이 아니었는데.

그 날 어머니와 나는 몇 시간 동안 서로를 부둥켜안고 눈물을 펑펑 쏟아내었다. 서로 아무런 말도 없이 눈물만 흘리고 있어도 모든 감정이 교류되는 기분이었다.

그리고 그 일이 있은 다음 날부터 나는 밥을 한 숟갈이라도 먹고 토하지 않으려고 노력했다. 그렇지만 마음을 먹었음에도 그것을 실천하는 것은 쉬운 일이 아니었다. 안타깝게도 나의 의지로 이러한 문제를 해결해 나가기엔 극심한 어려움이 존재하는 것 같았다. 그래서 어머니의 권유로 어머니의 지인이 계시는 병원에서 처음으로 상담이라는 것을 받게 되었다.

병원의 선생님께서는 나의 모든 이야기를 천천히 귀 담아 들어주셨다. 창현이와 있었던 이야기부터 내가 이러한 행위를 왜 시작하게 되었고 왜 끝내지 못하는지에 대해서도 말이다.

선생님은 내 이야기를 침착하게 모두 듣고 나서 나의 이러한 증상이 섭식장애의 일부분이라고 말씀하여 주셨고, 내가 이 행위를 계속했을 경우 겪는 불이익과 불상사의 결과물을 선생님께서는 나에게 천천히 일러주셨다.

행여 내가 이 행위를 계속했을 때 치아가 부식하게 될 것이고 식도염, 위염, 탈수증세까지 도달하고 그리고 나중에는 치아가 녹아내려 이를 다 뽑아야 할지도 모르는 사태까지 올 수도 있다고 말이다.

물론 나는 이 행동을 시작할 때부터 이미 이 행위가 섭식장애의 일부분인 줄은 알고 있었지만, 이걸 계속 지속했을 때 그렇게나 심하게 내 신체에 불이익이 따르는 줄은 꿈에도 알지 못했었다. 나는 그저 손에 난 흉터가 고작이라고 생각했었기 때문에 선생님을 통해 사실적인 이야기들을 직접 들으니 순간 두려움이 느껴졌었다.

그 후로도 나는 몇 개월간 상담을 이어갔고 상담하는 내내 선생님께서는 나에게 정상적으로 밥 먹는 것을 시작하기를 권유하셨다. 그리고 그것이 어머니의 귀에 들어가게 되자마자 나는 그날부터 바로 정상적인 식사를 할 수밖에 없었다.

정상 식을 시작하고 몇 개월간은 정말 스트레스의 연속이었다. 아무래도 잘 먹지 않았던 밥을 규칙적으로 먹다 보니 계속해서 느껴지는 위의 포만감은 물론이거니와 살이 한꺼번에 왕창 불어나는 것만 같은 불안감에 계속 휩싸일 수밖에 없었다.

그리고 몇 주간의 정상 식후에 처음으로 몸무게를 재었을 때는 가히 절망적이었다. 운동을 꾸준히 하고 있음에도 불구하고 몸무게가 10kg이나 증가하였다. 물론 몸무게가 늘어날 것이라는 것을 충분히 예상하고 시작했던 일이었지만 그래도 막상 그걸 두 눈으로 확인하고 나니 참으로 암담한 일이 아닐 수가 없었다.

그러다보니 당연히 중간에 포기하고 싶은 적이 한두 번이 아닐 수 없었다. 내가 도대체 어떻게 뺀 살인데 다시 점차 돌아가는 모습을 보려니 너무나도 힘이 들어 중도에 여러 차례 폭식을 하는 일이 있었지만 쉽게 포기되지 않았다. 만약 여기서 내가 포기하게 된다면 나는 평생 이런 식으로 살아갈 수밖에 없다는 생각 때문이었다.

그렇게 또 한 번 몇 개월간의 시간이 흐르고 정상 식을 계속 이어온 결과 신기하게도 살이 찌는 것은 10kg까지가 끝이었다. 운동의 결과인지 모르겠지만 살은 더 이상 찌지 않았고 오히려 점차 줄어들어갔다. 밥을 규칙적으로 지속적으로 섭취를 하다 보니 아무래도 힘이 빠져 넘어지는 일도 어지러움을 겪는 일도 줄어들어갔고 어느새 얼굴의 혈색마저 좋아졌었다.

그리고 현재 내가 정상 식을 한 지 1년 2개월이 지났고 나의 몸무게는 56kg이다. 한 아이에게 사랑을 받고자 시작했던 나의 위험한 도전은 비록 좋지 못한 길로 빠지는 듯해 보였지만, 지금은 마치 제 자리를 찾은 것처럼 순탄한 과정으로 흘러가고 있다.

물론 아직까지 위염과 식도염을 앓고 있고 게다가 나의 손 등의 흉터까지 고스란히 자리 잡고 있지만, 지금의 나에겐 그 하나의 커다란 사건이 나에게 크나큰 변화를 줄 수 있게 한 계기가 아닐까 하고 생각이 된다.

나의 고등학생 생활을 반이나 잡아 먹어버린 충돌사건, 하지만 나를 이런 모습으로 있게 해준 하나의 해프닝.

앞으로도 나의 삶의 길에 영원한 마음의 표식으로 자리 잡을 나의 충돌기이다.

수상 소감

짝사랑의 대상에게 그저 예뻐 보이고 싶어 효과가 확실하고 비교적 빠른 어리석고 극단적인 다이어트를 찾다가 결국 섭식장애에까지 발을 뻗게 되어버린 나.

살을 20kg이나 감량했었음에도 거울 속에 비친 자신의 모습을 바라보며 나는 여전히 내가 뚱뚱하다고 생각할 수밖에 없었다.

입술을 트고, 머리숱은 한 움큼씩 빠져가고 교복은 크다 못해 흘러내려서 새로 사야 했지만 나는 더욱 살을 빼고 싶었다. 내가 원하는 것은 날씬한 것이 아니라 마른 몸매이었으니까.

섭식장애에 따른 충돌기가 나와 같은 고민에 빠진 친구들에게 위로가 되기 바란다.

투지상

명백의 늪

·

박수린 (경기도 부천시)

명백의 늪

박수린(경기도 부천시)

　아마도 나는 청소년기에 겪을 만한 일들 가운데 거의 대부분의 것들에 대해 말할 자격이 있을지도 모른다. 청소년기에 겪을 만한 일들에는 무엇이 있을까? 학교, 가정, 종교와 학교 외의 공간을 내포한 사회 같은 것? 성적인 문제는 제쳐 놓기로 하자. 그것은 개인의 지극한 내부적 이야기이기 때문에.

　아무튼, 재미있게도 나는 구름 위를 날았다가도 길을 잃어 뱀들이 사는 늪지대에 빠져 허우적대는 채로 짧은 생애의 절반 이상을 보냈다. 유년기. 나는 행복이라는 감정이 몹시 생경하지만 동시에 내 자신의 내면에 안정적으로 설치되어 있다고 느꼈고 무너질 리 없다고 생각했었다. 나는 매우 조용하고 쉽게 선뜻 먼저 손을 내밀지도 맑고 밝게 웃어주지도 않는 아이였을 것이다.

　부모와 처음 떨어져야 했을 대여섯 살 즈음, 피아노 수업을 듣기 위해서 차를 타고 멀지 않은 피아노 선생님의 집에 가야 했었다. 나는 그 때 다른 아이들처럼 울고 불며 가지 않겠다고 떼를 쓰기는커녕, 내가 부모와 떨어져야 한다는 것을 이미 알고 있으며, 그 결정은 변하지 않을 것이라는 사실을 알고 있다는 것 마냥 조용히 차에 올라타 어머니를 물끄러미 쳐다보다가 사라질 때가 되었을 즈음 아무도 모르게 울음을 삼켰다. 그것이 내가 나의 '어머니'라는 존재를 떠올리면 가장 까마득하게 남아 있는 기억이다.

그렇다면 나의 '아버지'는 어떤 사람이었는가. 나는 아버지가 나와 함께했던 기억은 극히 없다. 집에 없는 것이 자연스러워 그 부재를 감지조차 하지 못하고 문제를 인지조차 하지 못한 채로 허공에 발길질을 연신 해대는 것이 나의 몫이었다. 그는 주위에 사람이 많은 타입이었다.

사람을 구분 없이 사귀었고, 또 나름의 남성성을 묘하게 가지고 있었다. 그는 결코 가부장적이거나 꽉 막힌 타입은 아니었으나, 그렇다고 가정에 충실하고 모범적인 이는 아니었다.

아홉 살 이후로 아버지는 많으면 일주일에 한 번, 적으면 한두 달에 한 번 꼴로 집으로 왔다. 나는 나의 아버지가 어떤 직업을 가지고 살았는지 명확히 알지 못한다. 그저 그의 사업체가 지방에 있기 때문에 자주 만나지 못하며 방학 때가 되면 매해 두세 번 즈음 여행을 이박삼일 가량 다녀오는 것이었다.

아, 그리고 그 이전에 그는 아마도 몹시 바람직하지만은 않은 이들과 어울렸다. 예상하건대 아마도 그는 우리 집에서 그의 모습처럼, 어딘가 그 애매한 선에 걸쳐 있는 채로 많은 이들을 만났을 것이다. 나야 알 수 없지만.

나는, 유아기적 극도로 정적인 아이였다. 물론 말도 하고, 뛰어다니기도 하고, 장난도 치고 그랬었겠지만, 거의 고요한 상태에 머물렀다. 친구들과 어울리기보다는 집에서 하늘을 관찰하는 것을 더 좋아했고, 늘 골 똘한 상념에 빠져 있으며 온갖 것들에 대하여 생각했다.

아마도 나는 생각하는 것을 가장 좋아했고, 생각하는 것이 특기이자 취미였던 것 같다. 그렇게 생각하는 것을 하는 방법은, 혼자서 벽지나 화장실 타일의 패턴을 하루 종일 관찰하고 있거나, 하늘에서 구름의 움직임을 무한정 바라보고 있는 것이었다.

그렇게 영유아기가 지나고, 초등학교에 들어가기 전 나는 늘 늦게 잠 들었던 것 같다. 묵직한 책을 열 몇 권씩 들고 와서 그걸 읽으며 놀았다. 덕분에 집에는 책만 거의 이천 권 가량이 있게 되었고, 나와 동생은 그걸 가지고 집짓기 놀이를 하며 놀았다. 나는 비밀 장소 같은 것을 좋아했고, 그래서 책상 아래에 과학실험 키트와 화재 위험이 없는 시약들, 현미경 같은 것들로 채워진 아지트를 마련하여 그 곳에서 시간을 보내고는 했었다.

그리고 나는 모태 신앙이었다. 한국에서 엄청난 비중을 차지하고 있는 '기독교'라는 종교, 지금은 '개독'이라는 오명에 싸여 온갖 이단과 종교 내부의 비리의 온상이 되어버린 그 '기독교' 말이다. 우리 집은 감리교를 믿었고 나는 교회 합창단에서 활동하였다. 교회는 내게 매우 익숙한 공간이었고, 편하고 따뜻한 곳이었다.

우리 집은 매주 가정예배를 지냈고, 구역예배에도 참석했다. 매주 일요일에 교회를 가면 오후 예배까지(아버지께서 성가대의 일원이셨다) 마치고 돌아왔다. 종교는 내 삶에 있어서 큰 비중을 차지하고 있었다. 늘 잠들기 전에 기도를 했고 일어나서도 기도를 했다. 매 삼시 세끼를 먹기 이전에 감사 기도를 드렸고 성경을 읽었다.

그렇게 초등학교에 들어갔다. 나는 내내 학급반장을 역임하였고 이어서는 전교 부회장, 그리고 전교 회장이 되었다. 초등학교 5, 6학년 2년 동안 받은 상장 및 표창장들은 50개가 넘어갔다. 이것은 크게 염두에 두지 않는 부분이지만, 내가 자랑스러운 것은 나는 그렇다 할 사교육을 받았던 적이 없다는 것이다. 물론 학원을 다녔던 적은 있다. 그러나 나는 우선 가정의 금전적 문제와 더불어서 이후에 학업을 일절 끊어버렸다는 것을 이야기하고 싶다. 그때의 난, 혼란에 빠져 있었다.

초등학교 4학년 때였다. 수업 시간 도중에 학급 담임 선생님께서 경악하시며 소리를 지르셨다. 학급의 어떤 아이 둘이 내게 '죽어 버리라'고 새빨간 글씨로 저주하는 것을 바로 그 장면에서 목격하셨던 것이다. 선생님께서는 가뜩 당황하신 채로 나를 쳐다보셨던 것 같다. 그 때 나는 그 아이들과의 접점이 거의 없었기 때문에 어떤 충격이나 상처를 받았다기보다는 의아함이 더 컸던 것 같다.

저 친구들이 나에게 가진 감정은 무엇이며, 그 감정을 가지게 된 이유는 무엇이고, 그 감정으로 인해서 무슨 짓을 하고 있었던 것이고, 평소 대화도 자주 하지 않았던 친구들이 그런 대화를 나눈다면 혹시 학급 친구들은 어떻게 생각하고 있던 것일까 하는 생각에 문득 조금은 두려워지기 시작했던 것 같다. 그런데 그 때 당시의 나는 내 감정에 대해 잘 알지 못했고 미성숙했다.

그 친구들이 나에게 '왜' 그런 감정을 가지게 되었고 그런 행동을 하게 된 것인지를 알지 못하기 때문에 그들에게 화가 나거나 감정이 상하지는 않았다. 수업 시간 내내 '엎드려 뻗쳐'를 한 채로 벌을 서고 있던 아이들과 반 내부의 냉랭한 긴장감 탓에 더 이상한 불쾌감을 느꼈었다.

수업 시간을 마치고 선생님께서는 나를 부르시고 처벌을 원하느냐고 물으셨다. 나는 고개를 젓고 단지 그 날 하굣길을 그 친구와 함께하기를 바랐던 것 같다. 그리고 하굣길에 그 친구에게 "왜 그랬는지 알려 달라"고 묻자, 그 친구는 "자신도 모르겠다"고 이야기했다.

내가 "그런 것이 어디 있냐"며 "네가 정말 내게 미안함이 있고 또 친구로서의 마음이 조금이나마 있다면 잘못된 점을 정확히 이야기하고 솔직하게 대화하는 것이 너를 위하는 길이기도, 나를 위하는 길이기도 하다"고 이야기하자, 그 친구는 "정말로 모르겠다"며 "자신이 아마도 미쳤었던 것 같다"고 대답하였다.

그렇게 그 일은 서서히 묻혀 갔다. 그리고 집에 돌아가자 몸이 좋지 않은 어머니가 있었다. 어머니는 놀라더니 화가 난 듯 보였다가 날 걱정했다. 그녀는 내가 어릴 적부터 많은 시간을 침대에 누워 있다가 간간이 나와 함께 시간을 보냈었다. 나는 그날 늦은 밤까지 홀로 자전거를 탔다. 잘 이해가 가지 않았다. 누군가를 이유 없이 미워할 수 있다는 것이.

아버지는 내가 초등학교 2학년 때부터 집에 잘 들어오지 않았다. 그는 내가 어떤 상태인지, 집이 어떤 모습으로 돌아가는지에 대해서는 크게 관심이 없어 보였다. 그는 어떤 사업을 하고 있었고, 내가 아는 것은 지방에서 건설업을 하고 있다는 것이 전부였다. 한 번은 어머니가 너희 아버지가 어떤 일을 하는지 정도는 알아야 하지 않겠냐며 나와 내 동생을 데리고 지방까지 내려갔었다.

한국 사회는 애 어머니가 아이들을 데리고 돌아다니면 그것을 고운 눈길로만 바라보지는 않는다. 나와 동생은 둘 다 매우 정적인 타입이었지만 아마도 데리고 다니기에는 큰 부담이 있었을 것이다. 그럼에도 불구하고 어머니는 거의 매주 나와 동생을 각종 전시회, 박물관, 공연, 미술관 같은 것들을 보여주러 데리고 다녔다.

아무튼, 본론으로 돌아가서, 아버지를 찾아가고 난 다음부터였을까. 종종 집에 돌아와 우리와 여행을 다니기도 하고 어딘가 근처로 놀러가기도 하고는 했던 것 같다. 나의 아버지는 내가 어릴 적 집안 간에 교류가 있었던 사람들, 아버지의 친구 분들, 그리고 썩 바람직하지 않은 이들과 잦은 술자리를 가졌고 그 기억은 내 뇌리에 여전히 남아 있다.

초등학교 5학년 때 나의 아버지는 동창회에서 회장이 되어 계셨다. 그는 합창단에서 많은 관객들을 앞에 두고 노래를 하셨고, 친구 분들과의 관계에서도 어딘가 주도적이고 중심에 있는 듯했었다. 아버지의 사업은 성공궤도를 달리고 있었고 나는 늘 긍정적이고 매사에 최선을 다했었다.

아버지의 모습은 내게 동경이 되었고 어떤 이상이 되었었던 것 같다. 학급 친구들과의 관계도 매우 원활했고 가정 역시 화목했다. 나는 아버지와 그의 친구 분들을 보면서 막연한 힘에 대한 동경 같은 것이 있었던 것 같다.

그리고 그렇게 6학년이 되었다. 이 즈음부터 가정은 흔들리기 시작했다. 부모님은 싸웠고, 아버지의 사업은 흔들리기 시작했으며 나는 아이들과의 관계에서 이전까지는 보이지 않았던 것들이 서서히 보이기 시작했다. 학교에는 일진이라는 무리가 생겨났고, 학급 친구들은 같은 반 친구에게 '찌질이', '찐따'라는 단어를 이름 대신 부르기 시작했다. 화장실에 가면 누군가의 험담이 들려왔고 서서히 아이들은 담임선생님을 선생님이 아닌 이름 석 자로 부르기 시작했다.

초등학교 3학년 때였던가. 담임선생님께서 같은 반에 어딘가 조금 불안정하고 부족한 친구를 놀리시고 아닌 척 무시하는 것이 보이기 시작했었다. 한 번은 리코더 시간이었다. 내 뒤에 앉아 있었던 그 친구가 콧물을 계속 흘리며 리코더를 제대로 잘 불지 못했다. 그것에 대해서 선생님께서는 놀림거리가 되거나 무시당하지 않도록 보호하시는 것이 아니라 도리어 그 친구를 보며 웃으셨다.

나는 선생님을 한번 바라보고는 등을 돌려 앉아 리코더 부는 법을 가르쳐 주었다. 그 이후로 선생님께서는 나를 잠시 동안 조금 다르게 대하시는 것 같다가 내가 개의치 않자 원래대로 진근하게 대해 주셨다. 그리고 그 친구를 더 이상 놀리지 않으셨다. 나는 이질감을 느꼈다.

6학년이 되어 나는 한 무리에 섞여 함께 다니던 친구들과 크게 싸웠다. 우리가 반의 한 친구를 따돌림시켰다는 것이다. 나는 그 행위에 가담했었다. 여자 아이들 사이의 따돌림이란 매우 교묘하고 지능적이어서,

결코 드러나는 욕설이나 폭행 같은 것은 존재하지 않는다.

그저 투명 인간처럼 소외시키거나 그 아이의 자존감을 서서히 추락시키는 식인 것이다. 나는 내가 함께 다니던 친구들이 그 친구를 좋아하지 않는다는 것을 알고 있었고, 그 친구와 어울리지도 않았으며 그것을 말리지도 않았다. 그리고 나 역시 그 친구를 좋아하지도 않았다.

그리고 얼마간이 지나고 난 뒤, 나는 그 친구들과 이상하게도 서서히 멀어져 가기 시작했다. 나는 누군가와 마음을 터놓고 아주 가깝게 지내는 편이 아니었다. 홀수였던 그 무리의 친구들 사이에서도 내가 불리해질까 싶어 단짝을 만든다거나 파벌을 가른다거나 하는 일은 사실 귀찮았고, 서서히 멀어지던 것 역시 그저 내가 먼저 다가가지 않기 때문일 것이라고 생각하고 있었다.

그런데 어느 날 갑자기 선생님께서 매우 화가 나셔서 나와 그 아이들을 방과 후에 남으라고 하셨다. 그 왕따 사건에 내가 연루되어 있었고, 그 무리의 친구들은 이미 이야기가 모두 맞춰져 있었다. 알고 보니 그 피해자 친구의 오빠와 나를 제외한 무리 아이들 중 목소리가 크던 친구의 오빠가 동갑내기 친구이고, 불건전한 무리에서 친하게 지내던 사이라는 것이다.

그 이후로 그 친구들과 나의 사이는 완전히 갈려 있었고, 동시에 전교적으로 이런 이야기는 퍼진 채로 쉬쉬 하고 있던 상태였을 것이다. 그 친구들은 나와 표면적으로는 어울리는 듯 보이면서 자신들끼리 비밀 일기장을 만들었다. 자신들끼리 돌려가며 반 친구들의 험담을(주된 대상은 물론 나였다) 하는 용도였는데, 학기말에 자신들이 미안했다면서 그것을 내게 사과 선물로 주었다. 그 날이 아마도 졸업식 날이었을 것이다.

나는 이 때 가장 극심한 기시감과 이질감을 느꼈다. 세상이 비정상적으로 돌아간다고 느꼈다. 바로 몇 달 전까지만 해도 나를 보며 순수하게 웃던 아이들은 갑자기 수업시간에 내 머리 뒤로 지우개 가루를 뭉쳐서 던졌다.

그들의 시선 속에는 어떤 부정적인 감정들이 담겨 있었고, 그 감정들의 출처는 불분명한 것들이었다. 마치 각 아이들 개인이 가지고 있던 스트레스나 분노, 온갖 부정적 감정들 같기도 했고 동시에 누군가를 괴롭게 만드는 행위 자체에서 즐거움을 느끼는 것 같기도 했다.

그런데 이보다 더 내게 이상하게 느껴졌던 것은, 그들은 누군가의 험담을 하거나 욕을 할 때 그 상대의 '결함'에 대해서 떠들었다는 것이다. 전형적인 책임전가의 모습이었고 자기 합리화와 스스로의 모습을 정확하게 보지 못하는 나약함의 발로였다.

누군가가 누군가의 험담을 했다며 자신들 역시 험담을 하고 있었고, 자신의 몫이 위태로웠기 때문에 그것이 빼앗길까 두려웠던 것뿐이면서 타인의 이기성에 내해서 떠들고 있었나.

선생님들은 섣불리 개입하기도 어려우셨을 것이다. 그러나 나는 어른들의 인간이 모인 공간 속에서라면 어김없이 일어날 법한 일이라는 태도들 역시 이해하기 어려웠다. 그리고 선생님들로부터 이쯤 하면 나는 최선을 다했다, 라는 느낌을 받는 내 자신의 감정으로 인해서도 혼란스러웠다.

이 즈음부터 나는 교회에 잘 나가지 않게 되었다. 신의 형상을 닮게 만들었다던 인간의 모습을 보면서 나는 그렇다면 도대체 인간이 이렇다면 신에게는 무엇을 기대할 수 있다는 것인가 하는 불경한 생각이 밀물처럼 습격해 왔다. 그래서 교회를 옮겨 다니며 어떤 이야기를 하는지를 듣기 시작했다.

아니, 정확하게 말하면 이즈음부터 사람들과 세상을 관찰하기 시작했다. 학교는 물론이고 사람들을 모아 두고 매주 신과 신념, 나름의 '진리'에 대해 이야기하는 교회, 그리고 내가 내 주변에서 접할 수 있었던 어른들의 세계에까지 나는 함묵증에 걸린 아이처럼 불필요한 말은 하지 않은 채로 조용히 관찰하기 시작했다.

그렇게 중학교에 입학했다. 입학하고 나서 나는 자연스럽게 조금 요란스러운 무리에 섞여들게 되었다. 그 중에는 소위 논다 하는 친구도 있었고, 반에서 시끄럽고 목소리 큰 친구도 있었다. 아마도 나는 성적이 좋다며 그 친구들이 처음에 다가왔었던 것 같다.

나는 조용히 아이들 사이의 암묵적 흐름을 쫓고 있었다. 그 당시의 나에게는 이해가 가지 않는 것투성이였다. 아버지의 사업이 무엇인가 크게 타격을 입었다고 들었고, 부모님은 그즈음부터 심하게 싸우기 시작했다.

내가 수학여행을 다녀오고 난 뒤 처음으로 집이 사라져 있었다. 휴대폰으로 어머니에게 전화를 걸자, 집을 이사했으니 문자로 보내줄 주소로 오라는 것이었다. 나는 알겠다고 이야기했다. 함께 돌아오던 친구가 부모님과 사이가 좋지 않느냐는 듯이 의아하게 바라보았지만 나는 퍽 무덤덤했다.

그저 이때에도 조금씩 의아함이 자라기 시작했다. 수학여행을 다녀오고 난 뒤 학교에서는 작년과 같은 문제에 또 부딪혔다. 함께 다니던 무리의 친구들이 같이 다니던 친구 하나를 "꼬리를 치고 다닌다"며 험담하기 시작했다.

그러면서 그 친구는 서서히 따돌려졌었고, 나는 그 친구에게 "이런 이야기를 하는 애들이 있으니 주의하는 것이 좋겠다"고 이야기했다. 그 친구는 이동 수업이 있다거나 급식실을 가야 할 때마다 나에게 다가와 함께 가자고 이야기했고, 나는 크게 신경 쓰지 않고 그 친구와 한동안 함께 다녔다.

그러다가 어느 순간부터인가 그 친구가 다가오지 않더니, 체육 시간에 그 무리 친구들 전체와 싸우게 되었다. 그 친구들 말로는, 자신들은 그렇게 이야기하지 않았는데 너는 어떻게 우리와는 그렇게 잘 지내면서 뒤로는 뒷담을 하고 다닐 수 있냐는 것이었다.

내 눈에 그 친구들은 자신들의 잘못된 행동을 인징하게 되면 그 친구와 도로 좋아진 사이를 회복하기 어렵기 때문에 책임을 전가시키는 것으로 보였다. 그리고 그 친구들이 내게 말하던 '잘못'들은 그들의 행동을 그대로 덮어씌운 것이었으므로 딱 자신들의 머릿속에서 만들어져 적당한 시나리오를 짠 뒤 그것에 나를 개입시킨 것이었다. 내가 뭐라고 이야기를 하려고 하자, 그 친구들은 내가 말하지 못하도록 몰아세웠다. 나는 입을 다물었고, 이제는 의아함에 머물지 않고 기시감이 들기 시작했다.

한 학년이 올라가자 원래 알던 사이로 잘 지내던 친구와 그 친구의 무리와 친하게 지내게 되었다. 그런데 이 친구는 며칠 지나고 난 뒤 아침 조회 시간 이전에 아이들과 무어라 나에 대해서 이야기하고 있었다. 그러더니 우리 싸우지는 말고 밖에서만 놀자는 것이었다. 학교 안에서는 함께 다니지 말자는 이야기였다. 나는 가만히 생각하다가 조용한 곳에 가서 따로 이야기하자고 했다.

그 친구에게 나는 상관없으니 비겁하게 태도를 불분명하게 하지 말고 정확하게 말하라고 했다. 그러면서 "네가 나를 떨구는 것 맞냐"고 묻자 당황하며 "왜 표현을 그렇게 하냐."고 대답했다. 이유를 묻자 작년에 내가 아이들 사이에서 '건드리기 쉬운' 친구가 되어 있었다는 것을 에둘러 표현했다.

내가 어이없다는 듯 웃음을 터뜨리자 자신의 친구가 "왜 나와 함께 다니냐"고 이야기했다는 것이다. 나는 더 이상 이야기할 필요가 없다는 듯 반으로 되돌아왔다. 그리고 자리에 앉아 그 친구를 쳐다보자 난감한 표정을 지었다.

그 이후로 나는 차갑게 행동했던 것 같다. 소위 '논다' 하는 친구들은 나를 건드리지는 않았는데, 그 이유가 나는 많이 재미있었다. 나의 아버지 주변에 바람직하지 않은 사람들이 있다는 것을 알기 때문이란 말을 언젠가 들었던 기억이 있다. 그리고 또 하나 재미있었던 것은, 나와 사이가 좋지 않았던(거의 일방적이었던) 친구가 내가 진심으로 궁금해서 다가가 "내가 왜 싫으냐"고 묻자 "이유 같은 거 없는데?"라고 대답했던 것이다. 이것은 초등학교 4학년 때의 기억과 오버랩되었다.

그 이후로 나는 거의 혼자 움직이고, 혼자 생각했다. 중학교 3학년이 되자 반 친구들이 자신들에게 먼저 다가가지 않는 나를 보면서 어떤 생각을 한 것인지 조금씩 먼저 다가오기 시작했다. 그리고 이 때 중학교 1학년 때 나와 싸웠던 친구들 중 가장 중심에 있던 친구가 있었는데, 이 때 들었던 말이 아직도 잊히지 않는다. "왜 아직도 네가 이러고 있어?"라며 나는 그 친구와 그 이후로 함께 어울려 다녔다.

조금 짜증이 났다. 그러면서도 나는 비겁하게도, 그 친구에게 내가 잘못했던 것도 있었다고 결론지었다. 그렇게 보이지 않는 거리감과 동시에 표면적으로는 친한 듯 보이는 관계가 성립되었다. 반에서 함께 어울리기는 하였으나 크게 가까워지지는 않았다. 그리고 이때였는지 중학교 2학년 때였는지는 잘 기억나지 않는다.

나는 급식실에 혼자 내려가고 싶지 않아서 담임선생님께 말씀드리고 매일 바깥에서 밥을 따로 사 먹었다. 엄마가 학교 앞 쪽에서 기다리고 있기도 했고, 내가 혼자 편의점에 기 사서 먹기도 했다. 점심시간이 끝날 때 쯤 학교로 돌아오고는 했는데, 그 때는 늘 같은 학년 남자 애들이 축구를 하고 있었다.

그래서 나는 가능한 한 뒷문으로 돌아오고는 했다. 나는 자존심이 강하기로 유명했다고 한다. 그게 내 험담의 주요 이유가 되기도 했었다며,

150 ○ 세상충돌

나는 그런 이야기들을 이후에 웃는 얼굴로 잘 들었다.

　나는 더 이상 학교에 다니고 싶지 않았었다. 공부는 일절 하지 않았다. 냉소 같은 감정과 다스려지지 않는 분노가 이상하게 뒤엉켜 있었고, 학교 친구들보다 학교 바깥의 아이들과 더 어울렸으며 그저 오로지 이 학교의 친구들과 더 이상 같은 동네의 학교로 함께 올라가지 않기를 원했다.

　그래서 먼 지역의 기숙사형 학교에 진학했다. 특수 목적 고등학교였는데, 사교육을 쏟아붓겠지만 바르고 모범적인 생활을 하는 배울 점 많은 친구들이 오는 학교였다.

　난 학교 선생님들께서 너는 이런 상태에서 그 학교에 합격할 리가 없다고 말씀하셨지만 신경조차 쓰지 않았다. 그리고 끝까지 밀어붙여 원서를 써 냈고, 이 때 내가 바깥에서 해 왔던 사회활동이나 국회 연구 활동, 대학생 언니 오빠들과 했던 포럼 활동 같은 것들, 그리고 기타 경력 사항 같은 것들을 자기소개서에 적어냈다. 그리고 그 학교에 합격했다.

　학교에 들어갔지만 나는 선행 학습이나 학교와 입시에 대한 정보력 같은 것은 전혀 준비되어 있지 않았다. 그리고 극도에 달해 있었던 스트레스로 인해 단 한 학기 하고 여름방학 동안만 다녔었던 학교에서 두세 번 가량 쓰러졌고, 복통과 두통으로 정상적인 공부를 할 수가 없었다.

　이때 학교에서 수학여행을 갔는데, 미국으로 가야 한다고 하며 수학여행비가 일이백 만 원 가량이었던 것 같다. 아버지 사업은 흔들리다 못해 집의 월세조차 지불할 여력이 없었다.

나는 학교를 다니며 곰곰이 생각했다. 그리고 미련 없이 학교를 그만두고 나왔다. 중학교 3년 내내 나를 지탱해주던 것은 뮤지컬이라는 종합 예술이었고 더 이상 내 인생을 방치하고 싶지 않았다.

학교를 나오고 난 뒤 정신적으로 온갖 스트레스가 덮쳐 왔다. 기억은 밀물처럼 밀려들었고, 나는 분노 조절 장애가 있는 것처럼 화가 났지만 겉으로 보기에는 매우 고요했다. 그러다가 어머니와 크게 다툼이 생겼다.

사실 그 이전부터 사이는 심히 좋지 않았다. 모녀지간이라기보다는 역기능이라는 말이 더 맞는 사이였고, 그러면서도 간헐적으로 서로에 대한 자책감과 천륜이라는 끊을 수 없는 인연으로 인해 극단과 극단을 오갔다.

나는 금전적인 이야기만 꺼내면 내가 알선해준 카페 일자리에서 일하고 있으면서도 매번 "너희 아빠한테 가서 돈 얘기해라"고 하는 그녀에게 화가 났고, 일절 최소한의 용돈조차 주지 않으면서 나를 돈 뜯어내는 사람 취급하는 그녀를 이해할 수가 없었다.

그리고 아버지는 몇 만원씩 통장으로 보내주기는 하지만, 무엇인가를 해보고자 학원비 같은 조금 큰 금액이 깃든 비용을 이야기하면 약속 날짜가 되면 어김없이 연락되지 않았다.

나는 극도의 스트레스와 불안감, 불안정함 같은 감정에 시달렸다. 그래서 더 얼어붙은 채로 말수를 더 줄였고, 잠도 일부러 자지 않고 책을 읽거나 일을 하면서 내 자신을 고의적으로 혹사시켰다. 사실 잠에 들면 악몽을 꾸었고 그래서 잠을 자고 싶지 않았다. 그런데 잠을 자지 않으면 스트레스가 더 극단화되었기 때문에 악순환의 반복일 뿐이었다.

그리고 이런 나를 보면서 어머니는 내가 무엇을 하는지에 대해서는 일절 관심이 없고 그저 '늦게 자는 것'이 보기 싫다며 물건을 집어던지고 소리를 질렀다. 나 역시 그녀와 소통하고자 했으나 제 화에 못 이겨 대화가 되지 않았고, 아버지는 그런 그녀와 이미 오래 전부터 사이가 좋지 않았기 때문에 관여조차 하지 않았으며, 내가 아버지에게 전화해 어머니 말고 아버지와 함께 지내면 안 되냐고 묻자 말을 돌리며 안 된다고 이야기하더니 연락을 끊어 버렸다.

나는 학교에서 이렇게 된 것이 당신에게는 자랑거리가 부끄러운 것으로 변해 버렸기 때문에 화가 나는 것 아니냐고 화를 냈고, 어머니는 그녀 나름의 마땅한 이유를 들어가면서 화를 냈다. 내가 방문을 걸어 잠그고 있자 문고리를 잡아 뜯고 들어와서는 소리를 질렀고, 사이는 악화되었다.

나는 학원비를 마련할 길이 없으니 아르바이트를 구하는 것과 동시에, 평소 꿈꾸던 뮤지컬을 배울 길을 찾고 있었다. 내가 가지고 있었던 유일한 꿈이 뮤지컬이었고, 유일하게 즐거워하던 것이 뮤지컬 넘버를 부르는 순간들이었다. 그래서 인터넷으로 검색을 하던 중 한 교육기관을 찾게 되었다. 청소년 극단이었는데, 들어가자마자 나는 그 곳에서 나올 수밖에 없었다. 자다 말고 누군가 거세게 집 대문을 두드려서 나가봤더니 검찰청에서 집 기물을 모두 **빼야** 한다고 온 것이다.

나는 혼자 자고 있다 말고 집을 잃어버렸다. 내 방에 있던 물건들 중 여러 가지가 사라져 버렸고 망가지거나 우여곡절 끝에 얻게 된 집에서는 옮겨 둘 자리가 없어서 거의 모든 가구들을 버려야 했다. 발레복과 각종 비용들이 필요했는데 극단까지 갈 차비도 여의치 않았다. 극단에서는 사회복지 차원에서 무료로 수강료를 제해 주는 방식이 있었고 나는 그것으로 듣고자 했지만 이 때 완전히 무너져 내렸던 것 같다.

한동안 할머니 댁에서 생활하다가 어떻게 집을 옮기게 되었다. 몸살에 걸렸던 것 같은데 아무도 알지 못했다. 마치 이전에 내가 자살 기도를 했다가 하루 이틀 가량 뒤에 아무도 알지 못한 채로 홀로 깨어났던 것처럼 말이다. 그리고 이유는 잘 기억나지 않지만 어머니에게 머리채를 쥐어뜯기고 바로 집을 나갔다. 그날 새벽 내내 PC방에 죽치고 있다가 다른 동네로 넘어가 고시원을 찾았다. 그리고 그 앞에서 아버지와 통화하며 성질을 내고는 고시원 사장님께 돈 조금 뒤에 드려도 되냐고 물었다.

다음날 날이 밝았고 가족들이 집에 없을 때 짐을 죄 챙겨 나왔다. 그리고 완전히 폐인처럼 고시원 방 안에 틀어박혀 아무것도 먹지 않고 물도 마시지 않은 채로 지냈다. 완전히 시간 개념도 공간 개념도 없이 지냈다. 태어나 처음으로 하루 온종일 영화나 미국 드라마 시리즈 같은 것만 봤다. 재미있는 것들을 보면 기분이 더러워졌기 때문에 일부러 어둡거나 정신 산만한 작품들만 봤다.

나는 울지도 않았고 말하지도 않았다. 웃지도 않았고 그렇다고 화를 내지도 않았다. 완전히 감정이라는 것이 무감각하게 느껴지기 시작했다.

내 안에서 무엇인가가 자라나서 온 세상을 뒤덮는 것만 같았다. 나는 쉴 새 없이 비명을 질러댔지만 아무도 듣지 못하는 것만 같았다.

나는 그것과 싸우고 있었고 지나왔던 시간들을 인정하고 싶지 않아 했다. 그리고 그것들을 부정할수록 기억들은 몸집을 불리고 점차 선명해져 갔다. 나는 그 기억들에 대해서 어떻게 대처해야 할지 몰랐다. 미성숙한 채로 혼자 오랜 고민을 했다. 분노에는 대상도 없었고 이유도 없었다. 그 분노는 나를 하늘로 치솟게 했다가도 땅 아래로 처박았다.

분노가 나를 미친 사람처럼 만들었다. 하루에도 수십 번씩 기분과 자존감이 미친 듯이 땅 아래를 파고들었다가도 갑자기 언제 그랬냐는 듯 미친 듯이 서서히 정신을 조금씩 차리면서 간간이 식비를 벌 목적으로 시작했던 외주 작업에 매달렸다. 그 때까지 어머니와는 연락하지도 않았다.

그러다 서서히 집 밖으로 나오기 시작했고, 거리를 나돌거나 하릴없이 시간을 보냈다. 나는 마치 과열된 폭주 기관차 같았는데, 너무나도 그것이 빠르게 달려서 창밖을 보니 모든 것들이 빠르게 뒤로 지나가버리는 것처럼 내 기억들이 스쳐 지나갔다. 이 때 내가 지냈던 고시원에는 많은 사람들이 살았다.

온몸에 촌스러운 문신을 칠갑한 아저씨들, 직장인들, 하루 온종일 화투를 치는 할아버지, 밥보다 소주를 더 많이 마시는 헛소리하는 아저씨, 흰자위가 샛노랗고 방 바깥으로 나오지 않는 어떤 아저씨. 문신 칠갑한 아저씨들은 날더러 막내 타령하면서 공용 냉장고에서 남의 반찬 꺼내다가 먹으라고 주곤 했다.

그리고 이 때 많은 이들과의 인연들이 스쳐 지나갔고 많은 것들을 배웠다. 그때 나는 『제인 에어』를 읽고 『광막한 사르가소 바다』를 읽고 있었다. 함묵증을 앓는 것 같았던 나와 『광막한 사르가소 바다』에 나오는 버사는 어딘가 닮아 있다고 느꼈다. 엄마는 내게 너는 그냥 입 다물라고 했었다. 그것이 내가 학교에 다녔을 때 어떤 친구가 내게 했던 말과 오버랩되었고 나는 점차 냉소적으로 변해갔다.

『광막한 사르가소 바다』의 저자인 진 리스는 책 속에서 "나는 산들도 언덕들도 강들도 비도 증오하고, 그 색깔들이 무엇이든 간에, 황혼도 증오한다. 나는 이곳의 아름다움도 마력도 그리고 내가 결코 알아낼 수 없는 비밀도 증오한다. 나는 이곳이 보여주는 아름다움 속에 내재한 무관심도 잔인성도 증오한다."라고 이야기한다. 나는 그 당시 사물을 지나치게 유심히 보고 있었고, 그 만큼 의아해 했으며 머릿속에서 전쟁이 벌어지고 있었다.

내가 이해할 수 없는 것들과 그리고 그것들이 끊임없이 벌어지고 있다는 것, 기억을 부정하면 결코 앞으로 나아갈 수 없다는 것이 늘어진 카세트테이프처럼 머릿속에서 무한 반복되고 있었다. 그리고 이즈음부터 나는 내가 맞닥뜨린 것들이 굉장히 비현실적으로 느껴졌다.

그리고 비현실적으로 감각하기 시작하자 더 이상 정서적으로 고통받지도 않았고, 머릿속은 고요해지기 시작했다. 그러나 내 머릿속 저편 어딘가의 무의식은 도리어 더 위태롭고 불안정해졌던 것 같다. 나는 종교를 찾아 헤맸다. 답을 찾고 싶었다.

나는 '진실'을 찾고 싶었다. 거창한 '진리'까지는 아니더라도, 누군가는 사실을, 진정을 이야기하고 있지 않겠나 하는 생각이었다. 도대체 왜 이 세상은 이토록 엉망인 것인지, 그리고 내 눈에 보이는 것마다 이상하게 흩뜨려지는 것처럼 보이는 것인지 그것이 못내 갑갑했다. 교회를 태어나고부터 열 살 넘어서까지 계속 다녔음에도 불구하고 나는 그리스도교에서 말하는 '이상'이라는 것이 무엇인지 알지 못했다.

교회를 몇 군데 옮겨 다녔다. '신'이라는 존재는 내가 태어나서 처음으로 맞닥뜨렸던 실존적 문제였고, 나의 어머니는 내게 "네가 그렇게 된 것은 하나님께서 네게 벌을 내린 것이기 때문이다"라고 이야기했었기에 나는 이런 생각들로 머리가 터질 것만 같았다. 나는 더 이상 인간에 대해서 알고 싶지 않았고, 인간을 만들었다던 신은 모든 것에 대한 계획을 가지고 있다는 신은 과연 어떤 존재인지가 궁금해서 미칠 것만 같았다. 그러나 세상은 역시 미쳐 있었고, 나는 더한 이질감에 빠졌다.

처음 다녔던 교회는 대형 교회였다. 그곳에서는 모두가 전도만을 했다. 수많은 사람들을 모두 전도해야 한다고 했다. 천국에 가려면 예수를 믿어야 하고, 그는 우리를 위해 죽었다가 사흘 만에 부활하셨다고 했다. 성도들에게 천국 가는 길을 자신만 알고 있으면 그것 역시 죄악이라고 하며 수많은 사람들을 전도해야 한다고 설교하였다. 그리고 나는 이미 교회의 예배당에 앉아 있었다.

그런데 나는 그 교회에서 무슨 이야기를 하고 있는 것인지 알 수가 없었다. 매일 똑같은 레퍼토리의 반복이었다. 무엇인가를 열렬히 믿으라고 하였지만 나는 그러니까 무엇을 믿으라는 것인지 알 수가 없었다. 헌금은 권장되었고 예배에 나오는 것도 권장되었으나 누구도 그것이 무슨 의미가 있는 것이냐고 묻지 않았다.

많은 사람들이 목사님의 말씀에 따르고 있으니까 그것이 어떤 의미가 있겠거니, 하고 있는 것 같았다. 무엇인가를 내가 물어보면 성경을 열심히 읽으라고 하거나 기도를 하라고 했다.

다음 다녔던 곳은 조그마한 개척 교회였다. 인터넷으로 찾아보니 성경을 원문으로 읽어야 정확한 의미를 알 수 있다고 했다. 나는 그 말에 동의한다. 한글 성경은 히브리어, 헬라어 등으로 써진 원문을 영어로 번역한 것을 또 다시 번역한 것인 데다가 단어의 의미를 명확하게 전달하기 위해서 한자를 사용하기까지 했기 때문이다.

내 세대에 한문을 공부하는 경우는 극히 드물기 때문에 성경이 무슨 말을 하는지 명확한 의미를 파악하기조차 어려웠다. 이 교회 목사님께서는 성경 원어를 하신다는 것을 알게 되었고, 잠시 다니게 되었으나 얼마 지나지 않아 교회가 이전을 하는 바람에 다니지 못하게 되었다.

그런데 이 때 나는 이전끼지는 생각지 못했던 의아함에 또 다시 봉착했다. 성서의 내용을 명확하게 아는 것이 목사님께서 내세워 이야기할 만한 일이라는 것인가? 그렇다면 교회에서는 무슨 이야기들을 하고 있는 것인지? 나는 무지했고, 무구했으며, 동시에 무식했다. 그래서 계속 찾아 나섰다.

한동안 교회를 나가지 않다가 아르바이트 자리를 구하면서 우연히 다니게 된 교회가 있었다. 이곳에서는 현생과 죽음 이후의 구원을 분리해 이야기했다. 흔히 말하는 '예수 천국 불신 지옥'과 같은 레퍼토리였다. 근본주의인 데다가 타 종파의 교리들은 모두 이단 격으로 치부했다. 스스로를 절대 선으로 치부하고 있으니 자신과 대립되는 입장은 모두 절대적인 악이나 마찬가지였다.

평화와 아름다움, 행복과 모두의 존중을 이상향으로 삼는 것이 아니라 옳고 그름에 집착하다시피 하며 주위를 적대시하게 만드는 것이 이해가 가지 않았다. 교리를 철저한 논리에 입각해 설명했고 현생에서 어떠한 삶을 살던지 우선 '예수'를 믿으면 천국에 갈 수 있다고 했다. 그런데 내가 '예수'가 중요한 것은 알겠으나 그가 '어떤 의미'를 가지고 있기에 중요한 것이냐고 물었다.

그리고 내가 신학대에 갈까 고민하고 있다고 말하자 '신학은 나에게 배워도 된다'며 밖에서 네가 따로 공부할 필요는 없다는 이야기를 했다. 성경을 읽고 공부하는 것을 권장하는 것이 아니라 무지한 상태에 머무르기를 바라고 있다는 생각이 들었고, 이 때 내가 혼란을 겪는 것이 내가 이상하기 때문인 것인지 아니면 내 감각이 옳아서 이상하다는 생각이 드는 것인지에 대해서 머리가 깨지도록 고민했다. 나는 '듣기에 익숙해서 편하고 좋은' 말이 아니라 '사실과 진실'을 원했다. 이 세상이 엉망인 것은 충분히 알겠으나, 그래도 이렇게 엉망진창 같은 세상 속에서 누군가는 정확함을 가졌을 것이라는 희망을 버리지 못하고 있었다.

나는 당시 자학감과 스트레스, 무력감에 휩싸여 있었다. 내게 세상은 학창 시절뿐만 아니라 전체 사회 자체가 매우 이상스럽게 느껴졌고, 종교는 정신적 위안이 되어주진 못할망정 괴기스럽게 느껴지기까지 했었다. 가정은 안정적 울타리는커녕 벗어나고만 싶은 곳이었고, 늘 일관성 없고 불안정해서 내가 오랜 시간 동안 겪어온 불안증의 원인이 된 공간이었다.

그리고 나는 그 안에서 진짜 내가 미친 것인가에 대해서 진지하게 고민하고 있었다. 과거를 되돌아보는 것 자체가 나약함의 증거인 것도 모르고 나는 내 자신의 궤적을 하나하나 다시 되짚고 있었다. 내가 무엇을 잘못했는지 알아야 그 시간을 반복하지 않을 것이고, 무너져 내린 모든 것들도 복구시킬 수 있을 것이라고 생각했었다. 그러나 그 시간들 속으로 다시 되돌아갈수록, 시간을 역행해 그 일들을 하나하나 다시 되짚고 내 생각 속과 꿈속에서 다시 겪을수록 나는 마치 미로 속을 헤매는 것만 같았다.

"이유는 없다"라고 했던 친구들의 목소리가 꿈속을 둥둥 떠다녔고, 나는 그것에 극도로 분노했다가 극도로 공포스러워하기를 반복했다. 내가 서식하던 세상은 늘 난쟁이었다. 나는 세상이 붕괴되는 깃을 목격했다. 내가 사랑하던 사람들의 붕괴, 친구들의 붕괴, 가정의 붕괴, 내 자존의 붕괴. 내게 가장 큰 영향을 미친 사람 가운데 한 명은 내게 이렇게 말했다.

"너는, 사람을 너무 쉽게 믿어. 너는 물길처럼 살아갈 필요가 있어.

그 안에 무엇이 들었는지 너무도 투명하게 잘 보이지만 사실 그것에 몸을 던지면 한없이 가라앉는. 그런 깊이를 가져서 한 때의 찰나에 지나는 인연이 아니라 어떤 고전적인, 영구적인 인상을 남길 수 있는 사람이 되라."

그러나 예나 지금이나 나는 자기 자신을 가두는 병폐를 안고 있었다. 그리고 때로 내 영혼에 프리즘을 가져다 댄 뒤 터널 끝의 샛노란 불빛에 일렬로 정렬시킨다면 분명 대단할 것 하나 없는, 그저 흔하디 흔한 이야기들을 집결시킨 신파 따위에 불과할 것이라고 나는 늘 곱씹어 왔었다. 주변의 누군가는 내게 번번이 이야기했다. 이제 그만 내려놓고 네 삶을 살라고.

그러나 나는 아직 자라기조차 못 하고 있다. 내 시간은 그 순간들에 멈춰 있다. 지나간 시간은 돌이킬 수 없다는 것은, 그 사건들은 이미 '일어났다'는 것이고 '완료된' 시제라는 것이다. 시간이라는 개념을 모눈종이 같은 좌표선상에 쭉 늘어놓는다면, 그 일은 '일어난' 것이기 때문에 그 순간에서 계속해서 벌어지고 있다.

역사는 그 자체로 '사실'이라는 것이고 '사실'은 아무리 수치스럽고 아무리 고통스러운 기억이라고 할지언정 변할 리 없다는 것이다. 세상이 나를 먼저 등졌고, 그리고 나는 말 그대로 내가 쥐고 있던 변변치 않은 모든 것들을 내려놓고 떠났다.

학교를 나와 버렸고 가족을 떠나 버렸다. 그리고 나 자신의 삶마저 떠나 버렸다. 나의 십대는 마치 명멸하듯 비현실적으로 점멸하다가 끝나

버렸다. 나는 내 삶이 조금씩 진전될 때마다 만났던 모두에게 기대를 품었으나 동시에 모두를 불신하게 되었다.

불신은 냉소를 낳았고 냉소는 분노를 낳았으며 분노는 불명의 병을 낳았다. 복통과 두통, 근육통 따위에 시달렸으나 이유를 알 수가 없었다. 너 역시 그들과 똑같으리라는 생각은 어김없이 예감처럼 덮쳐 왔고 그 예감은 몹시 나를 괴롭게 했다. 모든 것들을 놓아 버렸던 것은 결국 모두 나의 선택이었으니 온전한 나의 책임이다.

그러나 내가 잔혹하다 여겼던 것은 다름이 아니었다. 그저 늘 내 예감이 옳았더라는 것. 아무리 최선을 다한다 한들 너 역시 다를 바 없으리라는, 그런 고질적인 불신에의 예감. 그것이 내가 사는 세상을 괴기하게 흩뜨렸고 캄캄한 밤처럼, 해가 영영 뜨지 않을 것처럼 불안하게 했다. 나는 해가 질 때 즈음 태어나 분명히 행복했던 기억을 가진 채로 이상한 상실감과 무리에서 이탈된 듯한 불안을 안고 있었다.

모든 거짓들을 죄 부숴버리고 났더니, 내 곁에 진실은 그 무엇도 남아있지 않았다. 종교라는 미명하에 내가 쫓았던 것, 그리고 진정에 대한 갈망 같은 것은 모두 허상이라는 생각에 나는 절망에 또 다시 절망했다. 정신을 차릴 수가 없지만 고개를 들어 내 주변을 둘러보니 주위에는 우는 사람들밖에 남아 있지 않았다. 망가진 딸의 모습을 보며 우는 어머니와 집에도 들어오지 않는 아버지, 그리고 나 자신. 마치 거울로 팔각이 막혀버린 지하에 갇힌 것만 같았다. 사방을 보아도 엉망진창인 내 모습밖에 비치지 않았다.

그러던 어느 날 나는 한 예외를 만났다. 나는 반쯤 포기한 상태였고, 그럼에도 무엇인가를 찾아 헤매는 것을 멈추지는 않고 있었다. 그것은 습관이 되어 있었고, 지겹지만 고질적으로 떼어낼 수가 없는 무엇이었다. 아무튼 그런 상태에서 약속을 해놓고는 무력증에 진창 빠져서 시간이 한참 지나서야 도착했다. 아무것도 하기 싫음과 동시에 아무것도 하지 않는 상태를 견딜 수가 없었고, 결국 또 늦게 도착했다는 생각에 자괴감이 밀려왔다. 바보 같은 악순환의 반복이었다.

오랜 시간이 지나면서 나는 서서히 아무래도 상관없다는 마음이 무의식적으로 커져 갔던 것이다. 또 하나의 인간관계를 망치고 시간만 버린 채 돌아오겠구나, 하고 있었는데 전혀 다른 느낌을 받았다. 내가 엉망진창이던 때에 거짓말처럼 그 분을 만났고 많은 이야기들을 들었다. 지금까지 내가 고민해 오던 것들과 갈등하던 것들, 미친 듯이 번민하던 것들이 서서히 명백해져 갔다.

무지라는 것에 대해서 생각하게 되었고, 결핍이라는 것에 대해서 생각하게 되었다. 장엄한 인류사 속에서 철학자들은 '악'이라는 개념에 대해서 끊임없이 고뇌해 왔다. 그리고 나는 그 두 가지 모두를 가지고 있었다는 생각이 들었다. 무지했고, 어딘가 결핍되어 있었다. 나는 그렇게 '공부'를 해야 하는 이유를 알게 되었고 동시에 '사랑'이라는 것을 품어야 하는 이유를 알게 되었다.

내가 좋아하는 뮤지컬 넘버 '황금별'이라는 곡에는 이런 구절이 나온다. '이 세상은 파멸로 가득 찼다.' 내 눈에는 세상이 어둠으로 가득해 보였다. 부조리와 비상식이 '당연한' 것으로 통용되고 비정한 처세가 도리어 '칭찬거리'가 되기도 하는 세상 속에서 살아온 인생이 어째서 아름답다고 말할 수 있는 것인지 이해하지 못했다.

그러나 나는 그를 통해서 마음을 열었고 내 심장이 타는 빛깔이 달라지기 시작했다. 이전에는 '타고 있다'는 생각에만 머물렀다면, 이제는 '나를 태워서 빛을 내고 있을 수도 있다'는 생각을 하게 되었다.

정말로 많은 이야기들을 오랜 시간 동안 나누었고, 귀한 시간을 아낌없이 일절의 수업료도 받지 않으신 채로 내주셨다. 그런 감정적, 정서적 교류는 말로서 글로서 설명되는 것이 아니다. 글 한 줄로 써 버리게 되면 그것은 너무도 단출한 것이 되어 버린다.

그러나 내게는 세상에 '예외'라는 것이, '진정'이 존재했다는 것만으로도 엄청난 영향을 가져다주었다. 그리고 무엇을 위해 일생을 걸어야 하는 것인가에 대해서도 생각하게 되었다. 내가 그 분을 만나고 난 뒤 받은 것, 배운 것, 느낀 것들은 무수히 많았지만 그 가운데 가장 큰 것은 내가 나 자신을 자라게 하도록 응원을 받았다는 것이다.

나는 그 덕분에, 감사라는 것을 배웠고 이제 알게 되었기 때문에 결코 '상황 탓'이나 '님 탓', '사회 탓'을 하지 못 하게 되었다. 그리고 은혜라는 것을 찾는 것을 넘어서 마음속에 새겨졌기 때문에 그 어떤 일이 있다 하더라도 '합리화'하지 않게 되었다. 어쩌면 나는 분노와 불신으로 가득했던 많은 다른 누군가들처럼 세상을 원망하고 애먼 사람들을 미워하며 나쁜 일들을 저지르며 살아갔을지도 모르겠다.

그러나 나는 내가 가장 좋아하는 작가 중 하나인 빅토르 위고의 『레미제라블』속 장발장처럼 '변화할 기회'를 얻은 것이었다. 내 안에 있던 감정 자체도 조금씩 변하게 되었기 때문이다. 이전에는 '이유를 알 수 없기에' '이해조차 할 수 없다'고 생각했었던 것 같다.

 그러나 생각이 조금씩 차분하게 가라앉으면서 다른 생각을 하기 시작했다. 내가 '이상하다'고 생각했던 세상의 부조리함과 격차, 출발 선상부터 다른 채로 출발하는 사람들과 그로 인해 어딘가에는 '부'라는 것으로 쌓아진 첨탑과 그 반대편에 선 '빈천함을 자조하는' 이들에 대해 생각했다.

나는 그것이 '당연하다'고 생각하지 않았음에도 불구하고 동시에 내가 해냈던 그 자그마한 성과들에 '내가 잘했기 때문'이라고 생각하는 모순을 품고 있었다. 그것은 애초 당연한 것도 아니었고 온전한 내 힘만으로 해낸 것도 아니었다. 나는 운이 따랐던 것뿐이다. 사람은 누구든 자기 혼자만의 힘으로 살 수는 없다. 누군가를 높일수록 누군가는 낮아져야만 한다는 것. 높아지는 것은 아무런 의미가 없다.

인간은 누구나 높아지기를 욕망하지만 높아진다는 것은 언젠가 내려와야 한다는 것이고, 끊임없이 욕망해야 하거나 언젠가 한계가 분명할 높아짐이기에 부의미할 뿐이라는 생각이 들었다. 내가 낮아짐을 통해서 누군가를 높일 수 있는 것이라면, 그 누구도 홀로 힘으로 살 수 없기에 내가 지금껏 길러 온 유일무이한 강점인 회복 탄력성으로 더 많은 이들을 받치고 함께 올라갈 수 있도록 하는 것이 훨씬 더 매력적인 방향이라는 생각이 들었다.

"바로크 시대는 말하자면 선과 악을 넘어선 미를 표현했다. 추를 통해 미를, 거짓을 통해 진실을, 죽음을 통해 삶을 말할 수 있었다. 특히 죽음이라는 테마는 바로크의 정신 속에 강박 관념처럼 등장했다. 그것은 셰익스피어처럼 바로크 작가가 아닌 작가에게서도 찾아볼 수 있고, 다음 세기에 나폴리 산세베로 예배당의 소름 끼칠 정도로 무시무시한 형상들 속에서도 발견할 수 있다. 이 때문에 바로크적인 미가 비윤리적이거나 부도덕하다고 말할 수는 없다. (……)

모든 선(善)이 항상 도달해야 할 '더 먼 곳'을 향해 시선을 이끌며 그 속에 긴장을 담고 있다. 움직임과 생명이 없는 고전주의적 모델의 미는 극적일 정도로 긴장된 미로 대체되었다."

－움베르토 에코, 『미의 역사』 중에서

내 짧막한 이십 년간의 기억들은 오스카 와일드의 말처럼, 예술이 삶을 모방하는 것보다 훨씬 더 삶 자체가 예술을 모방하고 있었다. 나는 지긋지긋하다 못해 지난했던 환멸 끝에 나름의 낭만에 도달했고 이 기억과 경험들은 곧 움베르토 에코의 말처럼 추를 통해 미를, 거짓을 통해 진실을, 죽음을 통해 삶을 이야기하고 있었다.

빅토르 위고는 『크롬웰 서문』을 통해서 "희곡과 비극을 구분 짓는 것은 권장할 만한 것이 아니다"는 이야기를 했다. 나는 그의 말에 전적으로 동의하게 되었다. 세상에는 달도 뜨지만 해도 뜬다. 밤도 있지만 결국 동은 튼다. 달도 차면 기울고 해도 때가 되면 저문다.

이 세상에는 거짓과 어둠만 있는 것이 아니라, 분명히 찾는 이에게는 진실과 빛 역시 존재한다는 것을 나는 깨닫게 되었다.

수상 소감

어둠으로 가득한 밤에 태어나 마침내 동 트는 빛이 떠오르기 시작한 새벽에 도달하기까지의 유년기부터 출발해 막 성인이 된 지금까지 고민해 왔던 실존적 물음과 그와 얽혀 벌어졌던 개인적 사건들의 이야기이다.

고등학교 1학년 1학기 여름방학을 마치자마자 자퇴 서류를 제출했고, 그 이후로 나름의 홈스쿨링 과정을 밟아 왔다. 나름대로 다사다난하다면 다사다난한 기억들을 가지고 있지만 어쩌면 매우 값진 경험과 자산을 얻었다고 생각한다.

정의상

비 온 뒤 땅 굳는다

이연서 (서울시 강동구)

비 온 뒤 땅 굳는다

이연서(서울시 강동구)

    초등학교 5학년 때 전학을 갔다. 낯선 학급에서 일제히 나를 쳐다보는 학생들의 눈빛이 부끄러웠다. 모든 것이 바뀌어 버렸고, 낯선 환경을 감당하기엔 버거웠다. 그렇게 일 년 동안 존재감 없이 지내왔고 친구 또한 못 사귀었다.

    그렇게 6학년이 되었다. 이때부터였을 것이다. 내 인생의 가장 슬픈 전환점을 맞은 것이. 5학년 때와는 다르게 다가와주는 친구들이 있었다. 그래서 많은 친구를 사귀게 되었고, 이서정(가명)이라는 친구와 친해지게 되었다.

    하지만 대체 어디서부터 잘못되고 꼬여버린 건지 사실 아직까지도 잘 모르겠다. 그러나 확실한 것은 정말 친구를 잘못 사귀었다는 것이다. 우리는 겉만 친구일 뿐 이서정은 날 무시하고 막 대하기 시작했다.

    왜 이렇게 변해 버렸는지 가장 근접하다고 생각되는 이유를 찾아보았다. 이서정은 애초부터 자기주장이 세고, 직설적이었다. 그에 반해 나는 표현을 잘 안 하고 온순했다. 이서정이 무엇을 하자고 하면 별 말없이 따르는 편이었고 장난이라는 막말에도 나는 웃어넘겼다. 왜 그랬냐고 묻는다면 내 성격이었다. 딱히 마음에 들지 않는 부분이 없었고, 괜히 일

커지는 것이 싫었다.

점점 막말의 강도는 세지고 나에 대한 행동이 거칠어졌다. 처음에는 거부의 의사를 표현했으나 이서정은 자신의 말에 반박하는 것을 가장 싫어했다. 거부할 때마다 다른 사람들 앞에서 험담을 한다거나 더 큰 막말로 날 응징했다.

이유가 존재한다면 이것이 이유가 될 수 있다고 나는 생각한다. 그러나 딱히 이서정한테 이유가 있어 보이진 않았다. 그냥 아무 이유 없이 내 왜소한 체형으로 날 만만히 보고, 막 대했을 수도 있다. 초등학교 6학년 때부터 중학교 3학년 때까지 4년 동안 나는 이서정한테 학교폭력을 당했다.

중학교 들어와서는 폭력을 하진 않았지만 날 무시하는 것은 여전했다. 좀 더 자세히 써보겠다. 아무렇지 않게 다른 친구들이 있는 곳에서 'X년'이라며 욕을 하고, 머리채가 잡혔다. 이유? 이유는 소소한 것들이었다. 놀던 중 집에 가겠단 말을 해서, 다른 사람한테 보낼 문자를 잘못 보내서, 이것이 이유였다.

하루는 엘리베이터에서 잠시 멍 때리느라 큰 짐을 들고 있는 사람을 미처 보지 못해 비켜주지 못했다. 그 사람이 나간 후 왜 안 비켜줬냐며 욕을 하고, 내 성상이를 찼다. 아파서 주저앉았지만 아무 말 하지 못했다.

또 립스틱으로 화장시켜 준다고 하였을 때다. 입술 외엔 하지 말라고 분명히 얘기했음에도 불구하고 얼굴에 느껴지는 감촉. 저항했지만 그런 나를 저지하며 끝까지 얼굴에 낙서를 하였다. 눈을 뜨고 거울을 보니 얼굴 전체에 칠해진 립스틱 자국. 한 순간 웃음거리가 되어 사진이 찍혀 버렸다.

나는 맞을 때도, 욕설을 들을 때도 "하지 말라"는 말이 아닌 뭘 잘못한지도 모르면서 "미안하다"는 말만 반복했다. 이것이 옳지 않다는 생각보다는 이서정이 무서웠다. 이서정 때문에 다른 이들까지 날 부정적으로 바라볼까 봐. 이서정은 나와 싸울 때마다 아니, 정확하게 말하면 이서정의 말에 거부할 때마다 다른 사람들에게 내 험담을 하거나, 나랑 안 논다며 협박했다.

'안 놀면 되지'라고 생각할 수 있지만 그것이 쉬운 일이 아니었다. 이서정이랑 안 논다는 것은 이서정이 날 다른 애들과 못 어울리게 만든다는 말과도 같았다. 그 당시 나는 그것을 완강하게 거부할 만큼 강하지 못했다. 이서정이 내 빚을 갖고 싶어 했다. 나는 거절했지만 이것도 못 주냐면서 나랑 친구 안 한다고 화를 냈다.

교회수련회에서 자신이 좋아하는 남자와 얘기했다는 이유로 버스를 못 타게 했다. 집에 갈 때 무거운 짐을 들고 버스를 타야 되는데 버스가 왔다. 날이 덥고 어깨가 아파 타고 싶었지만 못 타게 했다. 아직도 또렷이 생각난다.

"이 버스 타는 순간 너랑 연 끊을 거야."

결국 먼 길을 걸어갔다. 이 말도 생각난다.

"너랑 친하게 지내줄 테니 갖고 싶은 것 세 가지 사줘."

이런 나를 보고 바보 같다고, 왜 당하고만 있냐고 안타깝게 생각할 수도 있을 것이다. 거부는 당연히 했다. 그것을 빌미로 다른 친구들에게 내가 잘못한양 말을 과장해서 퍼뜨리고 다녔다. 영문 모를 구설수에 오르는 것이 싫었다. 날 무시하는 태도에 비꼬지 말라고 단호하게 얘기도 해 봤지만 돌아온 것은 싸이월드에 도배된 내 욕이었다. 그리고 학원 동생에게 내 험담을 했는지 나에게 전화를 해 함께 욕을 했다.

저항하면 처참하게 보복당하는 과정 속에서 나는 잘못된 생각을 가지게 되었다. 사람은 평등해야 하지만 등급이 존재한다면, 그때 나는 이서정의 아래 등급과도 같다고 생각했다. 이서정이 시키면 시키는 대로 하고, 웬만한 이서정 의견에 싫다는 의사표현을 잘 못했다. 아무리 발버둥쳐도 절대 이길 수 없는 그런 존재, 너무 가슴 아프지만 그렇게 생각했다.

시간이 흘러 고등학생이 되었다. 집이 가까운 고등학교가 있음에도 불구하고 이서정과 같이 다니기 싫어 다른 고등학교를 선택했다. 처음엔 많이 낯설었지만 차츰 친구를 사귀기 시작하면서 나는 큰 충격에 휩싸였다. 내가 말을 하면 내 말을 들어주고, 존중해 주는 친구가 있다는 것이었다. 전처럼 날 비하한다거나 상처되는 말을 하는 친구도 없었다. 마음을 굳게 먹고 연락을 자연스럽게 끊으려 했지만 쌓아뒀넌 화가 모래처럼 사라지기는커녕 오히려 더 커져만 갔다. 그리고 그것들이 내게 물었다.

'너는 왜 당했니? 억울하지 않아?'

그 동안의 분노와 억울함이 뒤늦게 커져 버린 것이다. 그리고 이 화들을 어떻게 해소할 수 있을까 생각했다. 그리고 고등학교 돼서 처음 찾아본 여름방학 때 나는 첫 번째 용기를 냈다. 그 동안의 상처를 이서정에게 카카오톡으로 말하게 되었다.

"4년 동안 너랑 순탄하게 지냈던 것 아니잖아. 툭하면 싸우고 나 무시하고 아무렇지 않게 말한 너 말에 상처받은 게 한두 번이 아니야. 나 울면서 너한테 사과하고 무릎 꿇은 건 기억나? 영어캠프에선 짐 무거운 거 알면서도 너 화났다고 같은 버스조차 못 타게 하고, 이게 일상이었어. 나는 너한테 업신여겨지고 무시받는 게. 내가 말하고 싶은 건 너가 죄책감까지는 아니더라도 나한테 미안한 마음이 조금이라도 있었으면 좋겠고, 물론 네가 알아서 할 일이겠지만 다른 애하고 싸우고 나서 걔랑 둘이 풀고 다른 애들하고 사이 멀어지게 험담하지 마. 그냥 마지막이라고 생각하고 말할게."

그러나 철없어 한 것이었고, 이제 와서 말하면 공감이 안 될 뿐더러 황당하다고 말하는 이서정.

"네가 이렇게 말하는 것 보고 지금 생각났네. 네가 상처받은 건 알겠고 미안해."

사과를 해주었다. 사과받았으니 만족한다고, 내 속마음 털어놨으니 이제 끝났다고 생각했다. 마음이 후련해졌다.

하지만 그 마음은 곧 비참하게 바뀌었다. 이서정의 카카오톡 상태 메시지는 '찌질함'으로 바뀌어 있었고, 나와도 친하지만 이서정과도 친했던 친구 카카오톡 상태 메시지는 '극혐'으로 바꾸어져 있었다. 나는 이 일을 아무에게도 말한 적 없으니 이서정이 친구에게 말한 것이다. 그렇게 내 용기는 찌질함이 되었고, 내 상처는 혐오가 되었다. 화가 난다기보다는 슬펐다.

'난 아무리 해도 안 되는 건가'? 내 상처는 저들에겐 아무 것도 아닌 건가.'

마음이 무거워졌다. 쏟아지는 무력감에 이대로 체념할까 생각도 해봤다. 하지만 문득 이런 생각이 들었다. 여기서 끝내면 초등학교 때의 너와 다를 것이 뭐냐고. 제대로 된 변화를 원한다면 내가 먼저 변해야 한다고 생각했다. 내 상처들을 마지막 순간까지 무시당하게 두고 싶지는 않았다. 내 힘으로 안 된다면 다른 사람의 도움을 받아보자고 생각했다.

그렇게 나는 두 번째 용기를 냈다. 경찰에게 도움을 요청해보기로 한 것이다. 학교폭력으로 신고를 하기 위해 117에 상담을 요청했다. 신고를 한다는 것이 가볍게 생각할 문제가 아니란 것을 안다. 그래서 신중히 생각하고 굳게 내린 결론이었다. 학교폭력 신고센터 117에 물어보았다.

시간이 흐른 학교폭력도 신고할 수 있는지, 증거가 필요하다면 당한 것을 기록한 종이와 주변의 증언으로 충분한지 등등 여러 가지를 물어보았다. 답은 학교폭력은 공소시효가 없다는 것이고 수변의 승언과 기록이 증거가 될 수 있다는 것이었다. 하지만 117에서 얻는 정보는 한계가 있었다. 학교폭력이 성립되면 어떤 조치가 내려지는지, 학교폭력 신고의 상세한 과정 등을 자세히 알 수 없었다.

그래서 나는 직접 경찰서로 가 물어보기로 하였다. 그 전에 그 동안 당한 학교폭력을 문서로 작성하여 프린트하였다. 그리고 6학년 때 친구들에게 솔직히 털어놨다. 내가 일일이 작성한 문서를 보여주었다. 내 고민을 털어두면서 조언을 구했다. 솔직히 많이 망설였다. 혹여 내 말보다 이서정을 더 신뢰할까 봐. 상관없는 일이라며 무시할까 봐.

그러나 반응은 예상 밖이었다. 내가 생각했던 것보다 훨씬 더 적극적으로 날 위로해 주며 도움을 주겠다고 했다. 내 곁에는 생각보다 날 도와주는 사람들이 많았다. 왜 그동안 참고만 있었냐면서 날 다독여 주었다. 눈물이 덜컥 나버렸다. 날 이렇게 생각해 주고 위해 주는 사람들이 있었음에도 불구하고 혼자라고 단정한 것이었다.

경찰 신고에 대해서 반응은 세 갈래로 나누어졌다. 첫 번째는 내 뜻대로 하라는 의견이었다. 다만 신중히 생각하라고 조언해 주었다. 두 번째로는 신고하지 않는 게 좋겠다는 의견이었다. 학교폭력 피해자라는 이유가 사회에 나가서 만만하게 보일 수도 있을 것 같다는 우려 때문이었다. 그리고 마지막으로 자신 같으면 신고할 것 같다는 의견이었다.

그렇게 조언을 듣고 더 많은 생각을 했다. 몇 번 생각해도 억울함이 풀리지 않았다. 이대로 마무리도 못 짓고 흐지부지 끝내 버리면 내 스스로에게 너무 미안할 것 같았다. 자신이 이 정도밖에 안 된다는 사실에. 그렇게 동네에 있는 경찰서로 발걸음을 옮겼다. 그곳은 학교폭력을 담당하지 않았다. 좀 더 큰 경찰서를 알려주셨다. 그래서 그곳으로 가봤다.

먼저 신고를 하기 전에 그곳에서 청소년학교 폭력상담을 받았다. 여자 경찰관이었는데 생각보다 분위기가 딱딱하지 않고 친절하고 편하게 답변해 주셨다. 물어볼 것 리스트를 만들어둔 터라 궁금한 것을 모두 해소했다.

증언 같은 것을 정확히 어떻게 받는지, 신고 후 마무리가 될 때까지 며칠이 걸리는지 등을 물어보았다. 증언은 같은 학교 학생이었다는 것을 증명하는 졸업사진과 함께 친구와 경찰서에 동행해야 한다고 하였다. 신고가 마무리 될 때까지 60일 정도가 걸린다고 하였다.

그리고 하신 말씀 중에 다음부턴 학교폭력이 발생하게 되면 좀 더 적극적으로 거부하라고 해주셨다. 이유는 그 친구의 표현방식이 거친 행동일 수도 있고, 자신이 잘못한 걸 똑 부러지게 말 안 해주면 모르고 계속할 수 있다고 하셨다. 그렇게 상담을 마치고 신고를 하러 갔다. 마음을 굳건하게 잡고 고소장을 써 내려갔다. 한 줄 한 줄 써 내려갈수록 그동안의 아픔이 그곳에 녹아들어 갔다. 후회는 생기지 않았다.

그 종이를 들고 신고 접수를 하러 갔다. 청소년 학교폭력만 담당하는 곳이었다. 작은 공간 속에서 남자 경찰과 면담을 시작했다. 학교폭력 얘기를 하고 문서를 보여주었다. 그렇게 얘기를 하다가 뜻밖의 말을 꺼냈다. 바로 만 13세 미만 일은 신고를 못한다는 것이었다. 이서정의 생일은 7월이다. 곧 15살 7월 이후 일만 신고가 가능하다는 것이었다. 하지만 날짜를 증명할 방법이 없었다. 그리고 내가 자세히 날짜를 기억하고 있지도 않았다. 절망스러웠다.

왜 만 13세 미만 일은 학교폭력으로 신고가 안 되는지 물어보았다. 경찰이 말했다.

"5살짜리 아이들이 소꿉장난하다가 싸웠을 때 처벌해? 그거랑 똑같아."

이서정과 비슷한 말을 했다. 철없어서 한 짓이라고. 하지만 5살짜리 아이들이 심한 욕설을 하거나 머리채를 잡지는 않을 텐데, 내가 당한 일을 5살짜리 아이들에 비유하는 것이 가슴 아팠다.

'결국 나 혼자 호들갑 떨었구나'

'이렇게 아무것도 아닌 게 되어 버리는데'

힘겹게 쌓아올린 것들이 처참히 무너지는 느낌이 들었다. 허탈했다. 신고를 못 한다는 사실보다 이렇게 열심히 노력해 놓고 아무것도 이루어진 것이 없다는 것에 대한 허탈감이었다. 이대로 체념할 수는 없다 생각하고 방법을 모색해 보았지만 모두 부질없는 짓이었다. 아무리 생각해 봐도 15살 7월 이후 일이란 것을 증명할 방법이 떠오르지 않았다.

그렇게 어쩔 수 없이 체념해야 했다. 왜 진작 신고하지 않았을까. 뒤늦은 후회가 밀려왔다. 지금에서야 신고한 나를 탓했다. 6학년 때 친구들에게도 말해주었다. 나보다 더 화를 내고 안타까워하는 친구들을 보며 기운을 차렸다. 억울했던 예전의 기억과 아쉽게 신고를 이루지 못하고 체념했던 나의 모습을 인정하고 받아들이는 데에는 오랜 시간과 많은 생각들이 필요했다.

그리고 이해했다. 내 잘못이 아닌 친구를 잘못 사귀어서 그렇다고, 진작 해결했어야 하는 일이라고. 잃은 것도 많지만 얻은 것도 많았다.

"비가 온 뒤 땅 굳는다."

내가 가장 좋아하는 말이다. 여기서 비는 시련을 뜻하고, 땅이 굳는다는 것은 마음이 한층 단단해지고 성숙해짐을 의미한다. 나는 이 일을 통해서 정말 많이 힘들었지만 그로 인해 얻은 것들이 많다. 먼저 내 마음은 한층 더 강인해졌다.

상처를 이미 숱하게 받아와서 더이상 상처를 받아도 끄떡도 안 할 것이란 뜻이 아니다. 많이 아파하고 무너지고 했기 때문에 다음에 혹 이보다 더 큰 시련이 오더라도 잘 이겨낼 수 있을 것이란 뜻이다. 지금까지 겪은 시련을 바탕으로.

그리고 나는 내 곁에 날 위해 주는 사람이 많다는 걸 깨달았다. 모두 날 부정적으로 바라본다는 것은 내 잘못된 편견이었다. 진심을 말하고 용기를 내보니 내 곁에는 많은 사람들이 존재했다.

그리고 마지막으로 내 꿈은 글을 쓰는 작가이다. 작가면 풍부하고 좋은 글을 쓸 수 있어야 하는데 그러기에 필요한 것이 다양한 경험이다. 자신이 겪어보지 못한 일을 생생하게 쓸 수는 없을 것이다. 나는 지금까지의 일을 통해 정말 다양한 감정들과 일을 경험했다. 그러기에 글로 표현할 때 그 감정을 다루는 글이라면 좀 더 실감나게 쓸 수 있지 않을까?

기억하기도 싫은 끔찍한 기억이지만 경험했다고 생각하고 긍정적으로 생각하기로 했다. 결말 자체만을 보면 아무것도 이루어진 것이 없고 허탈하다고 생각할 수도 있을 것이다. 그러나 많은 것이 바뀌었다. 무엇보다 내 자신이 많이 바뀌었고, 얻은 것이 많다고 긍정적으로 생각하고 있다. 그리고 나는 또 세 번째 용기를 냈다.

　내 감추어뒀던 아픈 과거를 꺼냄으로써 누군가 한 명이라도 이 충돌기를 보고 힘을 내고 희망을 가지면 참 좋을 것 같다.

수상 소감

　안녕하세요.

　고등학교 1학년 이연서라고 합니다. 우연한 기회로 세상 충돌기 공모전에 참여하게 되었는데 제 충돌기를 이렇게 자세히 꺼낸 적은 처음이라 부끄럽기도 하네요. 아마 제가 겪은 일들보다 더 힘든 일을 겪고 있는 분이 분명 존재할 거예요. 모든 분들에게 힘이 되었으면 하는 바람입니다.

　초등학교 5학년 때 전학을 갔다. 낯선 환경에 잘 적응하지 못했다. 그렇게 6학년이 되었다. 이때부터였다. 내 인생의 가장 슬픈 전환점을 맞은 것이. 정말 많은 일이 있었다. 그 누구에도 털어두지 않고 나 혼자 끙끙 앓았던 일. 나는 한 명에게 학교폭력을 당했다. 하루가 지옥과도 같았다.

　우리 집은 13층이다. 자주 창문을 열고 나약한 생각을 했다. '어차피 죽을 용기도 없잖아' 약한 내 자신을 한탄했다. 이 아픈 마음을 알아주는 사람이 나밖에 없다는 사실이 너무 괴로웠다. 그렇게 시간이 흐르고 고등학생이 되었다.

　나는 첫 번째 용기를 냈다. 그 동안의 상처들을 가해자에게 말했다. 그동안의 세월을 보상해 달란 뜻이 아닌, 그 아이가 나처럼 아팠으면 하는 마음이 아니었다. 그저 진심이 담긴 사과 한마디를 원했다. 하지만 내 용기는 찌질함이 되었고 내 상처는 혐오가 되었다.

그리고 나는 두 번째 용기를 냈다. 내 주위 사람들에게 도움을 요청하고, 상담을 하고 경찰서에서 고소장까지 쓰고 왔다. 정말 많이 생각하고 내 의지로 이루고자 하는 일이었다. 하지만 만 13세 미만 일은 신고를 해도 처벌이 안 된다는 사실에 내 의지는 부서졌고, "5살짜리 아이들이 소꿉장난하다가 싸웠을 때 처벌해? 그거랑 똑같아"라는 말은 내 마음에 상처를 내버렸다. 5살 아이들이 머리채를 잡는다거나 심한 욕설을 하진 않을 텐데 말이다.

힘겹게 쌓아 올린 것들이 처참하게 무너져 버렸다. 하지만 좌절은 곧 희망으로 바뀌었다. 잃은 것이 있지만 얻은 것도 많았다. 비온 뒤 땅 굳는 것처럼 내 마음은 한층 더 굳건해졌다. 그리고 나는 세 번째 용기를 낼 것이다. 내 감추어 두었던 과거를 꺼냄으로써 누군가 이 글을 보고 희망을 가지면 좋겠다.

배려상

개구리 소녀

·

윤소은 (경기도 여주시)

개구리 소녀

윤소은(경기도 여주시)

작은 시골중학교, 재능 있고 늘 꿈꾸며 지내는 소윤이는 불안한 열여섯을 겪는다. 뒤늦게 찾아온 사춘기와 반항기, 힘든 마음에 전화를 건 친구로부터 우물 안 개구리라는 소리를 듣고 명치를 맞은 기분이 든다. 모두가 내 꿈을 비웃는 기분, 진짜 사람 손에서도 화상을 입는 나약한 개구리가 된 기분에, 그래서 예고 진학도 포기하고 우울함에 가족들과 싸우고 방황한다.

모두들 열심히 살고 있는데 나만 개구리인 거 같은 기분, 뱀 같은 사람들은 모를 거다. 악몽을 꾸다가 소윤이는 새벽에 깨게 된다. 그 뒤로부터 모든 것이 달라진다. 자기를 주인공으로 한 개구리 소녀를 쓰기 전까지 불안한 시기였다.

요즘 따라 공부도 글 쓰는 것도 마음대로 되지 않는 그런 불안정한 시기, 이런 걸 사춘기라고 책에서 정의 내렸던 거 같기도 했다. 암튼 그 시기에 나는 위로가 필요했고, 누군가에게 몇 번이고 듣고 싶었다. 넌 재능 있다고, 할 수 있다고, 그래서 일주일에 한 번씩 친구에게 전화를 걸었다.

- 나 예고 진학하려고 문창과로, 너도 알다시피 나 글 쓰는 거 좋아하

잖아. 큰 고모 댁에 지내면서 통학하려고.

재능이 있다고 느껴본 적이 있는가? 특별히 공부를 잘하지 않아도 한 분야에서 두드러지는 재능은 그 사람에게 중요한 꿈이 된다. 나 또한 그렇다. 대회에 나가서 상을 못 받아 온 적이 없었고, 비록 작은 학교지만 모두들 나를 인정해 줬다. 나도 나를 인정했고, 부모님도 동네 어른들도 내심 기대를 했다.

나는 그 시골 마을에서 특별했고, 늘 자신감인지 자만심인지 모를 모호한 경계에 서 있었다. 반 아이들의 선망 어린 눈들, 단상 위로 올라가 교장 선생님과 악수하고 빳빳한 상장을 들고 웃으며 집에 가던 순간들이 나로 하여금 글을 쓰고 싶다는 생각으로 이끌었다. 어릴 적부터 몸이 약해서 몸으로 하는 일은 질색이라 늘 달리기는 꼴등이었던 나에게 글은 정말 특별했다.

– 야, 근데 너 큰 대회 나가서 상 탄 적 있냐? 전국 대회 말이야.

전화 너머로 전학을 세 번이나 간 까다로운 엄마를 둔 친구의 목소리가 들렸다. 그 애의 빈정거리는 듯한 목소리에 나는 연약한 미모사처럼 반응했다. 얼굴이 벌게져서 말이다.

– 아니, 없어 그냥 도내 대회?

친구는 내 말을 듣더니 한숨을 푸욱 내질렀다. 나랑 나이도 같으면서 늘 다 큰 어른처럼 굴려고 드는 친구였다. 아마 그 애에겐 나는 한참이나 가르쳐야 할 대상일 것이다. 그 애의 눈에는 나는 세상 물정 모르는 시골 쥐 같은 존재였으니.

- 야, 진짜 기분 나쁘게 듣지 마. 너 예고 가고 싶다고 했지? 너 근데 잘 생각해 봐. 너 그 학교에서 네가 공부를 특별히 잘하는 건 아니고 글도 뭐, 어느 정도 쓴다고 치자.

- 근데 너만큼 쓰는 애들은 널렸어. 너 전국대회도 나간 적 없다며? 그런데 전국에 난다 긴다 하는 애들 모인 예고에 가겠다고?

어떻게 태연하게 기분 나쁘게 듣지 말라고 할 수가 있는 거지? 이미 나는 기분이 나빠졌다. 이럴 땐 어떻게 하는 건가. 어른스러운 척 기분 안 나쁜 척 해야 하는 건가.

설마, 얜 내가 고마워할 거라 생각하고 이런 말 한 건가? 나는 순간 죄 없는 핸드폰을 던지고 싶다는 충동이 들었다. 원래 이 정도로 악랄하게 말하던 애는 아니었는데.

오늘따라 이 애의 말이 너무 아팠고 미웠다. 언제는 내 글이 좋다고 했으면서.

- 미안한데, 넌 솔직히 우물 안 개구리야. 자만하지 말라고, 우물 속에서 꿈 좀 깨.

그 시골마을에서 잘해 봤자 그냥 딱 거기까지인 거야. 너도 경험을 좀…….

우물 안 개구리란 말을 듣는 순간 명치 쪽이 세차게 뛰었다. 그리고 전화를 끊어 버렸다. 친구의 말은 채 끝나지 않았고 나는 깊은 충격을 먹었다. 우물 안 개구리…….

그 누구도 나를 보고 우물 안 개구리라고 한 적이 없다. 생각해보면 그들도 우물밖에 모르는 개구리였고, 나는 이 곳이 우물이라고 생각도 못했던 조금 더 멍청한 개구리여서 난 알지 못했을지도 모른다. 개구리가 스스로 개구리임을 모르다니 얼마나 큰 불행인가. 나는 정말 개구리인가? 아니다, 분명 그랬었다. 나더러 선생님은 이렇게 말했다.

– 넌 선생님 생각에 특별한 아이야, 네가 글 쓸 때 나오는 표현력, 선생님은 그래서 네가 꼭 작가가 될 것 같다.

그런데 어릴 적부터 내가 지어낸 이야기를 듣고 자란 친구가 나더러 개구리라니?

난 어떤 개구리지? 조금 특별한 개구리? 생각해보니 내가 예고를 진학한다고 얘기했을 때, 누구도 진지하게 듣지 않았던 거 같다. 다들 그 애처럼 비웃었을까?

아니, 솔직히 전부터 느껴왔다. 나만큼 쓰는 애들은 많고 공부하기 싫은 도피로 예고를 선택했을지도 모른다. 애써 외면했지만 나는 사실 글을 무서워하는 것일지도 모른다.

핸드폰은 몇 번이나 울렸다. 친구였다. 그렇기에 받지 않았다. 인정하고 싶지 않았다. 내가 개구리라는 지독한 사실을 애써 잊고 있었던 사실을 그때부터 나는 내 꿈에 확신을 잃어 갔다. 그리고 생각 끝에 지독한 거센 우울증이 나를 찾아왔다.

그리고 확신을 했다. 예고는 무리다, 무리. 절대 그 애의 말 때문이 아니라 들켰기 때문이다. 자존심 상하게 나의 불안을 누군가에게. "넌 뭘 해도 잘할 거야"라는 말을 들었을 때 밀려오던 불안에 찌든 질문을 나는 들킨 기분이었다.

저녁 식사는 소고기 무국이었다. 내가 방귀 냄새 난다고 몇 번을 싫다고 했지만 엄마는 잔말 말고 먹으라고 했다. 엄마가 아닌 요리에 취미가 있는 아빠가 정성스럽게 끓인 무국이었다. 나는 조금씩 밥을 먹으며 가족들의 얼굴을 보았다.

아빠 엄마, 연년생인 여동생, 막둥이인 남동생, 다들 내가 사랑해 마지않는 얼굴들이었다. 그래서 나는 안심하고 돌발 선언을 하려 한다.

– 나 P고 입학할 생각이에요. 남녀공학 된 지 얼마 안돼서 등급 따기 좋대.

밥을 먹다 말고 말해 버렸다. 소고기는 아직도 입안에 있었고, 아빠는 연신 국을 마시고 있었다. 정말 소고기 무국을 좋아하는 아빠였다.

– 거긴 인문계잖아, 예고 간다며?

부모님은 내 돌발 선언에 당황하신 듯했다. 나 또한 너무 당황하는 부모님의 반응에 흠칫했다. 그렇지만 솔직히 말할 수 없었다. "엄마 아빠, 나는 고작 시골학교에서 알아주고 작은 도시에서 알아주지, 예고는 달라요. 그러니까 나는 자신이 없어요. 떨어져서 망신당할 자신이"라고 내가 말한다면 그건 너무 내 자존심에 금이 갔다.

– 난 예고 가서 두 마리 토끼 잡을 자신이 없어요. 공부든 글이든 예고 간다고 좋은 대학 가는 것도 아니라고 그러더라고요

핑계였다. 그렇다고 공부를 잡겠다는 생각을 하진 않았다. 내신은 무슨 내신. 불행히도 나는 공부에 흥미가 없었다. 특히 가장 중요하다는 영

어 수학에, 심지어 수학은 학원을 다니면서도 성적은 개판이었다.

- 너 다 떠들고 다녔잖아, 예고 갈 거라고. 말만 그런 거니?

엄마는 실망스럽다는 듯이 이마를 찌푸렸다. 그리고 나는 엄마 앞에서 작아졌다.

엄마는 내가 창피한 건가? 왜 자기 딸이 예고 갈 거라고 자랑스럽게 자랑했는데. 망신당할까 봐? 다른 아줌마들이 비웃을까 봐? 수치심이 들었다. 손톱으론 거세게 손바닥을 파고들었다. 내가 어떤 마음으로 포기한 건데 엄마는 모른다.

- ……

나는 엄마를 보지 못했다. 엄마의 실망스럽다는 눈을, 한숨 쉬는 아빠의 표정을 볼 자신이 없었다.

- 왜 말을 못해? 평소에는 그 주둥이로 잘만 말하더니 자신이 없었으면 애초에 입이나 나불거리지 말지 그랬니. 네 친구 엄마들이 아주 고소해 하겠다. 그렇게 남 다른 척하더니 결국엔 시골 고등학교 다닌다니까.

나는 벙어리가 된 기분이다. 엄마의 화는 너무나 폭력적이고 감정적이어서 나는 아무 말도 할 수가 없었다. 물론 엄마가 이해가지 않은 건 아니다. 미웠다. 우물이, 엄마가, 아빠가, 날 이런 우물 속에 내던진 나도, 우물만 아니면 뭐든 했을 거다.

- 솔직히 내가 이런 시골에 오지만 않았으면 나도 도시 애들처럼 글도 배우고 조그만 마을 아줌마들 입에 들락거리지 않았겠지. 엄마도 그 시골 아줌마들이랑 다를 게 뭐야. 왜 이렇게 남의 일에 들락날락거려. 뭔

데, 그렇게 할 일이 없어?

　나는 소리쳤다. 솔직히 평소에도 그렇게 고분고분한 딸은 아니었지만 이렇게 악을 지르며 큰소리를 낸 적은 처음이었다. 엄마는 당황한 듯이 그런 내 모습을 바라보았고, 아빠는 화가 난 듯이 꼴도 보기 싫으니까 들어가라고 했다.

　그래, 나도 내 꼴이 보기 싫었다. 일부러 의자를 거칠게 뺐다. 무능력한 개구리의 꼴이 보기 싫어서 그리고 급히 인터넷을 켰다. 뭐라도 잊고 싶었다. 방문을 넘어오는 엄마의 잘못 키웠다는 소리를, 아빠의 위로하는 소리를 내 가슴속에서 소리치는 개구리의 소리를 잊어버리고 싶었다. 신기루 같은 꿈도 잊어버리고 싶었다.

　그런데 내 손은 홀린 듯이 예고 진학을 쳤다. 미친 짓이다. 그러나 몸은 이미 내 가슴에 지배당한 듯이 머리의 말을 듣지 않았다.

　－예고 진학 준비 중입니다. 내신은 190이고 수상 경력은…….

　－글 쓰는 연습을 꾸준히……. 소설은 이미 두 편 정도…….

　－예고 진학 위해…….

　－허황된 꿈……. 저는 내신 180…….

아빠가 방문을 슬그머니 열고 뭐라 뭐라 걱정했지만 들리지 않았다.

　다른 세계에 사는 사람들인가, 이 사람들은 뱀인 건가? 나는 멍하니 컴퓨터 액정을 뚫어져라 보았다. 나는 그동안 뭘 한 거지, 뭘 했다고 그렇게 자신 있어 한 거지?

　그냥 글을 사랑한다는 이유로만은 안 된다는 걸 알면서 왜? 가슴에 개구리 소리가 거세졌다. 그냥 눈물이 나왔다. 한심한 자신에게 그래서 그날 처음으로 뜬눈으로 밤을 샜다. 도저히 개구리가 된 채로 잘 수는 없었다. 그건 너무 끔찍했다. 사람 손에도 화상을 입는 그런 나약한 존재가 되기 싫었다.

해결책이 필요했다. 언제까지 이럴 순 없다. 자다가는 늘 새벽에 깼다. 잠들려고 하면 괴로운 가슴이 밤새 내 머리를 괴롭혔다. 가위에 눌리고, 더 나아가선 환청도 들렸다. 때론 남자의 목소리, 때로는 여자의 목소리로 나를 꾸짖는 매서운 목소리가 들렸다.

그리고 또 어김없이 나는 새벽에 잠에서 깼다. 달도 해도 없는 매서운 새벽에 밤새 악몽에 뒤척인 채로 울음이 나왔다. 부모님께는 차마 말할 수 없었다. 내가 이렇게 괴롭다는 걸 알리고 싶지 않았다.

그래서 나는 결심했다. 정말 지독한 악몽을 꾼 날, 무작정 펜이랑 종이를 들고 집 테라스로 나가기로. 여름이라 새벽 공기가 그렇게 차갑지는 않았지만 따뜻하지도 않기에 두툼한 담요를 꺼내 덮고 오랜만에 글을 쓰기 시작했다. 처음엔 짧은 시였다. 제목도 정하지 못한 지금 생각해보면 너무나 서툴기 짝이 없는 시를 썼다.

아무도 찾지 않는 나의 낡은 방
먼지처럼 소음이 흘러내린다.
기댄 쿠션엔 짓궂은 상념만이
내 결 사이를 지나가고 있다.

낯선 것의 바스락 대는 소리에
두발 모아 웅크리던 밤
 나는 잊어버렸다. 그 밤, 별이 얼마나 피었는지를

그게 시작이었다. 내가 노트에 글을 쓰기 시작한 게 어떤 형식도 없고 주제도 없는, 때로는 한 단어만 겨우 쓰고 생각에 잠기는 나는 새벽에 나 홀로 글을 쓰기 시작했다. 생각보다 새벽 공기는 맑았고 나는 먹지 않던 아침밥을 먹었다. 나의 침체기를 누구보다 불안하게 지켜보던 부모님은 내 이런 변화에 아무 말 없이 내 어깨를 두드려 주셨다.

엄마는 나를 안고 한참이나 우셨다. 네가 어떻든 나는 너를 믿고 있다고 사랑한다고 하시며. 부모님의 걱정, 불안, 사랑 속에서 나는 내가 새벽이라는 시간이 오롯이 내 것이라는 생각까지 하게 되었다. 지금도 나는 아침도 낮도 저녁도 아닌 푸르스름하고 투명한 새벽을 가장 사랑한다. 새벽에는 아무도 없다. 모두 숨쉬고 있었을 때 나 홀로 손을 움직이고 눈을 깜빡거린다. 얼마나 환상적인가.

그리고 나는 서서히 잊어 갔다. 짧은 우울을, 새벽이린 시간에서만큼은 나는 마음껏 방황하고 망각할 수 있었다. 글을 쓸 때마다 들던 불안감을 떨칠 수 있었다. 그러나 그 외의 시간에서는 나는 부모님께 악을 쓰고 서로 상처받는 일이 잦아졌고, 선생님이 나에게 걱정스럽게 하시는 진학상담도 제대로 듣지 않았다.

그리고 그럴수록 나는 더 지독한 악몽을 꿨다. 그리고 결심했다. 더이상 이렇게 살 수 없다고, 여름에서 가을로 넘어가던 그런 시기에 그래서 나는 나에 대해 쓰기로 결심했다. 개구리 소녀인 '나'에 대해서 소설 속 나는 나약하지만 생각이 깊은 개구리였다. 그 개구리는 어느 날 하늘이 둥글지 않다는 걸 우연히 우물에 들어온 까치를 통해 듣는다.

까치는 비웃는다.

"네 모습을 봐. 너는 진짜 아무 것도 모르구나, 아니면 모르는 척 하는 거니?"

그래서 개구리는 우물 속에서 모든 삶을 포기한다. 개구리는 좋아하던 모든 일을 멈춘다. 그리고 개구리는 외로워진다. 우물 속에서도 개구리는 인정받을 수도 자신을 사랑할 수도 없다.

정말 우울하고 마음에 들지 않는 얘기였다.

– 개구리는 우물 속에서 충실하지 않구나.

그 순간 나는 그것들은 모두 다 지우고 다시 썼다. 개구리는 개구리가 개구리임을 부끄러워하는 것만큼 수치스럽고 우스운 건 없다고 느낀다. 비록 우물 안이라 해서 왜 개구리는 좌절하고 포기해야 하는가. 개구리는 뛸 수 있다. 우물 안에서 숨만 쉴 수 있는 것이 아니다. 어떻게든지 우물 속에서 돌멩이를 쌓아 벗어나든 충실하고 노력해서 벗어날 수 있다. 개구리가 뛰어나가는 건 온전히 개구리의 노력이고 선택이다. 안주하고 포기하는지 부딪혀 깨부수는지는 나에게 달렸다.

내 소설 속 개구리 소녀는 우물 밖으로 나갔다. 우물 밖에는 어떤 위험이 도사리고 있지는 몰라도 우물 속에서 죽을힘을 다한 개구리 소녀는 아마 어떤 외로움도 아픔도 견딜 수 있을 것이다. 그리고 나 또한 개구리 소녀처럼 우물 땅끝이 아니라 똑바로 하늘을 바라봤다. 비록 둥근 하늘일지라도 그보다 더 멀리 먼 곳을 바라봤다.

내 마음도 귀 아픈, 마음 아픈 개구리 소리로부터 벗어날 수 있었다.

소설은 완결이 났고 내 방황도 막을 내린 듯했다. 그렇기에 나는 이른 새벽이지만 전화를 걸었다. 친구에게로 예상외로 통화음이 짧게 울리자 친구는 전화를 받았다. 처음엔 우린 서로 아무 말도 하지 않았다.

먼저 말한 건 나였다.

– 나 소설을 썼어. 내가 주인공이야.

여전히 친구는 아무 말이 없었다. 나는 그 애의 대답을 구태여 기다리지 않았다. 그 애와 나는 그런 사이였다.

– 소설을 쓰다 보니까 느껴지더라. 내가 얼마나 소중하고 예쁜 꿈을 꾸고 있었는지. 내가 얼마나 찬란하게 빛나는 사람이었는지를. 그리고 지금 내 모습이 내 꿈을 부정하고 웅크린 내 모습이 네 말대로 얼마나 보잘것없는 개구리인지.

말을 하면 할수록 생각은 정리되어 갔다. 내가 얼마나 앓았는지도 느꼈다.

– 야, 내가 잘 생각해 봤거든. 나 개구리 맞아. 내 주변도 우물 맞고. 현재 극심히 불안한 개구리가 나야. 근데 말이야, 내가 잘 생각해 봤거든. 개구리는 뛸 수 있어. 기어오를 수 있더라. 네 덕에 깨달았다. 솔직히

나 공부하기 싫고 주변에서 글깨나 쓴다고 추켜세워서 예고를 아무런 준비 없이 꿈꾼 거 맞아. 그래서 나 인문계 갈 거야. 다시 거기서 제대로 부딪혀보고 남들보다 배로 준비해서 나 작가가 될 거야. 더 이상 회피 안 할 거야. 공부도 글도 열심히 할 거야.

가슴이 부풀어올랐다. 그래, 난 할 수 있다. 못할 이유가 없다.

친구는, 그렇게 자존심 세고 어른스러운 친구는, 평생 사과 한번 못할 거 같은 친구는 너무나 쉽게 내게 미안해 했다. 그리고 울음 속에 희미하게 그 애의 말소리가 들렸다.

– 나, 너한테 그 말 하고 사실 밤에 잠을 못 잤어. 솔직히 네가 부러웠어. 나는 늘 학원 집 학원을 반복하는데, 넌 여행도 다니고 너무 자유로워 보였거든. 난 꿈도 없는데, 너는 늘 꿈을 꿨잖아. 그래서 견딜 수가 없었어. 사실 내가 너한테 했던 바보 같은 말들, 실은 나한테 하는 거나 다름없는 말이었어. 미안해……

늘 어른스럽게 굴던 친구였다. 처음으로 나한테 자기를 보여줬다. 아마 쉽지 않았을 것이다. 나는 그 애가 미웠기도 했지만 안쓰러웠다. 꿈을 잃어 버렸던 적이 있는 나에겐 꿈이 없는 삶이 얼마나 끔찍한 것을 알기에 나는 그 애를 용서했다.

– 괜찮아, 울지 마. 솔직히 네 덕에 깨달은 거야. 앞으로 어떻게 해야 할지, 꿈을 이루려면 꿈만 꾸지 않고 실현할 수 있는 방법을, 그리고 미안해. 생각해 보니까 나는 늘 바쁘게 내 얘기만 했지, 네 얘기는 들어본 적이 없고 들으려고 하지 않았어. 내 앞에서는 애써 안 그래도 돼, 힘 빼

란 이 소리야.

전화기 너머로 친구의 얼굴이 상상이 간다. 아마 눈물 콧물 줄줄 흘린 채 울고 있을 것이다. 어릴 적부터 그 애는 그렇게 울었으니까.

– 고마워, 그리고 나 네 꿈 진심으로 응원해. 너도 알다시피 난 네 글 좋아하니까.

우리는 새벽임에도 몇 시간을 통화했다. 아마 해가 뜨는 순간에도 나는 뜨겁다 못해 아린 핸드폰을 잡고 있었다. 그날 나는 부은 눈으로 등교했고, 몇몇 친구들은 나를 보고 무슨 일 있냐고 위로했다.

요사이 내 차가웠던 태도를 잊은 듯이 나는 이렇게 사춘기를 이겨냈다. 어른이라 부르기엔 미성숙하고 아이라 부르기엔 커버린 어중간한 나이에 오는 사춘기라는 열병을, 나는 글로서 사람의 위로로 부모님의 말없는 믿음으로 견뎌냈다.

우리들은 누군가가 보기엔 그저 꿈 많은 개구리와 공부 잘하는 개구리일지도 모른다.

또 누군가는 자신이 개구리임을 부끄러워할지도, 부모를 원망할지도, 괜히 우물 탓을 할지도 모른다. 우리들은 모두 개구리이다. 지구를 벗어나지 못한 개구리들이다.

그렇기에 자만하지 말고 더 큰 세상을 보고 꿈꿔야 한다. 그것이 우리 개구리들의 숙명이고 뛰쳐 나가기 위한 방법이다. 우물을 핑계로 주저앉지 않을 용기이다.

수상 소감

　청주에서 어린 시절을 보냈고, 늘 책을 읽는 것을 좋아해서 밤늦게 책 읽는다고 혼나기도 많이 혼나 봤다. 초등학생 때 여주로 이사를 오면서 많은 일을 겪었고, 특히 중학교 3학년 때 정말 많은 고민을 했었고, 자책도 많이 하며 파란만장한 사춘기를 보냈다.

　부모님 말로는 큰 사고는 안 쳤지만 자잘한 사고를 일으켜서 속이 많이 썩으셨다고 하신다. 현재는 평범한 인문계 고등학교에 진학해서 꿈인 작가를 위해 많은 경험도 해보고 공부도 게을리하지 않으려고 노력중이다.

　그리고 글쓰기 다음으로는 꿈이 없는 아이들에게 상담을 해주어 꿈을 찾아주는 일을 좋아한다.

용기상

세상에서 가장 소중한 너에게

·

김해영 (강원도 인제)

세상에서 가장 소중한 너에게

김해영(강원도 인제)

이 글을 많은 청소년들이 읽기를 바라고, 읽은 그들이 다시 세상과 부딪칠 용기를 얻길 바라는 마음으로 어린 시절부터 저의 충돌기를 편지 형식으로 담았습니다.

To. 세상에서 가장 소중한 너에게

우리 가족은 6살 차 나시는 아빠 엄마와 연년생 아들 하나에 딸 하나, 그냥 주위에 볼 수 있는 흔한 4인 가족이야. 조금 특별한 평범한 가족.

선천적으로 마음이 여린 것도 있겠지만, 내가 자라나기에 너무나 힘들었던 환경이었다고 말하고 싶어.

3개월 연애 후 결혼하신 두 분은 결혼 후 많이 다투셨어.

아빠가 회사를 관두시고 사업을 시작한 후부터 거래처와 회식이 잦아지고, 단란주점 같은 곳도 다니시고, 접대 때문이라고 사회생활이라 말씀하셨지만 어느 아내가 그걸 참을 수 있겠어.

밤마다 부모님이 다투시는 소리에 깨어 울고, 울었지.

부모님이 엄하신 편이라 무서워서 말릴 생각도 못했었거든.

항상 방에 앉아 두 귀를 틀어막았다가 싸움이 끝났을까 방문에 귀를 대어보고, 끝나지 않는 두 분의 언쟁 때문에 울던 게 기억이 나.

어느 날은 이혼 소리에 놀라 안방 문을 열어서 눈물 콧물로 범벅이 된 얼굴로 "엄마, 아빠 안 싸우면 안 돼요? 해영이 너무 무서워요."라고 말했었는데, 사실 꺽꺽거리면서 이야기해서 알아들을 수도 없었겠지만.

"어딜 들어오냐"고, "이 시간까지 안 자고 뭐하냐"며 소리 지르시는 엄마 때문에 놀라 말을 다하지 못했었지. 아빠는 "왜 애한테 성질이냐"며 날 안아 다독여 주시고. 유독 그날 일은 아직도 선명해, 하하.

우리 집은 날 기다려주는 집이 아니었어.

네 식구 중에 유달리 걸음이 느리던 나는, 항상 뒤쳐져 있었거든?

외식을 한 후에도 항상 나 혼자 걸어서 집에 들어간 기억뿐이야.

부모님 모두 기다리는 거를 별로 좋아하지 않으셨거든.

조금 웃긴데 슬픈 에피소드 하나를 말해 보자면, 다 같이 코다리 냉면이라는 냉면집에 갔을 때 일이야. 다들 코다리 냉면을 시켰는데, 코다리가 뭔지 모르던 나는 그냥 물냉면을 시켰더니 세상에 너무너무 맛이 없는 거야! 우리 집은 밥 남기면 안 되고 다 먹기 전에 상 앞에 앉아 있어야 하는 집이라 빨리 해치우고 차에 가고 싶어서 허겁지겁 먹으니 엄마가 "맛없지?" 하고 물어서 "응. 진짜 맛없어요."라고 대답했지.

"그러게 코다리 냉면 시키라니까, 말을 안 들어"라시면서 엄마 냉면을 한 젓가락 주시는데, 기다리는 걸 싫어하신다고 그랬잖아. 빨리 받아 먹어야 하는데, 냉면 면이 안 끊기고 계속 올라오는 거야.

거의 마시다시피 하면서 먹는데 컥컥거리니까, 엄마가 "괜찮아, 기다

려줄게 천천히 해.”라고 말씀하시는데 갑자기 눈물이 왈칵 쏟아져 내리더라.

아무런 이유도 없이 그 말 한마디로 눈물이 나오는데 들키지 않으려고 애를 썼던 일이 아직도 선명해.

생각을 해봐. 웃기잖아? 갑자기 냉면을 먹다가 말 한마디 듣고 애가 울어! 웃기지!

그런데 나는 많이 슬펐어. 나는 저 말에 감동을 먹을 정도로 많이 쫒기고 있었구나, 하고.

나의 유년시절은 좀 슬펐던 것 같아. 그래, 슬프다는 표현이 적절한 것 같아.

큰집에서 막내였던 나는 사랑을 참 많이 받았어.

근데 남아선호 사상이 짙다 보니 커가면서 그 관심이나 사랑이 줄어들었던 것 같아. 그러다보니 계속 예쁨 받고 싶은 마음에 애교도 많이 부리고 잔심부름도 열심히 했지. 그런데 오빠는 누워서 텔레비전 보고 핸드폰만 해도 예쁨 받는데, 나는 만두나 송편 빚고 음식 준비하고, 술상보고 조카들을 봐야 예쁨 받고. 난 이렇게 노력해야 받는 예쁨을 오빠는 남자라는 이유 하나만으로 사랑받으니 그게 많이 서러웠나봐. 근데 어느순간 보니 습관으로 변해 있더라, 하하.

우리 부모님이 맞벌이를 하시고, 회식 같은 때엔 부부동반이 잦았었고, 자연스레 새벽에 들어오시던 때가 많아졌고, 초등학교에 들어가서부터 오빠 저녁밥 챙겨주며 자란 것 같아.

내가 6살 때부터 맞벌이를 시작하셨는데 유치원은 종일반을 해도 6시까지거든!

그게 기억이 나. 9시까지 나 혼자 강당 안 풀장에서 공 던지고 놀던 게.

나 때문에 퇴근을 못하니 자연스레 선생님의 미움을 받게 된 것도 있고, 유치원에 눈치도 보이고 그러니 자주 옮겨 다녔는데 적응할 때쯤 옮기고, 또 적응할 만하면 옮기고. 그러다 보니 낯을 많이 가리는 눈치를 잘 보는 아이가 된 것 같아.

나중에는 영어학원이나 발레랑 피아노학원을 다녀서 엄마 퇴근시간에 맞추던 게 기억이 난다. 그리고 초등학교에 들어간 후부터는 들어갈 수 있는 학원이 늘어서 한 건물 안에서 발레, 피아노, 영어, 태권도, 공부방, 수영. 12시에 학교가 끝나면 6시까지 학원 다니고 집에 와서 오빠랑 저녁 챙겨 먹는 것.

그게 내 일상이었어. 근데 초등학생이 뭘 할 줄 알겠니.

라면, 계란 프라이 그게 다였지. 자연스레 살이 많이 찌게 되었고, 학원에서는 왕따를 당했어.

엄마가 학원 선생님들께 부탁을 드렸거든.

"애가 낯을 많이 가려요 . 신경 좀 써주세요."

선생님들은 많이 예뻐해 주셨고, 그 덕에 학원 언니 오빠들에게 미움을 받았어.

음, 중학교 들어가고 우연히 만났는데 그러더라. 그냥 너무 싫었다고.

처음엔 그냥 무시 정도였는데 나중엔 괴롭힘으로 변하더라.

한두 명이 어느새 두세 명으로 번지더니 전체에게 왕따를 당하고 있었지.

심지어 오빠마저도 학원에서는 나를 무시했으니까. 어느 날엔 집에 놀아가려는데 신발이 없는 거야. 결국 맨발로 돌아가다가 유리조각을 밟아 다치고 그랬는데, 알고 보니까 언니들이 변기에 숨겨뒀더라.

변기가 막혀 뚫어보니 내 신발이 나왔고 우리 엄마에게 전화가 갔는데, 엄마는 평소에 그 신발을 좋아하지 않던 내가 신기 싫어서 변기에 버렸다고 생각하시더라고. 정말 아닌데. 그날도 엄청 많이 맞았지.

그리고 그 신발을 깨끗이 빨아주셨지만 누가 그걸 신고 싶겠니? 안 신겠다고 울고불고 그럴 때마다 혼났어. 빨간색 운동화, 여전히 싫다. 하하.

또 어느 날은 언니들한테 엄청 많이 맞았어.

근데 맞고 있을 때 집에 가려고 신발 챙기는 우리 오빠랑 눈이 마주쳤는데, 하지 말라고 내 동생이라고 구해주길 바랐는데 그냥 집에 가 버리더라.

그게 너무나 아팠어. 오빠가 친구가 생기기 전까지는 항상 둘이 같이 있었으니 나한테는 친구이고 오빠이고 가끔은 보호자 같이 나를 지켜주던 사람이라 생각했었거든. 근데 이 일 이후로 오빠한테 못되게 군 것 같아.

그리고 병이 하나 생겼는데. 물속에 오래 있기 병이야.

통통했던 몸이 스트레스를 먹을 걸로 풀면서 뚱뚱이로 변해 버렸지.

그래서 나보고 돼지라고 냄새 나는 것 같다고 더럽다고. 어느 순간부터는 정말 그런 것 같더라. 진짜 내 몸에서 냄새가 나는 것 같았고, 정말 더러운 것 같아서 매일 몇 시간씩 씻었던 게 기억이 나.

그걸 3년을 했어. 사실 괴롭힘으로 번진 후부터는 학원에 자주 가지 않았어. 싫고 무서웠으니까.

근데 그걸 들킨 거야. 3년 만에 오빠랑 둘이서 10대씩 번갈아 가면서 10번. 딱 100대를 맞았어. 근데도 나는 왕따 당해서 그랬다고 말 안했어. 왜냐고?

우리 엄마는 너무 위태로워 보였거든. 남편은 맨 날 야근에 회식에 모임으로 속 썩이지, 사실 그때 당시 오빠는 학교에서 왕따를 당하고 있었어. 가방 두고 몰래 집으로 돌아와 버리고 학급 물건을 훔치기도 하고, 어릴 때부터 사고를 많이 쳐서 항상 학교에 불려 다니셨고. 엄마 일은 일대로 힘들고.

"우리 해영이는 알아서 잘할 수 있지? 엄마가 걱정 안 해도 되지? 엄마 너무 힘들어."

나에게 항상 하시던 말씀이다.

그래, 이 말 때문에 나는 언제나 알아서 잘 하는 착한 딸이 되어야 했었지.

그 어리던 나에게도 엄마는 안쓰러워 보였거든. 그렇게 초등학교가 지나고 중학생이 되었어.

초등학생 때 나는 '해영'이라는 이름보다 '태영이 동생'이라는 이름으로 더 많이 불렸어.

그게 정말 싫어서 오빠와 다른 중학교를 지망해 다른 학교를 다녔지.

그런데 그걸 많이 후회하고 있어. 오빠와 같은 학교였다면, 오빠를 좀 더 지켜봤더라면, 지금과 같은 결과는 나오지 않았을 텐데. 혼자 자책도 많이 했지.

오빠가 담배를 핀다는 걸 알게 되었어. 하지 마, 하지 마라. 말로 하면 끊을 줄 알았어. 될 줄 알았어. 근데 어느 순간 걷잡을 수 없을 만큼 일이 커져 버렸어.

부모님께 바로 말씀드리지 않은 것을 후회해. 가출하고, 사기를 치고, 오토바이를 훔쳐 타고, 사고를 내고. 우리 집은 너무 아팠어. 집이 너무 아팠어.

그런데 이 아픈 와중에 내게도 사춘기라는 게 찾아와 버렸어.

중2병이라 하지? 살도 빼고 예뻐지려고 노력하고 화장도 해보고 교복도 줄여보고 남자친구도 사귀어 보고. 즐거웠어.

밤에 늦게 들어가기 시작했고, 놀고 싶은 마음에 학원도 나 관두고, 지금 생각하면 미쳤다 싶어. 그러니 사춘기라 부르는 것이겠지만.

그러다 집이 너무 아프니까 철이 일찍 들게 된 것 같아.

엄마를 참 많이 좋아하지만 어릴 적부터 많이 맞았고, 또 엄하시다 보니 자연스레 딸 바보이셨던 아빠를 더 좋아했는데 아빠가 정말 많이 힘들어 하셨거든.

집에서 혼자 술 마시고 우시고, 심지어 농약 사다놓고 아들이랑 죽을까 생각까지 하셨지. 아빠도 많이 울고 나도 많이 울었던 것 같아.

철이 들었다고는 하지만 내가 한 일은 별로 없었던 것 같아. 그냥 말 잘 듣고 집에 9시 정도에 들어간 게 다네. 하하.

부모님 대신 오빠 찾으러 경찰서도 다녀보고. 참 다사다난했던 것 같아.

그러다 오빠가 중학교 졸업하면서 그 친구들에게 "나 관둘래"라고 말하니 어디에 가두기도 하고, 큰일로 번지지는 않았지만 집에 불을 내기도 하고, 갖은 협박으로 오빠가 다시 사고를 치려 할 때 아빠가 큰 결심을 하시고 "이사 가자"라고 말씀하셨어.

근데 그 당시에 나에게 무슨 일이 있었냐면 성폭행을 당했어.

친구가 술 먹자는 말에 나갔고, 거기서 집으로 돌아가려 할 때 잡혔지. 평소에 운동 열심히 했는데 남자 여러 명은 안 되더라.

근데 더 화가 나는 건 성기로 당한 게 아니고, 손으로 처녀성을 잃어서 증거조차 없어. 걔네가 아니라고 잡아떼면 그만이었지. 그리고 부모님이 알아서는 안 됐어.

우리 부모님은, 우리 엄마는 그런 사람이었거든. 어릴 적부터 성추행 기억이 많은 나에게 아니라고, 잘못 기억하는 거라고, 친구 할아버지가 내 몸을 만진 것이 손녀 같이 예뻐서 토닥인 걸 내가 착각하는 거라 말하는 분이시지.

내가 너무 어렸기 때문에 기억을 왜곡하는 거래. 그래, 그럴 수도 있지. 그런데 손녀 속바지 안으로 손을 넣나? 속옷 안까지 손을 넣을까?

우리 엄마는 내게서 내 편이 되어주는 사람이 아니었어. 나를 많이 아프게 하는 사람이었어. 그런 엄마가 이 일을 알게 된다면 "술을 먹으러 나간 네 잘못이야."라는 질책이 쏟아지겠지.

그래, 사실 내 잘못이 맞으니까. 원인 제공은 나인 거니까.

근데 그 질책을 맞으며 버틸 자신도 없었고, 만약 우리 아빠가 이걸 알게 된다면 부서져 버릴 것 같아서, 그래서 나 혼자 가슴에 묻어 버렸어.

그런데 더 심각한 문제는 안 좋은 길로 빠져 버렸어. 조건 만남이라는 성매매를 하게 되었지. 친오빠에게 강간당하고 아이를 갖게 되어 낙태를 한 언니와 친해지게 되었는데, 그러더라.

이미 더러운 몸 어디다 쓸 거냐고? 마음 편하게 가지고, 자기랑 돈이나 벌자고. 처음엔 거절했는데 계속된 설득과 돈의 유혹에 넘어갔던 것 같아.

그래, 그랬었지.

그런데 아빠의 "이사 가자"는 이 말이, 나에게는 많은 것을 느끼게 해주었어. 자식 때문에 모든 것을 포기하고 생계를 내려놓으면서 고향으로 올라가는 아빠도 있는데, 내가 이러는 건 아니다 싶더라.

그래서 관뒀어. 그리고 이사를 와서 아빠 끼니 챙겨 드리면서 그렇게 벌써 3년이 흘러가는 중이야.

이사 와서 첫 일 년이 가장 힘들었지. 낯을 많이 가리는데 첫인상이 완전! 망했거든. 하하. 죽어도 적응 못하겠더라. 그래서 남자친구를 사귀었어. 도피처 같은 거였지.

제일 먼저 나에게 고백해준 친구와 사귀게 되었는데. 그 아이가 평판이 좋지 못한 친구였어. 헤어지자 했을 때 맞기도 했고, 오래 사귀었는데 헤어지자는 이야기를 못 꺼낸 이유가 내 성폭행 사실을 알게 되어 버렸거든.

내가 참 단순해, 모든 비밀번호가 0000이야. 그걸 알고 내 핸드폰에 친구에게 힘들다고 하소연한 걸 본 거야.

처음엔 많이 힘들었겠다, 고생 많았다, 그러더니 나중엔 협박으로 변하더라.

"다 말해 버릴 거다. 나도 너랑 잤다고 할 거다. 너는 창녀하고 나는 창남이 되는 거다."

그 말로 인해 무서워서 헤어지자는 말도 못했어.

걔가 부르면 나갔고 내 몸 만져도 아무 말 못 했어.

내 비밀이 새어 나갈까 봐. 나에게 언제 가장 힘들었냐고 묻는다면 이때가 가장 힘들었다고 답할게.

부모님과도 사이가 안 좋아졌어. 자주 나갔고, 내 남자친구가 평판이 좋지 않은 친구임에도 불구하고 헤어지지 않았으니까.

거기다 "못 헤어지는 거예요"란 말이 얘가 좋아서 그런 거라 생각하셨겠지.

학교에는 여전히 혼자였고, 힘든 1년이 지나 2년째가 되었을 때엔 정말 갖은 노력으로 헤어졌어.

학교에 조금씩 적응하려 노력했고, 지금은 친구도 많이 사귀었고, 보편적이게 무난하게 학교를 잘 다니고 있지. 어때. 나 참 많은 일이 있었지?

지금부터 본론을 이야기할게. 난 참 힘들게 살았다고 생각해.

이 글을 읽는 친구들 중엔 나와 비슷한 경험과 아픔을 가지고 있는 친구도 있을 것이고, 나와 같은 상황에 놓여 힘들어 하는 친구도 있을 거야. 나는 이 세상에서 가장 소중한 너에게 말하고 싶어.

괜찮아. 괜찮아질 거야. 얼마나 힘드니. 가족에게 소외받는 것이 부모님과 트러블도 있을 것이고, 왕따 참 괴롭지.

이성교제 때문에 힘든 일도 많았을 것이고. 성추행, 성폭행, 이 끔찍한 일들에 얼마나 힘들었니.

근데 이해해 보자, 사랑하는 가족을. 우리 엄마는 3살 때 할아버지가 돌아가셨어. 이모랑 삼촌들 다 편히 자랐지만, 막내 이모와 외삼촌 엄마는 고생하며 자랐지.

거기다 가장 막내였던 우리 엄마는 증조할머니께서 "너 때문에 내 아들이 죽은 게야, 네가 태어났으면 안됐어!"라며 많은 구박을 받으며 자라셨대.

할아버지가 안 계시니 할머니가 생계를 위해서 일하셔야 했고. 우리 엄마는 엄마 사랑을 많이 받지 못한 사람이었어. 사랑이 서툰 사람이었어.

그래서 나는 엄마를 사랑하기로 했어. 그래, 우리 엄마는 사랑이 서툰 사람이구나. 나랑 사랑 방식이 조금 다른 사람이구나.

내가 엄마에게서 나왔지만, 그래 나는 엄마와 다른 사람이니 차이가 있겠구나.

부모님과의 차이를 인정하고 더 잘해드리려 노력했고 더 사랑하려 노력중이야.

우리 친오빠도 그래. 내가 맞는 장면을 외면한 오빠. 그 당시 학교에서 왕따를 당하고 있었으니 얼마나 무서웠겠어. 그 어린 마음을 이해하려 했어.

왕따였는데 친구가 생겼어. 그 친구가 비록 좋은 친구들은 아니었어도.

혼자가 아닌 게 너무 좋아서 그 속에서 나오지 못했겠지.

그래. 오빠도 이해했어.

내가 담담하게 이야기한 듯하지만 사실 여전히 아파. 여전히 속상하고, 그런데 나이가 든다는 건 철이 들고, 성숙해진다는 건….

내가 아닌 그 사람의 입장에 서서 세상을 볼 수 있는 힘이라 생각해.

나는 조금씩 나이가 들고 이 힘이 더 커지면 나중엔 웃을 수 있으리라 생각해.

이건 우리 친구들도 마찬가지이고 왕따라는 건 참 힘들어, 네 마음대로 안 되고 혼자라는 건 너무 외로우니 말이야.

그런데, 혹시 아무것도 안 하고 있지는 않았니? 그렇다면 주위에 조금만 눈을 돌려봐 줘.

학교엔 Wee클래스라는 좋은 상담처가 있고, 네 등 뒤엔 가족들이 있고, 네 옆엔 내가 있을게. 용기를 내어 말해 줘.

난 그때 내가 아무에게도 말하지 못한 것이 후회가 돼. 너무나 속상하고 가슴이 아파. 왕따라는 게 얼마나 괴로운 일인지 알아.

이 일을 주위에 알리기는 더 힘든 것을 알아. 하지만 부탁할게.

내 어린 시절을 괴롭히는 그 기억들을 너의 아픔과 함께 세상에 말해 줘.

네가 가장 소중하고 존귀한 사람임을 잊지 않길 바래.

뒤돌아설 때 항상 네 뒤에 기다리고 있을게. 울고 싶을 땐 실컷 울고, 다 울고 나면 다시 앞으로 나아가는 거야!

나는 남자친구를 참 많이 사귄 것 같아. 학생임에도 불구하고 말이야.

물론 그게 잘못되었다는 것도 아니고 나쁘다 말하는 것도 아니야. 하지만 나이에 걸맞은 풋풋한 사랑을 하길 원해. 그리고 그 사랑 때문에 너무 아파하지 않기를 바래.

우리는 아직 많은 날이 남았고, 그 많은 날을 사랑하기에 많은 사람을 만날 테니까.

사랑 또한 열심히 사랑하고, 많이 아파하고, 새로 시작할 용기를 얻었으면 해.

그리고 나처럼 좋은 이성 친구를 만나지 못했다면, 주위에 요청했으면 해. 혼자서 해결하려 하고 꾹꾹 참다가 정말 큰일이 날 수도 있거든.

성추행, 성폭행. 내가 가장 아파하는 일이고 숨기고 싶은 일이지. 그래서 화가 나.

그래, 내가 술 먹은 건 잘못했지만 왜 내가 모두 아파해야 해?

나는 아직도 아파서, 속상해서, 다른 사람이 알까봐 불안에 떨면서 이렇게 조마조마한데, 정작 가해자인 너희들은!

대학에 들어가 술 퍼마시면서 희희낙락 행복해 하는 건데? 왜 피해자인 내가 더 아파해야 하는 건데? 왜?

아…. 이 일을 어떻게 위로해야 할까.

어떻게 위로해도 아플 텐데. 미안해. 지켜주지 못해서. 하지만, 잊지 말아줘, 잊지 말아줘.

이건 세상에서 가장 소중한 너에게 쓰는 편지야.

네가 더럽다는 생각만 하지 말아줘, 제발.

숨지 마. 네 스스로를 자해하지 마!

왜 네가 더 아파야 하니? 걔들이 잘못한 건데, 왜 네가 더 아파야 하는데!

솔직히 나도 아직 아파, 정말 많이 아파.

하지만 친구들에게, 상담사 선생님께 털어놓았을 때 "술 먹은 네가 잘못이야!"라는 질책이 아닌 "많이 아팠겠다"라는 위로가 돌아왔어.

그 위로로 나는 이렇게 너희에게 편지를 쓸 수 있게 되었어.

나는 너희를 위로해 주고 싶어.

아픈 건 사라지지 않아, 그 기억이 없어지지도 않겠지.

하지만 어느 누군가가 계속 널 위해 기도하고 위로한다면, 너도 나와 같이 같은 아픔을 가진 사람들을 공감하고 위로할 수 있게 변하리라 믿어.

너의 잘못이 아니야. 많이 아팠겠다. 고생 많았어. 수고 많았어.

그동안 참 잘 참아 왔다. 기특하다. 고마워, 고마워.

그리고 성매매를 하는 친구들아, 그 유혹에 빠진 친구들아.

나는 성행위라는 건 사랑이 있어야 가능한 것이라 생각했어.

성폭행을 당한 후 그게 모두 깨져 버렸지만, 결론은 여전히 같아.

성행위는 사랑과 책임이 동반해야 해. 사랑도, 책임도 동반하지 않는 그 위험한 일을 하지 않았으면 좋겠어.

이 이야기는 내 이야기야. 내가 겪고 느끼고 생각한 거야.

스스로도 잘 알았지. 옳은 행동이 아니라는 것을.

근데 헤어 나오기 힘들었지. 해야 할 것, 사야 하는 것, 갖고 싶은 것은 너무나 많잖아.

이미 2시간에 15~20만원의 거액의 돈을 벌 수 있는 일을 알아 버렸으니, 헤어 나오기 힘들었지.

하지만 나는 그렇게 성매매 한번 하고 산 가방보다 한 달을 열심히 일하고 받은 돈으로 사는 가방이 훨씬 더 값지다.

솔직히 옛날 생활이 생각이 안 나는 건 아니야. 풍족했던 생활이 가끔은 그리워.

하지만 30대, 40대, 심지어는 50대 아저씨들과 나에 대한 배려는 하나도 없는 성행위를, 거기다 잘못 걸리면 맞기까지 하던 그 일을 다시 하고 싶은 마음은 추호도 없어.

떳떳하게 "내가 번 돈이다!"라고 말할 수 있는 일을 하는 지금이 훨씬 행복해.

성매매를 하면서 스스로 많이 힘들었을 너에게 하고 싶은 말이야.

나올 수 있어. 처음엔 힘들겠지. 돈이 많던 때가 생각나고 그립겠지.

하지만 곧 떳떳하게 번 돈에 대한 기쁨을, 평범한 생활에 대한 행복을 알게 될 거야.

그리고 그 일을 했다는 건 우리만의 비밀로 하자.

뒤에 했던 잘못은 따지지 않을게. 네가 그 일을 관둔 것만으로 충분해.

대신, 다시는 그 늪에 빠지지 않겠다고 약속해 줘.

그리고 스스로를 걸레라고, 더럽다고 욕하지 말아 줘.

우리는 아직 청소년기였고, 불완전했고, 실수를 한 것이었으니까.

우리에겐 지나간 날보다 앞으로 찾아올 날이 더 많으니까.

우리의 남은 날을 생각하자. 솔직히 나도 여전히 아파. 아프고, 힘들지만 노력할게. 더 나아질 수 있도록.

내게 일어난 모든 일을 이렇게 생각할게. 너와 나눌 수 있는, 너의 고통을 이해하고 공감할 수 있는 능력이 생겼다고.

나는 네가 세상의 많은 일과 고통들로 너무 괴로워하지 않았으면 좋겠어.

혼자서 아파하지 마.

네 곁엔 많은 사람이 있어. 그걸 잊지 않아 주었으면 해.

고마워, 정말 많이.

그리고 이제 정말 마지막으로 이야기할게. 많은 꿈을 꾸자, 많은 일을 하자.

네가 막연하게 하고 싶은 일이라면 다 하는 거야.

60대의 안전하게 무난하게 공무원으로 살아가면서 평평하고 평탄한 삶을 사신 할아버지께서 그러시더라. 후회된다고, 인생 한 번밖에 안 되는 거, 몸 고생 좀 시키면 어떠냐고.

"하고 싶은 거 다하라"고, "꾸고 싶은 꿈 다 꾸라"고, "가고 싶은 데 다 가보고 조금 고생할지라도 많은 게 남는 삶을 살라"고 그렇게 말씀하셨어.

그래, 나는 돈을 잘 벌 수 있는 직업, 안정적인 직업, 편한 직업보다 내게 뜻이 있는 직업을 가질 거야.

우리 많은 꿈을 꾸자. 더 많은 것을 보고 더 많은 세상을 보자.

네가 어떤 꿈을 꾸든 응원할게.

포기하지 않았으면 좋겠어. 굳이 대학 나오지 않아도 좋아. 명문대에 진학하지 않아도 좋아.

네 스스로에게 떳떳하고 멋진 꿈을 지어 줄 수 있는 사람이 되어주길 바래.

우리 힘내자.

수고했어, 그동안 수고 정말 많이 했어. 고마워.

내일도 조금만 더 힘내자.

견디기 힘들 정도로 불안하고, 지칠 때는 하루만 생각하자.

오늘 하루는 다시 돌아오지 않을 시간이라는 걸, 나중에 그날을 돌이켜볼 때 부끄럽지 않게 최선을 다해서 하루를 보내었나. 그렇게 하루씩만을 생각하다 보면 멋진 인생들이 모여 있을 거야.

힘내!

– 해영이가

수상 소감

편지 내용이 제 이야기인 만큼 자기 소개서에 무엇을 써야 할지, 어떻게 써야 할지 잘 모르겠네요.

현재 저는 고등학교에 재학 중이며 많은 동아리 활동을 하고 있습니다.

그 중 문학 동아리는 제가 글을 쓰는 데 많은 도움을 주었고, 저 역시 청소년이지만 '막연히 나중에 나의 이야기를 들려주어 청소년들이 안 좋은 길로 빠지지 않게 해주어야지'라는 꿈을 간직하고 있었는데, 이번 세상 충돌기라는 공모전 포스터를 우연히 보고 준비하게 되었습니다.

모두가 겪는 청소년기이지만 나중에 기억하였을 때, 웃을 수 있는 청소년기가 되길 바라는 마음입니다.

협력상

아빠, 우리 아빠

·

김서연 (전라북도 전주시)

아빠, 우리 아빠

김서연(전라북도 전주시)

눈물 나게 찬란한 내 삶은 어쩌면 그 무수한 많은 일들로 인해 조금 더 커졌는지도 모르지. 간략한 줄거리 같은 건 없다. 그냥 물 흐르듯 자연스레 읽어주시길, 그리고 있는 그대로 받아들여 주시길 바라며.

어렵지도 유복하지도 않은 평범한 가정에서, 늦둥이로 태어난 나는 언니, 오빠의 사랑을 받으며 누구보다 행복하게 유년기를 보냈다. 그렇게 행복하고 행복한, 웃음 잘 날 없는 삶을 살던 내가 뼈가 시릴 정도로 차가운 바람을 맞게 되던 그때.

10년이 지난 지금도 난 잊지 못한다.

모든 일의 시작은 내가 7살이 되던 해 초겨울이었다.

차를 타고 가던 엄마아빠가 무척 심하게 다투셨던 적이 있었다. 무슨 이야기를 하시는지 다 알 수는 없었지만 이혼이라는 단어가 어렴풋이 들렸고, 어렸던 나는 아무도 모르게 눈물을 뚝뚝 흘리며 뒷좌석에서 자는 척 엎드려 있었다. 제발 얼른 집에 돌아가 언니 오빠 품에 안겨 울고 싶다고 생각하며 그렇게 눈물을 꾹꾹 눌러 담았다.

내 바람과는 다르게 아빠가 차를 몰고 가는 그 길은 집으로 가는 길이 아니었다. 익숙하지 않은 건물들과 길가의 나무들. 원인 모를 불안감에 휩싸여 난 그냥 이끌려갔던 것이다.

난 너무 어렸고, 말릴 수 없었다. 곧 법원에 도착했고, 난 잠에 취해 비몽사몽한 척하며 엄마 손에 이끌려 차에서 내렸다. 알고는 있었지만 그래도 모르는 척 엄마아빠에게 여기가 어디냐고, 왜 집으로 가지 않는 거냐고 몇 번이고 되물었지만 대답은 없었다. 그곳에 나의 엄마아빠는 없었다. 상처받은 두 사람, 각각의 개인만이 존재했을 뿐.

난 법원 의자에 눕혀졌다. 그리고 조금 뒤에 엄마와 아빠의 이름이 불렸고 난 혼자 남겨졌다.

나는 옆으로 누워 눈을 껌뻑거리며 엄마아빠가 들어간 그 문을 한참 동안이나 하릴없이 바라봤고, 곧 눈앞이 뿌옇게 변하는 걸 내 스스로 느꼈다.

그렇게 뿌예졌다 선명해지기를 몇 번 반복하다가 어느 순간 볼 위로 뜨거운 무언가가 흘렀고, 그것이 눈물인지, 두려움인지, 공포인지 난 알 수 없었다. 그저 볼 위로 흐르는 그 무언가는 혼자 남겨진 내게 대단히 커다란 법원의 문보다 더 큰 위압감을 주었고 그제야 난 깨달았다.

이것은 슬픔에 뒤섞여 모습을 감춘 공포라는 것을, 눈물 뒤에 숨어 천천히 흐르는 그것은 두려움이었다는 것을. 무엇인지 알 수 없었던 그것들이 그 순간 나에겐 전부였다는 것을 난 깨달았다.

집에 돌아왔고, 난 그대로 오빠에게 달려가 눈물을 쏟아냈다.

무슨 일이냐고 당황해 묻던 오빠는 이내 내가 울음을 그칠 때까지 아무것도 묻지 않았고, 난 오빠 품에 안겨 한참을 울다 잠에 들었다.

항상 나에게 장난을 치고 놀리고 울리던 오빠는, 처음이 아닌 것처럼, 마치 모든 걸 다 알고 있었다는 듯이 나를 품에 안아 달래주었다. 한순간 두려움과 공포라는 생소한 감정들을 혼자서 전부 느껴야 했던 어린 나는, 그저 오빠가 이것들을, 이 찝찝하고 멀리하고픈 감정들을 가져가 주었으면 했다.

　나의 그것들이 나를 힘들게 한 것과 같이 오빠를 힘들게 할 것이라는 것까지 생각하기엔 난 지쳐 있었고 어렸고 무서웠다.

　그렇게 아무 일도 일어나지 않은 채로 며칠이 흘렀다. 아침은 왔고, 저녁은 갔으며, 저녁이 왔고, 아침이 갔다. 아무 일도 일어나지 않았지만 그것이 나를 더욱 불안하게 만들었다.

　아빠는 여느 때와 다름없이 나에게 자상했고. 엄마는 여느 때와 다름없이 자주 웃었지만 달라진 것이 있었다면, 오빠는 평소와는 다르게 나에게 더 잘해주려 했고 무엇이든 다 나에게 양보하였으며 일하러 간 언니에게 전화가 오는 횟수가 조금 더 늘었다는 것.

　그것 말곤 달라진 게 없었다.

　우린 같이 저녁을 먹었고, 일요일 아침을 맞았으며, 세탁기의 섬유유연제 냄새와 규칙적인 윙윙거림을 들었다.

　난 그 소리가 좋다. 아니 그분위기라고 해야 하나.

　어려서부터 그랬다. 향긋한 섬유유연제 냄새를 맡으며 세탁기가 윙윙거리는 소리에 깨는 따사로운 주말 아침만큼 좋은 것을 꼽아보라면 몇 개 없을 것이다.

할머니와 할아버지, 엄마와 아빠, 언니와 오빠, 또 그 엇비슷한 것들이었다.

시원한 바람 부는 저녁에 오빠랑 손잡고 아이스크림 사러 가는 길, 저녁 시간에 축구를 보겠다는 오빠와 드라마를 봐야 한다며 다투는 것, 언니와 같이 초등학교 운동장에 산책을 나가는 것.

평화로웠다. 평화로운 줄만 알았다.

그렇게 내가 착각에 빠져 추억을 회상하고 안정을 되찾는 동안 엄마는 마음의 정리를 하고 있었던 모양이다.

아빠가 일을 나가고 오빠가 학교에 간 수요일 오후였다. 이삿짐센터에서 집으로 짐을 옮기러 와서는 알지도 못하는 아저씨들의 손에 아빠가 만들어준 책상과 서랍들, 내가 제일 좋아하는 이불과 베게 등 하나하나 내 것들이 빠져나갔고 난 또다시 그것을 느꼈다.

법원에서 느꼈던 그것, 슬픔, 두려움, 공포였다.

하나 더해진 것이 있었는데 그것은 허전함이었다.

집에서 나의 물건들이 하나하나 빠져나갈 때 난, 허전함이라는 것을 느꼈다.

그것이 무엇인지 그때의 난 알 수 없었다. 지금 와서 생각해 보니 그때 느꼈던 그 감정이 허전함이었다는 것을 어림짐작하는 것이다.

엄마 손에 이끌려 난 신발을 신고 나의 집, 우리의 집에서 나오게 되었고 그 뒤로 3년간은 아빠의, 오빠의, 언니의 얼굴을 다신 볼 수 없었다.

여기까지는 누구에게나 말할 수 있는, 흔하고 흔한 부모의 이혼이라는 주제의 이야기다. 이 이후로의 3년 동안의 일은 다시 꺼내어 생각하고 싶지 않다. 지금까지의 그 어떤 기억들보다 더.

하지만 이제 이 이야기의 깊은 부분으로 들어가 볼까 한다. 결론부터 말하자면 나는 키워주신 아빠와 태어나게 해주신 아빠가 다르다.

이제부터 시작할 이 깊은 이야기는 나의 친아빠에 대한 얘기다.

난 친아빠에 대한 기억이 전혀 없다. 만약 기억이 있다면 우습게도 내가 천재적인 두뇌를 갖고 있다는 소리.

외할머니 말로는 돌 이후로 나를 보러 한두 번 왔었다고 하는데 기억이 날 리가 없다.

서두가 길었다. 제일 처음부터 이야기를 시작하자면, 난 원래 태어나서는 안 되는 아이였다는 것이다. 엄마가 사랑했던 그 남자, 나의 친아빠라는 사람은 유부남이었고, 딸이 셋이나 있었다고 한다. 이것도 할머니가 얘기해 주셨다.

할머니 얘기는 다음에 더하도록 하고, 어쨌든 엄마와 '그'는 사랑에 빠졌고 열렬히 사랑했다. 조물주께서 이토록 불같은 사랑에 감동하신 건지, 조강지처와 딸들을 두고 엄마와 사랑에 빠진 그가 괘씸하셨던 건지, 엄마의 뱃속에 내가 생겼고 그는 나를 지우자고 했다고 한다. 아이가 생겨 낳을 때마다 자신이 하던 사업이 망하는 징크스가 있다며.

자신의 사업이 자리를 잡고 돈을 번 다음에 아이를 가져도 늦지 않을 것이라고 엄마를 설득했지만, 엄마는 나를 낳았다. 모성애 같은 것은 아니었을 것이라고 생각한다.

나를 낳고 몇 달 동안 그는 나를 보러오지 않았다고 한다. 탯줄 역시 의사 선생님이 잘랐으며 내가 어느 정도 핏기를 벗고 갓난아이의 형태를 갖출 즈음 찾아와서는 돈이나 옷 등을 주고 갔다고 했고, 나를 품에 안아준 것은 열 손가락 안에 꼽을 것이라고 했다.

돌이 지나자 찾아오는 횟수가 점점 줄었고 어느 순간부터는 찾아오지 않았다고 한다. 그의 사업을 망하게 한 내가 미웠나 보다.

엄마는 혼자 나를 그렇게 키우다가 내가 유일하게 아빠라고 부르고 진짜 나의 아빠라고 생각하는 우리 아빠를 만난 것이다. 아빠에게도 언니와 오빠가 있었고 이혼한 상태였으니 엄마와 아빠는 자연스럽게 살림을 합치게 되었고, 2살도 채 되지 않은 나에겐 어느새 나는 언니와 오빠가 생겨 있었다.

친아빠에 대한 사실은 내가 어느 정도 큰 다음에야 알게 되었기 때문에 커가며 본 나의 아빠는 우리 아빠 한 분이었고, 난 우리 아빠가 당연히 나의 친아빠인 줄 알며 그렇게 컸다.

아빠는 언니와 오빠보다 나를 더 아끼셨고 사랑해 주셨다. 너무도 자상하고 따뜻했던 나의, 나의 아빠였다.

하지만 엄마는 분에 넘치는 사랑에 지겨움을 느꼈는지 다른 남자를 사랑하게 됐고, 아빠에겐 숨긴 채 자주 날 데리고 나가 그를 만났다. 하지만 그와 엄마는 좋지 않은 일을 끝으로 관계를 정리했다.

그 좋지 않은 일이라 함은 그가 나를 심하게 때렸기 때문에 내가 전치 3주 진단을 받은 것이다. 이 모든 일들은 나의 인생에 아주 큰 영향을 끼칠 일들이었지만 나의 의도와는 상관없이 시작됐고 3년 만에 끝이 났다.

이것이, 이 흔하디 흔한 부모의 이혼 이야기가 특별하게 들리게 하는, 전 이야기의 그 앞부분이다.

그 뒤로 난 인연의 끝을 두려워하게 됐다. 정을 주고 믿었던 나의 사람들이 나의 잘못 때문도 아닌 타의로 하나둘 떠나가는 것을 내 눈으로 지켜보며 난 또 다시 그것을 느꼈기 때문이다.

우리의 집에서 나의 물건들이 하나둘 빠져 나갈 때 느꼈던 그것, 허전함이었다. 하나 더 더해진 것이 있었는데 그것은 허무함이었다.

가장 소중하다 여겼던 것들이 한순간 사라져 버리는 것을 보며 난 아마 그것을 느꼈던 것 같다.

지금 와서 생각해 보면, 법원에 들어서는 그 순간부터 난 알고 있었는지도 모른다. 잘못되었다는 걸. 무엇인가 잘못되었다는 것을.

오랜 시간 서로를 믿으며 살아왔던 나의 부모에게서 무너져 내리는 신뢰의 벽을 보며 난 무엇을 느꼈던 것일까.

친아빠에 대한 이야기는 초등학교 4학년 때나 들을 수 있었다. 그것도 처음엔 거짓이었지만.

엄미는 내가 충격받을 것을 생각해, 친아빠는 미국에 일을 하러 가셨다고 말했었다. 난 그 말을 믿고 아빠를 기다렸고, 틈만 나면 엄마에게 아빠는 언제 오냐 물었다.

당황한 엄마는 내게 한 번 더 거짓을 말했다.

"사실은 말이야 서연아. 아빠가 너를 낳고 나서부터 많이 아프셨었어.

'백혈병'이라는 병이었는데 미국에 치료받을 수 있는 곳이 있다고 해서 치료받으러 가셨다가 연락이 끊겼어. 엄마는 아마 아빠가 거기서 돌아가신 게 아닌가 싶어."라고.

그 얘기를 듣고 나는, 나는 울었을 것이다. 울었었다.

며칠을 울었는지 기억이 나질 않는다. 순간순간 얼굴도 본 적 없는 아빠라는 존재가 너무도 그리웠고, 그리움이 몰려올 때마다 울었던 것 같다.

그런 모습들을 지켜보던 할머니가 내가 중학생이 되고서야 저러한 모든 사실들을 내게 알려주셨고, 나는… 나는 울지 않았다. 덤덤했다.

할머니가 더욱 슬퍼하며 얘기를 해서 그런 것도 있지만 무엇보다 슬프지 않았다. 아 그랬구나. 살아~는 있다는 거구나. 허 참, 뭐 이런 일이, 했던 것 같다.

그리곤 집에 와서 나는 아빠가 돌아가신 것 같다는 거짓을 들었던 그날의 딱 20배 더 많이, 더 아프게, 더 크게 울었다.

하늘에 계시겠지. '내 이야기 듣고 계시겠지.'하며 하늘에 말을 걸었던 그것들이 다 혼잣말이었다니. 대답이 들리는 것도 같았는데. 전부 다 혼잣말이었다니.

세상이 떠내려가서 나만 남았으면 좋겠다는 생각에 정말 떠내려가도록 울었던 것 같다.

내가 중학교 2학년의 끝자락을 걷던 겨울방학의 일이었다. 굉장히 추운 날씨가 반복됐던 겨울이었다. 나에겐 특히 더.

내가 아직까지도 엄마를 원망하는 가장 큰 이유는 엄마와 만나던 그에게 심하게 맞아 정신과 치료를 받아야 했기 때문도, 언니와 오빠를 한 꺼번에 잃어야 했기 때문도 아니다. 내 인생에 큰 영향을 끼칠 일들을 엄마의 뜻대로 결정해 버리고선 그 뒤의 일들은 나에게 떠넘겨 버리고 나의 상처를 알면서 모른 채 본인의 행복에만 집중했기 때문이다.

엄마도 나의 엄마이기 이전에 할머니의 딸이고 그 이전에 하나의 이름을 가진 여자라는 걸 알기에 엄마가 자신의 행복을 추구하려 하는 걸 뭐라고 할 수는 없었지만, 그래도 여태껏 밀려오는 슬픔과 억울함 쓸쓸함 외로움 소외감 같은 차가운 감정은 어쩔 수가 없나 보다.

그럼에도 불구하고 변하지 않는 단 한 가지는 내가 그 모든 순간에도 나의 엄마를 사랑했다는 사실이다. 지금까지도. 장담은 못하겠지만, 앞으로도 이 사실은 변하지 않을 것 같다. 죽일 듯 미워서 심장을 찌르는 아픈 말들을 내뱉고서도 돌아서면 후회하는 나를 보며 난 알았다.

부모와 자식은 이럴 수밖에 없는 사이라는 걸. 내가 엄마 배에서 나왔다는 이유 하나만으로 너무나 밉던 서로가 용서에 용서를 반복하며 살아가고 살아가는 것 같다.

시간이 약이라는 말이 있듯이 모든 일은 다 지나가고, 지금의 난 인연의 끈을 항상 쥐고 있다. 아니, 어디엔가 지나가고, 다시는 끊어지지 않기를 바라며 살아가고 있다. 어쩌다 한 번씩 나를 포함한 누군가의 잘못으로 인해 헐렁해져 버티던 끈이 결국은 끊어지거나 풀려 버리는 때가 있는데, 난 아직은 그때 느끼는 감정에 익숙하지 못하다.

왜 그런지는 알지 못한다. 그것은 마치 후유증 같다. 교통사고 후유증처럼 나 혹은 누군가의 잘못으로 인해 원치 않게 다치게 되었을 때, 그 통증과 흉터가 오래 남는 것처럼 이것도 그렇다.

난 이것을 후유증이라고 생각하기로 했다. 후유증은 완쾌되지 않는다. 마치 못을 박았다 뽑은 자리에 그대로 자국이 남는 것처럼 완전히 아물지는 않는다.

대신 못이 박혔던 벽과는 다르게 내 살은 상처 난 그 자리, 새살이 돋아 여린 새살이지만 상처의 보호막이 돼줄 것이고. 난 다시 돋아난 새살이 다치지 않게 조심하고 상처가 잘 아물도록 연고만 발라주면 될 것이다.

다치고 상처받는 것을 두려워하지 않기로 했다.

이 모든 일을 겪으며 내게 남은 것은 아무것도 없다고 생각했지만 처음부터 나를 보호하고 있던, 내가 빨리 상처를 떨쳐낼 수 있게 했던 그 무엇인가가 있었다.

그것이 무엇인지는 직접 겪어보길 바란다.

누구나 살면서 상처를 입는다.

종이에 베인 듯 깊진 않지만 오래도록 아린 상처, 넘어져 까진 무릎처럼 정말 아프지만 금방 낫는 상처, 총에 맞은 듯 숨도 쉴 수 없을 정도로 치명적인 상처.

그렇지만 보살피고 치료하다 보면 아무는 것이 상처다. 물론 흉터야 남겠지만.

기억했으면 한다. 너무도 죽을 만큼 고통스러워 당신만큼 불행한 사람은 없을 거라고 생각해도 당신보다 불행한 사람은 어디엔가 분명 있다는 걸.

살아가는 동안 난 또 다시 상처 입고 아플 것이다. 어쩌면 이전과는 차원이 다른 고통을 느끼게 될지도 모른다.

하지만 난 아마 그때마다 또 다시 일어설 것이다. 또 다시 걸을 것이며, 또 다시 넘어질 것이다. 그럼에도 나는 결코 주저앉아 울고만 있지는 않을 것이다.

나의 이 모든 상처들은 다른 이들보다 더욱 비싼 값을 주고 얻은 귀한 경험이라고 생각할 것이다. 이 귀한 상처들은 내 인생의 곳곳에서 그 값을 할 것이기에, 난 더 이상 상처를 숨기려 하지 않을 것이다.

당신들의 흉터를 드러내라. 너무 아파서 드러낼 수 없거나 아직은 아물지 않은 상처라면 새살이 돋을 때까지 잠시 기다린 후에 조심스럽게 사람들에게 드러내 보아라. 당신의 흉터를 보고 쑥덕대는 사람도 있을 것이고, 불쌍하다는 듯 동정하는 사람도 있겠지만 개의치 말아라.

진정 나의 모든 것을 감싸줄 나의 사람들은 그런 흉터 하나에 당신을 밀어내거나, 멀리하거나, 동정하지 않을 테니.

많은 상처를 입었어도 인연을 맺는 걸 두려워하지 말길 바란다.

다음에 인연을 맺을 그 어떤 이가 내 인생의 한 명뿐인 동반자가 될지도, 관에 묻히기 전까지 함께할 소중한 친구가 될지도 모르는 일이니까.

끊임없이 상처 입어라, 아프지만 끊임없이 새살이 돋을 테니.

이 긴 이야기의 끝은 여기서 나지만 내 인생의 끝이 여기가 아니듯, 난 또 다른 나의 상처와 경험들을 가지고 글을 쓸 것이다. 나의 흉터를 보고도 나를 동정하거나 밀어내지 않아 줄 나의 당신들을 위해.

epilogue

이야기 속에서 내가 얘기했던 나를 보호하고 감싸던 그 무엇인가에 대해 말하지 않고 끝을 내면, 꼭 궁금해 하는 사람들이 생길 것 같아서 다시 글을 잇는다.

복잡한 것은 아니다. 나의 할머니와 할아버지가 바로 그 무엇들이다.

이 모든 상처에도 내가 무너지지 않고 버틸 수 있었던 것은 나를 감싸고 당신들이 신음하며 큰 고통들을 막아내 준 저 두 분이 계셨기 때문이다.

큰딸이 주는 배신감과 상처를 추스르지도 않고 나를 둘러 감싸며 더 이상은 내가 상처 입지 않도록 지켜주신 것이다. 난 죽을 때까지 아니 죽어서도 사랑할 것이다.

나의 두 영웅들을.

거창한 무엇인 줄로 기대했다면 심심한 사과를 전한다. 하지만 당신들이 살아가며 겪을 풍파의 보호막이나 휴식처는 그리 거창한 것이 아닐 것이다. 우정이나 사랑 같은 아주 일상적이고 소박한 것들일 것이다. 그때가 오면 다시 한 번 당신들이 이 긴 글을 읽어봤으면 한다.

나의 영웅이 말해주셨다. 세상에 태어나선 안 되는 생명은 없다고, 설사 있다고 하더라도 내 새끼는 아니라고. 나는 사랑받고 있는 존재이고, 그럴 만한 자격이 있다는 걸 항상 되새겨 주셨다. 지금도 마찬가지이고.

세상에 태어나선 안 되는 생명은 없다. 나는 그럴 만한 자격이 있다.

위대한 나의 엄마의 딸이며, 나의 두 영웅의 손녀이며, 무엇보다 나는 나이기 때문에.

세상 어느 곳에서도, 이 사실은 변하지 않을 것이다.

사랑받고 싶지만 아무리 찾아봐도 잘난 게 없는 나라면.

나라는 이유로, 내가 나라는 이유 하나로 나를 사랑해 보는 것 어떨까. 그 어떤 이유보다 타당하고 그 누구도 반박할 수 없는 확실한 증거가 될 것이다.

끊임없이 되새겨라. 상처받게 되는 순간이 다가오면 칼이 다가오기 전 방패 같은 든든한 버팀목이 되어줄 것이다.

상처받는 것을 두려워하지 않기로 했지만 아직까지도 나는 두려운가보다. 방패막이를 둘 생각을 하고 있는 걸 보면.

수상 소감

혼자 영화 보는 걸 좋아하고, 시를 쓰고, 소설을 잘 쓰기 위해 노력하는, 할머니 할아버지를 존경하는, 누구보다 활발하지만, 혼자 있는 걸 좋아하고, 활동적인 활동을 좋아하지 않는, 향기를 중요시하고, 노래를 듣고 부르는 걸 좋아하는, 17살 고등학생.

우정상

나의 꿈을 찾아서

·

박형아 (인천시 계양구)

나의 꿈을 찾아서

박형아(인천시 계양구)

나는 초등학생 때부터 그렇게 착한 애는 아니었다. 나쁘지도 않고 착하지도 않은 적당히 이기적인 그런 애였다.

근데 이상하게도 꿈은 변호사가 되어 돈 없는 사람을 변호해 주든가, 유치원교사가 되어 안전한 유치원을 운영하든가, 사회복지사가 되어 혼자 계시는 할머니 할아버지 또는 소년소녀 가장 등 어렵고 외로운 사람들을 돕든가, 아님 부자가 되어서 여기저기 기부하는 사람이 되든가 하는 것이었다.

내가 돈을 얼마나 버는가는 어려서부터 중요하다고 생각하지 않았다. 오죽하면 난 변호사로 생활하다가 대학을 또 가서 유치원교사가 되어 유치원을 운영하다가, 한 쉰 정도 되면 봉사활동을 하러 다니다가 늙어서는 지금까지 모아둔 돈을 기부하며 살아야지 하는 생각까지 했었다. 그렇게 착한 애는 아니었는데 말이다.

그리고 중학생이 되어서는 상담가도 하고 싶어졌다. 이런 일 저런 일에서 갈팡질팡하던 중학교 1학년의 나에게 상담가가 되어야겠다고 결심하게 된 계기가 있었다. 바로 뉴스에도 나왔던 학교폭력 피해자의 투신자살이었다. 처음엔 안타까운 정도였다.

그런데 후에 피해자 학생이 엘리베이터 안에서 혼자 쭈그려 앉아 울고 있는 사진이 돌았다. 그 사진을 보고 난 피해자 학생이 내 지인이라도 되는 양 슬퍼졌고 미안해졌다. 남이 보면 우스울지도 모르겠다. 중학교 1학년 여자애가 그런 생각을 하다니.

하지만 나는 지금도 그 사진을 떠올리면 숙연해지고 가끔 눈물도 난다. 학교폭력이 없어져야 한다고 생각했다. 사실 내가 다니던 중학교는 학교폭력은 딱히 없었다. 공학이었지만 남자 반 여자 반 나누어져 있었고, 친했던 남자애가 없어 남자애들의 얘기는 잘 모르지만 여자애들 사이에서 왕따나 학교폭력은 없었다. 내가 몰랐던 것일 수도 있지만. 그래서 학교폭력에 경각심을 갖지는 못했었다.

당연한 말이지만 내 주위에서 일어나지 않는다 해서 학교폭력이 없는 건 아니었다. 앞서 말했듯이 학교폭력이 없어져야 생각했으나 나 하나 한다고 많이 바뀌는 것은 없을 거라 생각했다. 그래서 난 상담가가 되어서 학교폭력 피해자 학생의 이야기를 들어주고 혼자가 아니란 걸 느끼게 해주고 싶었다.

그래서 내가 가장 처음으로 한 일은 학교에 또래 상담부에 가입하는 거였다. 하지만 내 기대와 달리 누군가와 이야기하고 상담해주는 일은 없었다. 그저 학생들에게 봉사활동을 주기 위해 만들어진 것뿐이었다.

그리고 한참 고등학교 생각을 할 때 즈음에 우리 집 사정이 안 좋아졌었다. 부모님은 티를 내지 않으셨지만 나는 알 수 있었다. 그리고 때마침 상고를 다니던 가까운 친척 언니가 은행에 취직했다는 소식을 들었다. 나는 돈이 많지 않아도 행복할 수 있다. 하지만 돈은 꼭 필요한 거였다.

상고는 인문계보다 학비도 적게 들고 잘하면 3학년이 되자마자 취직해서 돈을 벌 수도 있었다.

그래서 나는 상업고등학교로 진학을 하게 되었다. 상업고에서 적응하는 건 쉽지 않았다. 학기 초에는 아빠랑 자주 말다툼을 했었다. 아직도 난 아빠가 내게, 내가 아빠에게 했던 말이 기억난다. 아빠는 나에게 "넌 꿈이 뭐냐"며 "꿈이 없느냐"고 그러셨다. 그리고 나는 그 말에 "내가 지금 꿈 가져봤자 좋은 데 취직하는 것뿐이 더 하겠냐"고 말하곤 방에 들어가서 엉엉 울었다.

지금 생각해보면 학기 초에는 정말 많이 울었다. 하루는 학교가 일찍 끝나서 중학교 3학년 때의 담임선생님을 찾아갔었는데, 그때 선생님을 보자마자 눈물이 줄줄 흘렀다. 선생님은 내 등을 두드려 주시면서 "잘 적응하는 줄 알았더니 많이 힘들었구나"라고 위로해 주셨다. 선생님은 정 힘들면 인문계로 전학 갈 수도 있다면서 조언해 주셨다.

하지만 나는 그럴 용기가 없었다. 부모님께 이야기할 수도 없었다. 선생님께서 전학 갈 수 있다고 하셨을 때 '내가 어떻게 전학을 가'라고 생각했던 것 같다. 그렇게 적응이 안 된 학교생활을 하다 보니 중간고사가 코앞으로 다가왔다.

중학교 때의 나는 그다지 열심히 공부하는 타입은 아니었다. 설렁설렁 공부해도 성적은 중상위권으로 나왔기 때문에 열심히 할 필요성을 못 느꼈었다. 제 버릇 개 못 준다고 고등학교에서 첫 시험 기간이었으나 나는 여전히 설렁설렁 하는 둥 마는 둥 했었다. 긴장도 안됐었고 성적에 욕심도 안 났었다. 가채점 결과를 보고 망했다고 생각했다. 하지만 어쩔 수 없다고 금방 수긍했다. 애들이 물으면 못 봤다고 대답했었다.

그런데 우리 과 60명 중 내가 4등을 한 것이다. 처음엔 의아했다. '잘 못된 것이 아닐까?'라고 생각했다. 그리고 시간이 지나 점점 자만해졌다. 나도 모르게. 난 열심히 안 해도 잘할 거라고 생각했다. 게다가 컴퓨터 활용능력과 워드프로세서 필기시험을 정말 공부 한 번 안 하고 전부 찍어서 합격까지 했다. 그래서인지 내 마음 한구석에서는 '넌 안 해도 될 거야'라는 생각이 자리 잡아 있었는지도 모른다.

시간은 전처럼 후딱 지나가 버렸고 시간이 너무 빠르게 지나가서인지 난 여전히 적응하지 못했었다. 그리고 기말고사가 코앞으로 다가왔다. 난 중간고사보다 더 나태해져 전혀 공부에 집중하지 않고 노력도 하지 않았다. 그리고 결과는 내 기준에서 정말 참담했다. 평균은 10점 가까이 떨어졌고 과 등수는 8등 떨어진 12등이었다. 게다가 두 과목이나 반 평균 아래의 점수였다.

이때가 최고로 암울했었던 것 같다. 나쁜 생각을 하기도 했고 자책도 많이 했다. 그렇게 여름방학을 맞이했다. 여름방학은 정말 할 게 없었다. 아니 정말 아무것도 하지 않았다. 하루 종일 스마트폰에 매달려 뒹굴뒹굴하면서 지냈다.

그러면서 한 웹툰을 보게 되었다. 예전에도 봤었던 웹툰을 다시 보니 뭔가 새롭게 다가왔고 많은 생각이 들기 시작했다. '내가 지금 뭐 하는 거지'를 시작해서 '내 한 번뿐인 소중한 인생을 이렇게 살아도 되는 건가? 만약 내가 고등학교를 졸업해서 할 수 있는 일이 회계뿐이라면 난 정말 즐거울까?' 별의별 생각이 다 들었다.

그리고 내린 결론은 이건 뭔가 잘못됐다는 거였다. 아무리 힘들어도 내가 하고 싶은 일을 택하는 게 맞았다. 내가 죽기 직전에 아쉬워할 건 많이 벌지 못한 돈이 아니라 시도도 안 해본 나의 꿈이었다. 여기까지가 이 글의 서론이라면 서론이다. 이때부터 내가 자퇴를 하고 인문계에서 다시 시작하고 싶다는 생각이 들었으니까.

부모님께 자퇴 얘기를 꺼내는 건 쉽지 않았다. 어쩌면 당연한 얘기다. 평범한 고등학생 중 어느 누가 아무렇지 않게 말할 수 있을까. 그래서 처음에 장난 식으로 얘기를 꺼냈었다. 엄마는 내가 자퇴하면 어떨 것 같으냐고. 엄마는 갑자기 왜 그러냐 했었던 것 같다. 그래서 진지하게 얘길 했다. 나 자퇴하고 싶다고, 인문계에서 다시 시작하고 싶다고, 하고 싶은 걸 하고 싶다고.

엄마는 당연하게 안 된다 했다. 되게 많은 말들이 오갔는데 기억이 안 난다. 그냥 안 된다고 하셨다. 처음엔 아무렇지 않게 안 된다는 엄마의 말에 알겠다고 하고 말았다. 그리고 좀 더 생각을 가졌다. 어떻게 말하면 엄마가 날 믿어줄지 그렇게 두어 번을 더 말했는데 마지막에 돌아오는 말은 "이제 그 얘긴 그만하자"였다.

싫었다. 처음으로 말할 용기가 생겼는데 이렇게 접을 순 없었다. 누군가는 날 옹고집을 부린다고 할 거고 또 누군가는 철없다고 할 거다. 맞다. 나 옹고집 부리는 거 맞고 철없는 것도 맞다. 하지만 하고 싶은 걸 하는 게 잘못된 거라고 생각하진 않는다. 어른들 말만 듣고 어른들이 하라는 대로만 하는 사람이 착한 사람인 건 아니다.

내가 봤던 웹툰에서 이런 말이 있었다. 못하는 사람이 아니라 안 하는 사람은 현실에서 도망치고, 합리화하는 거라고. 어쩌면 나도 그래 왔을지도 모른다. 안 하는 걸 못하는 거라고 치부하고 도망치고, 합리화해 왔을지도. 이젠 그러고 싶지 않다. 여러 차례 엄마를 설득하고 아빠한테도 말했다. 처음 아빠한테 말했을 때 아빠는 그러셨다. 아빠는 네가 하는 건 다 지지할 거라고 항상 널 믿는다고. 그 말이 너무 와 닿아서 턱밑이 간질간질하면서 눈물이 날 것 같았었다.

그렇게 마침내 엄마도 아빠도 자퇴하는 걸 허락해 주셨다. 일단 엄마가 선생님과 통화 후 찾아뵙기로 했다. 난 하고 싶은 일을 하기 위한, 내 꿈을 이루기 위한 한 과정으로 자퇴하는 거다. 지금까지 모든 것을 쉽게 보고 건방지게 살아온 걸 반성했고, 욕심 없이 산 걸 반성했다. 자퇴를 시작으로 오글거리지만 이 삶에 최선을 다하겠다고 다짐했다. 그랬는데 선생님과 통화를 나눈 엄마는 선생님과 통화해보니 자퇴는 정말 아닌 것 같다며 나보고 다시 생각해보는 게 어떻겠냐 했다.

솔직하게 그때의 심정을 말하자면 원망스러웠다. 내가 몇 번이고 설득해서 겨우 내 선택을 이해해 줬으면서 선생님과의 길어야 30분 통화에 생각을 바꾼 엄마도 내 말은 들어보지도 않고 우리 엄마한테 무조건 안 된다 했던 선생님도 미웠다. 지금 생각하면 이건 보잘것없는 찰나의 감정일 뿐이었다.

순간의 반항심에 밥도 안 먹고 방안에 틀어박혀 혼자 울었다. 그런데도 날 몰라주는 엄마가 미웠다. 한참을 그렇게 있다가 전화벨이 울렸다. 아빠였다. 전화를 받으니 아빠는 다른 말 없이 "자장면 먹게 엄마랑 나오라"고 했다. 전화가 끊기고 난 방문을 열어 엄마한테 "아빠가 나오래"란 말만 하곤 나 혼자 집을 나섰다.

그렇게 집 앞 자장면 집에서 정말 한마디도 오고 가지 않는 정적 속에서 아빠가 운을 뗐다. "그냥 딸내미 뜻대로 해주자"

이윽고 자장면이 나왔고, 아빠가 하신 말이 자꾸만 귓가에 맴돌아서 눈물이 핑 돌았다. 쓰고 나온 모자를 좀 더 눌러쓰고 아무 말 없이 계속 자장면만 먹었다. 항상 날 믿어주시는 아빠에게 너무 고맙고 감사했다. 그리고 그때 생각했다. 이 기대에 지지 않게 노력할 거라고.

일단 개학을 하고 나서 자퇴를 하기로 결정했다. 썩 내키진 않았다. 반 친구들을 보기 조금 껄끄러웠다. 일단 반에서 친했던 친구에게 전화를 했다. 꽤 길게 통화를 했다. 친구는 왠지 눈물이 날 것 같다면서 그래도 네 선택이니까 응원한다고 하였다. 그렇게 통화가 끝나고 개학하기만을 기다렸다. 시간은 생각보다 엄청 느리게 흘렀다.

근데 느리게 흘러도 때는 오기 마련이더라고. 난 교복을 입고 학교 갈 준비를 했다. 떨리는 마음을 꾹 다잡고 학교로 갔다. 교실로 들어서서 아무렇지 않게 애들이랑 인사를 했고 아무렇지 않게 선생님이 부르실 때를 기다렸다. 선생님은 아침조회가 끝나시고 날 부르셨다. 선생님의 부름에 교실을 나서는 나에게 반 애들은 무슨 일이냐면서 물었지만 난 아무 말 없이 교무실로 올라갔다.

선생님은 천천히 말을 꺼내셨고 선생님과 대화하면서 선생님이 정말 좋으신 분이란 걸 알았다. 뜬금없게도 말이다. 그렇게 3일을 선생님과의 상담으로 인해 거의 모든 수업을 빼먹고 교실을 나섰고, 그럴 때마다 나는 애들한테 나중에 말해주겠다며 노코멘트를 했다. 애들의 궁금증은 커질 대로 커져서 대체 무슨 일이냐고 나한테 마구 묻기 시작했다. 선생님과의 마지막 상담 때 선생님께선 이젠 반 아이들한테도 말하는 게 좋지 않겠느냐고 했었다.

그래서 말했다. 사실 나 자퇴한다고. 내일부터 안 나온다고. 우는 친구도 있었고 가지 말라던 친구도 있었다. 다음 시간이 음악 시간이어서 음악실로 내려가는데, 한 친구가 옆에 딱 붙어서는 가지 말라고 울었다. 음악 시간에는 영화를 봤는데 몇몇 애들이 내 주변에 모여 울었다. 음악 시간이 끝나고 음악 선생님께선 아쉽다고 하셨다. 나는 그저 웃다가 감사하다는 인사를 하고 음악실을 나왔다.

교실에서 아이들은 나에게 편지를 써줬고 나보고 편지를 써 달라고도 했었다. 지금 생각해보면 편지 쓰는 데 조금 애먹었던 것 같다. 한 명에게 스케치북에 그림과 함께 편지를 써주니 너도 나도 스케치북을 내밀어서 떠나기 직전까지 편지를 썼던 것 같다. 그리고 종례가 끝나고 내내 슬픈 기색 안 비췄던 친한 친구가 울었다. 그 친구를 달래주고 애들과 사진도 찍고 그렇게 마지막 날이 지나갔다.

그렇게 집에 돌아와서 편지를 하나하나 읽는데 애석하게도 눈물이 나오지 않았다. 내가 이렇게 정이 없었나 싶기도 하고 내가 얘들을 친구라 생각하긴 한 걸까 싶기도 했지만, 내가 좋아서 한 선택에 우는 게 이상한 거 아닌가 하고 전의 생각은 조용히 묻었다.

그 후 4번을 10시에 시작해 한 시간 가량을 학교에서 상담을 받았다. 학교에 나간 건 맞지만 상담을 받기 위해서였기에 상담이 끝나면 곧바로 집으로 돌아갔고 교실에 들어가지도 않았다. 상담 선생님은 처음엔 날 설득하시려 했고 나중엔 내가 완고하단 것을 아시고 내 얘기를 들어주셨다.

그리고 사소한 내 얘기에도 공감해주셨다. 어쩌면 상담이란 건 이런 거구나 하는 생각이 들었다. 선생님과 상담하는 게 기다려졌고 내 얘기를 하고 싶어졌으니까. 상담을 하다 보니 자퇴와 별개로도 문제가 꽤 있었던 것 같다. 여담으로 더 말하자면 모두가 지나간 시간을 그리워하는 것처럼 나도 지나가 버린 중학교 때를 그리워했고, 그래서 고등학교에 올라와선 쉽사리 정을 주지 못했다.

그래서인지 같이 다니던 친구들에게도 나도 모르게 선을 그었었다. 중학교 때 친구들보다 친한 친구가 생기는 게 싫었고 SNS를 보면서 올라오는 중학교 친구들의 사진을 보면 내가 잊혀만 가는 것 같아서 두렵기도 했었다.

사실 이 부분은 여전히 그렇다. 무섭다. 중학교 친구한테 내가 그냥 중학교 동창인 애가 될까 봐. 지금은 그냥 어쩔 수 없는 거라고 생각하고 고등학교에서 친했던 친구에게 그었던 선들을 지우려고 노력하고 있는 중이다. 다시 이어 말하자면 마지막 상담이 끝나고 바로 중학교 3학년 때의 담임선생님을 찾아갔다.

앞에 빼먹고 하지 않은 이야기가 있는데 그게 중학교 선생님의 얘기다. 부모님과의 얘기가 끝나고 중학교 선생님께 전화를 드렸었다. 자초지종을 설명하고 그래서 자퇴를 하고 내년에 재입학할 생각이라고 하니 중학교 선생님께선 넌 원래 인문계에 갈 애라고 생각했다며, 이렇게 된 이상 선생님이 많이 도와줄 테니 언제 한번 찾아오라고 하셨다.

솔직히 중학교 선생님은 나에게 뭐랄까 정말 제2의 엄마 같은 분이셨다. 항상 감사하고 잊을 수가 없는. 통화를 하면서 목소리가 울렁울렁 떨렸는데 울진 않았다. 아무튼 선생님을 찾아뵈러 가서 많은 얘기를 나눴다. 선생님이 바쁘셔서 오래 있지는 못했지만 그냥 얘기하는 것만으로도 위로받은 기분이었다. 어이가 없겠지만 이게 끝이다.

자퇴를 한 후 처음에는 학교 가는 것처럼 일찍 일어나고 아침에 산책도 하고 책도 열심히 읽었었다. 근데 평소에 해왔던 게 있던지라 금방 나태해져선 늦잠을 자기 일쑤였다. 근데 이 글을 쓰면서 경각심을 가졌고 내가 자퇴를 한 이유와 내가 지금 해야 할 일이 다시 한 번 각인되었다.

현실을 좀 더 자세히 말하자면 기본적으로 학원은 다니고 있으며 아무래도 여유가 생기다 보니 좀 더 깊은 생각을 할 수 있게 됐다. 또 평소에 해보고 싶었던 것들을 하나하나 하고 있다. 지금 쓰고 있는 글도 그중 하나다. 항상 머릿속에 떠오르는 상상들을 글로 풀어쓰곤 했는데, 모두 중간에 지워 버렸었다. 쓰다가 결국엔 못 쓰게 돼버렸었으니…, 더 말하면 일기도 쓰고 있다. 가끔 까먹기도 하지만 거의 매일을 쓰고 있다.

또 일본어도 공부하고 있고. 난 지금 내게 주어진 시간을 허투루 쓸 생각은 추호도 없다. 정말 꾹꾹 눌러 담아 알차게 쓸 거다. 이 글을 쓰면서 정말 많은 시간이 걸렸다. 몇 번을 썼다 지우길 반복했고, 최대한 있는 그대로의 이야기를 쓰기 위해 기억을 더듬었다.

이 글을 읽고 누구와 충돌을 한 거냐고 묻는다면 잘 모르겠다. 자퇴를 반대한 엄마랑 충돌한 건지 아님 선생님과 충돌한 건지…, 아마 나는 지금까지 계속 충돌해 왔을지도 모른다. 반 친구들과도, 선생님과도 그리고 부모님과도. 굳이 누구와 충돌한 건지 정의를 내리자면 난 과거의 나라고 하고 싶다.

세상과 충돌하지 않는 청소년은 청소년기를 잃어버린 거라 하지만 난 과거의 나랑은 다시는 충돌하고 싶지 않다. 더이상 나의 선택에 괴로워하지 않을 거고, 과거를 그리워하되 돌아가고 싶어 하진 않을 거다. 매순간 만족하면서 그렇게 살 거다.

수상 소감

저는 재입학 준비 중인 17살 여학생(?)이고요. 제가 해보고 싶었던 것 중 하나가 글쓰기였기에 충돌기 공모전에 응모하게 되었어요. 사실 가능한 한 자세하게 쓰고 싶긴 하지만 아직은 제 얘기를 제 친구들이나 지인들이 아는 게 꺼려져요. 이미 글에 자세히 쓴 것 같긴 하지만⋯ 진짜 부모님께도 말 못한 속마음도 간간이 썼거든요. 죄송합니다.

　나의 충돌기는 때론 누군가에게 용기와 희망이 된다고 하셨는데 정말 그랬으면 좋겠어요. 특히 지금 중학교 3학년인 친구들이요. 정말 고등학교를 정할 때 진지하게 생각하길 바랍니다. 시간은 돌리고 싶다고 돌아가지는 게 아니니까요.

미래상

가면 아이

.

김민서 (전라북도 전주시)

가면 아이

김민서(전라북도 전주시)

대부분의 사람들에겐 감추고 싶은 자신의 모습이 있다. 그리고 그 모습을 꽁꽁 숨기기 위해 저마다의 가면을 쓰고 살아간다. 자신이 원하는 모습으로 알록달록 예쁘게 꾸민 가면이 마치 내 진짜 얼굴인 것마냥.

하지만 아무리 애를 써도 차가운 플라스틱 가면이 피와 온기가 흐르는 진짜 얼굴이 될 수는 없는 법이다. 눈앞의 얼굴이 이 사람의 진실한 모습이 아니구나 하는 건 언젠가 밝혀지기 마련이다. 하지만 사람들은 자꾸만 가면을 쓰고 그 비참한 결과에 절망하고 만다.

그래서 나는 모두에게 내 이야기를 들려주려고 한다. 막 열네 살이 된 내가 얼마나 크고 무거운 가면을 써야 했는지, 그리고 그 가면의 대가가 어떠했는지를 말이다. 고작 나의 얼마 되지 않는 어린 인생사를 줄줄 읊겠다는 것은 아니다. 또, 이걸 읽는 사람들의 마음에 큰 감동을 선사하기엔 나의 이야기가 많이 보잘것없을지도 모른다.

다만 이제 막 사람들 속으로, 세상 속으로 나아가는 첫 걸음을 뗀 친구들이 나의 이야기를 교훈 삼아 어리석은 가면을 쓰지 않기를 바랄 뿐이다. 그러니 여러분, 내 짧은 이야기를 '여우와 신포도', '토끼와 거

북’ 같이 어리석은 주인공을 통해 교훈을 얻는 일종의 우화로 여겨 주셨으면 좋겠다.

중학교에 들어가기 전까지의 날 잠시 짧게 표현해 보자면, 소위 아무것도 모르는 ‘둔탱이’ 초등학생이었다. 그리고 그 단어는 실제 내 별명이기도 했다. 아무리 어린 나이라 해도 아이들 무리 안에서 나름의 유행하는 패션과 공통된 관심사가 있는 법이고, 하다못해 같이 어울려 놀 시간이라도 있어야만 그 작은 세계 안에서 살아남을 수 있다.

하지만 구몬 학습지와 엄마 말밖에 모르는 왕 소심 초등학생이었던 나는 친구들과 어울릴 시간도 많지 않았고 워낙에 숫기 없는 성격 탓에 애들의 대화 속에 잘 끼지 못했다. 내가 좋아하는 것은 열심히 공부해서 시험성적을 올리는 것과 책을 읽는 것, 그리고 어른들이 바라는 대로 행동하며 칭찬받는 것뿐이었다.

그러다보니 나는 반 아이들의 생활과는 동떨어져 홀로 지내게 되었고, 교실 한구석 고립된 자리가 나의 유일한 활동공간이 되었다.

흔히 요즘 말로 찌질이 따, 즉 ‘찐따’ 같은 아이가 바로 내 처지였던 것이다. 그렇지 않은 다른 보통 아이들이 한없이 크게만 느껴졌다.

그래서 중학교에 들어온 나는 정말 절실히, 간절하게 내 모습을 바꾸고 싶었다. 커다란 태풍 같은 변화가 아닌 미묘한 날갯짓이라도 좋으니 지금의 이 모습을 바꾸고 싶었다.

친구들이 말을 걸어도 제대로 대답도 하지 못하고 우물쭈물 거리기 일쑤인 나에겐 이미 진저리가 났기 때문이었다. 아주 큰 변화를 바라는 게 아냐, 단지 다른 아이들처럼만, 밝게 어울려 놀 수 있는 아이가 되고 싶었다.

그래, 분명 처음엔 그랬었다.

그래서 난 정성스럽게 '밝고 사교성 좋은 아이'의 얼굴을 한 가면을 빚었다. 아이돌 그룹이나 최신 유행하는 옷차림에는 관심도 없던 진짜 나는 저 깊은 곳에 처박아 둔 채로, 정말 열심히 새로운 모습을 만들어 나갔다.

중학교 1학년, 처음 교실 문을 열고 들어갈 때의 난 소심함과 서투른 모습을 저 가면 뒤에 꼭꼭 숨겨둔 새로운 모습이었다. 자리에 앉자 앞자리에 앉아 있던 여자아이가 잠시 머뭇거리다 말을 건넸다.

"안녕, 어디 초 나왔니? 난 용와초 나왔는데"

원래의 나라면 부끄러워서 아무 말도 못한 채 이렇게 더듬거리며 말했을 것이다.

"어? 어. 나는 효, 효림초 나왔는데. 어딘지 모르지."

그리고 간신히 대답한 나 자신에 스스로 대견해 하며 헤헤 웃었을 텐데. 바보같이.

하지만 지금의 난 멍청이처럼 말 한마디 제대로 못하는 아이가 아닌 밝고 말 많은 다른 모습을 하고 있다. 그러니 있는 힘껏 용기를 짜내어, 나답지 않은 다른 말을 내뱉는다.

"난 효림초! 너 진짜 귀엽게 생겼다~. 아! 내 친구도 용와초 나왔는데, 혹시 그 애 아니?"

그리고 즐겁게 웃으며 대화를 이어나갈 수 있었다. 그 뒤에 다른 애들과 이야기를 나눌 때도 마찬가지였다. 요즘 인기 있는 연예인들에 대해 이야기하고, 최신 유행하는 옷과 화장품에 대한 정보를 꺼내면 웬만한 애들과는 서글서글 어울려 지낼 수 있었다.

　이제 난 더 이상 지난날의 찐따 초등학생이 아니었다. 여느 아이들처럼 밝고 활발한 여중생이었다. 비록 그게 내 진짜 모습은 아니었을지라도, 난 행복했다.

　사실 지금 생각해 보면 그때의 난 딱 적절한 가면을 쓰고 있었는지도 모른다. 적당히 밝고 원만한 성격으로 반 아이들과 어울려 놀 수 있는 정도였으니. 그 정도의 위장은 인간관계를 맺으며 살아가는 데 지니고 있어도 좋을 것 같다는 생각이 든다.

　확실히 난 다른 성격인 것처럼 행동함으로써 내가 그토록 바래온 친구들과의 관계를 얻을 수 있었다. 반의 그 어떤 아이들도 날 투명인간 취급하거나 무시하지 않았고, 어딜 가나 함께 행동하는 단짝 친구들도 생겼다. 그 친구들은 반에서 가장 착하고 순진한 아이들로, 공부도 열심히 하고 배려심이 많은 아이들이었다.

　정말 그 정도면 충분하다고 생각했다.

　그런데 어째서 늘 상황은 내가 예상치 못한 방향으로 흘러가 버리는 걸까. 아니, 상황 탓이 아니라 내 끊임없는 욕심이 문제였지만. 반 년 정도 지났을 때였다. 내가 꾸린 학교생활과 친구관계에 변화가 찾아왔다.

입학했을 당시 초부터 우리 반엔 노는 애들이 있었다. 소위 '일진'스러운 아이들. 쉽게 말해 짧게 줄인 치마를 입고 화장을 하고 다니며 학교가 끝나면 매일 같이 시내로 놀러 다니는 날라리들이라고 할 수 있겠다.

그때 난 한참 노는 애들에 대한 막연한 동경과 환상을 가지고 있을 때였다. 지금 생각해보면 다 어린 날의 철없는 발상이지만, 그 나이 또래의 여학생들이라면 다들 충분히 공감할 수 있을 것이다. 남자애들과 스스럼없이 이야기를 나누며 어른스럽게 화장하고 다니는 모습이 또래 아이들의 눈엔 얼마나 멋있게 보이는지를.

하지만 지난 학기에 난 그 아이들과 별다른 접촉이 없었다. 그렇다고 아예 대화가 없는 것은 아니었지만 애초부터 같이 놀던 친구들의 성향이 완전 달랐고, 이야기 나눌 기회가 별로 없었기 때문에 자연히 가깝게 지내지 않았었다.

사실 그 아이들과 같이 다니고 싶다는 생각을 아예 안 해본 것은 아니었다. 하지만 그때의 난 이미 그토록 바래 왔던 단짝 친구들을 손에 넣은 후였기 때문에 그런 것은 바라지도 않았었다. 지금 쓰고 있는 가면이 떨어지지 않게 지키는 것만도 내겐 충분히 버거웠다.

내가 바랐던 건 단지 지금의 작은 평화를 지키는 것뿐이었다.

그런데 그 해 9월, 그 아이들이 내게 다가왔다. 알고 보니 그 무리에 있던 아이 한 명이 싸우고 무리에서 나간 모양이었다. 그래서 같이 다닐 짝수가 맞지 않아 누굴 무리에 넣을까 고민하던 중 내가 표적이 된 모양이었다. 애들은 처음부터 내게 적극적으로 다가왔다.

내가 친구들과 점심을 먹고 있으면 친근하게 내 이름을 부르며 다가와 옆에 앉았고, 매점에서 맛있는 과자를 사와도 꼭 내 것까지 챙겨 사오곤 했었다.

그래, 솔직히 그 애들의 그런 호의가 난 너무너무 좋았다. 그동안 우러러보기만 했던 애들이 내게 관심을 가지고 살갑게 대해주는 것이 황송해 눈물이 날 지경이었다. 같이 대화를 나누고 있으면 나 역시 그 애들처럼 잘 나가는 존재가 된 기분이었다.

그러다 보니 원래 친했던 친구들과 노는 시간이 서서히 줄어들게 되었고, 새로 친해진 친구들과 함께 있는 시간이 늘면서 어느 순간 난 그 무리에 들어가게 되었다.

가장 먼저 밝혀야 할 것은 내가 원래 친했던 친구들에게 큰 상처를 주고 말았다는 것이다. 아까 말했듯 내 친구들은 반에서도 유독 순수하고 착한 아이들이었다. 내가 처음 말도 없이 새 친구들과 점심을 먹으러 가버린 날, 나를 반은 황당한 듯, 또 반은 슬픈 듯 바라보던 세 친구의 표정을 잊을 수가 없다.

하지만 그때의 내게 그런 것쯤은 눈에 들어오지도 않았다. 그저 예쁘고 잘 노는 애들이 나와 같이 다닌다는 사실에 잔뜩 들떠 있을 뿐이었다.

그런데 내가 모르고 있는 사실이 하나 있었다.

새로 사귄 친구들에게 맞추려면 지금 내가 쓰고 있는 가면으로는 턱

없이 부족했다.

그 애들은 내가 생각했던 것보다 훨씬 무서운 아이들이었다. 틈만 나면 수업 시간에 빠져나와 놀기 일쑤였고, 방과 후엔 학교 밖의 다른 친구들과 어울려 노래방에 가는 일이 다반사였다. 그리고 화장은 또 얼마나 진한지, 내가 그 동안 조금씩 발라온 선크림과 립글로스는 어린애 장난으로 느껴질 정도였다. 그 애들과 놀기 위해선 그 정도쯤은 갖추고 있어야만 했다.

하지만 난 그런 아이가 아니었다. 가면을 쓴 나로서도 버거운 일인데, 가면을 쓰지 않은 진짜 나에겐 상상도 못할 만큼 힘겨운 일이었다. 진짜 나는 조용히 책 읽는 것을 좋아하고 열심히 공부해서 어른들에게 칭찬받는 것을 뿌듯해 하는 아이였다.

하지만 그런 모습으론 결코 이 무리에서 살아남을 수 없다는 사실을 알고 있었다.

그래서 나는 또 빚었다. 전혀 새로운 얼굴을 한 가면을.

이번 가면은 '놀기 좋아하고 화장을 진하게 하고 다니는 불량스러운' 얼굴을 하고 있었다. 이 가면을 쓰면 별 무리 없이 새 친구들과 어울려 놀 수 있었다. 수업시간에 몰래 빠져나와 노는 것도, 난생 처음 남자아이들과 어울려 능글맞은 농담을 나누는 것도, 화장을 진하게 하다 걸려서 선생님에게 꾸지람을 듣는 것도 조금 힘겨웠지만 넘길 수 있었다.

아니, 오히려 해선 안 되는 일을 하고 있다는 죄책감과 일탈의 쾌감

사이에서 아찔한 줄타기를 하며 나는 금지된 희열을 느끼고 있었던 것이다. 지금 이 모습과 내 진짜 모습 사이의 괴리감을 일종의 놀이로 여기게 되었다 해도 틀린 말이 아니었다.

새 친구들과 함께 있을수록 가면 뒤의 진짜 내가 그만두라고 고함을 질러댔지만, 그럴 때면 가면을 쓴 지금의 내가 차갑게 비웃으며 대꾸했다.

– 그만둬! 이건 네가 아니잖아. 이젠 제발 네 진짜 모습을 찾으란 말이야.

헛소리 집어치워. 진짜 내 모습으로 있었다면 지금 내 곁에 이런 친구들이 있었을 거 같아?

그 애들이 내 찐따 같은 모습을 보고도 옆에 있어줄 거 같냐고.

– 그 아이들 모두 너의 가면 쓴 가짜 모습을 보고 다가온 거잖아. 넌 그런 게 정말 소중하니?

진짜가 아니면 어때. 이렇게 해서라도 난 지금의 내 작은 세계를 지켜야만 해.

그리고 늘 이 지겨운 말다툼의 승자는 가면을 쓴 가짜 나였다. 애초에 내가 가면을 벗지 않는 이상, 가면 뒤의 진짜 내가 이길 방법은 없었다. 그걸 알고 있었기에 난 나 자신에 더 당당해질 수 있었다.

그런데, 금이 가기 시작했다.

전혀 눈치 채지 못하게, 아주 조금씩 조금씩.

내가 그토록 정성스럽게 만든 가짜 모습에 조금씩 균열이 생기고 있었다. 나의 가면은 내가 따라가고자 하는 것을 버티지 못하고 위태롭게 내 얼굴에 매달려 있는 상태였다.

일탈의 쾌감과 죄책감 사이에서 아찔한 줄타기를 하고 있던 내가 결코 따라갈 수 없는 한 가지가 있었는데, 그건 바로 담배였다. 사실 그 친구들과 처음 친해질 때부터 그 애들이 모두 담배를 펴온 애들이란 건 알고 있었다. 그리고 종종 학교에서 필 때도 있단 것 또한 알고 있었지만 모르는 척 해왔다. 그 이유는 혹시라도 그 중 누군가가 내게 담배를 권한다면 난 마지못해 필 것임을 알기 때문이었다.

하지만 그건 죽기보다 싫었다. 다른 말도 안 되는 못된 짓들은 얼마든지 할 수 있었지만, 중학교 1학년 때 담배를 시작해서 결코 끊을 수 없는 지경까지 가게 되는 것을 원한 적은 없었다. 다행히도 무리 중 누구도 내게 담배를 권하거나 피워보라고 하지 않았다. 내가 옆에 있을 때 담배를 피운 적 역시 없었기 때문에 난 별 걱정이 없었다. 그런데 일이 터지고야 말았다.

그날 역시 다른 날과 다를 바 없는 날이었다. 토요일 저녁, 무리와 함께 노래방에 갔는데 방에 들어서자마자 한 친구가 담배를 꺼내들었다.

아뿔싸, 하고 생각했을 때는 이미 상황이 돌아가기 시작한 후였다. 그 아이를 시작으로 마법처럼 다른 아이 한 명이 같이 담배를 피우기 시작했다.

지금 내 앞의 이 애들이 내가 그토록 끔찍이도 싫어하는 담배를 입에 물고 웃고 있는 모습을 보자 그때까지 멈춰 있던 머리가 서서히 움직이기 시작했다.

세상이 핑글핑글 돌아가는 것 같았다. 지금 내가 여기서 뭘 하고 있는 건지, 내가 지금까지 누구와 어울리고 있었던 건지 갑작스레 깨닫게 되었다. 난 단순히 어른스럽게 하고 다니고 모두가 우러러보는 그런 애들과 함께 있었던 게 아니었다. 지금 내 옆에 있는 건, 보기 싫은 화장을 하고 입으로 독한 연기를 내뿜으며 즐기고 있는 무시무시한 애들만이 있을 뿐이었다.

그 때, 무리 중 유독 날 눈엣가시처럼 여기던 아이가 내게 웃으며 물었다.

"근데~ 민서 넌 안 피우더라? 담배."

딱딱하게 굳은 표정으로 그 애를 보며 힘겹게 입을 열었던 것 같다.

"응. 안 피워."

다행이라 해야 할지, 그 애들 중 누구도 내게 담배를 권하지 않았고 그날 그 상황은 오래 가지 않고 곧 끝이 났다. 하지만 어째서일까.

그날 이후로 난 내 무리가 불편해졌다.

수업시간에 이유 없이 빠져서 선생님에게 미움을 받는 것도, 머리가 텅 빈 남자애들과 욕이 난무하는 농담을 주고받는 것도 그냥 다 불편할 뿐이었다.

무엇보다 가장 불편했던 것은 내가 버리고 온 예전 친구들과의 관계였다. 우리들은 딱히 싸운 것이 아니었기 때문에 서로 날카로운 기류 같은 건 없었다. 오히려 그 애들은 이미 나란 존재를 깡그리 지워낸 듯 자기들끼리 그 우정을 이어가고 있었다. 이미 나란 애는 야욕에 눈이 멀어 친구를 버리고 떠난, 생각할 가치조차 없는 존재로 전락해 버렸단 듯이.

후회나 죄책감 같은 건 원래 이렇게 뒤늦게 찾아오는 거구나, 라는 걸 깨달았다. 하지만 이제 와서 쓰고 있던 가면을 벗어던질 수는 없는 노릇이었다. 내가 지금까지 그토록 악착같이 버티며 지켜온 나의 작은 세계를 이렇게 내려놓을 수는 없었다.

그래서 난 무리 안에서 연기를 계속해야 했다. 하지만 예전처럼 일탈을 통한 희열이나 쾌감 같은 건 느낄 수 없었다. 단지, 언제까지 진짜 나와는 너무도 멀어져 버린 이 모습으로 있어야 하는지에 대한 불안함만이 엄습할 뿐이었다.

그리고 그 해 11월, 나의 아슬아슬한 가면극은 너무도 비참하게 끝나버리고 말았다.

배우의 가면이 벗겨지고 진짜 얼굴이 드러나는 순간 공연은 끝이 난다. 완전히 실패한 무대다.

그날 그 담배사건 이후로 무리 아이들을 내하는 내 태도는 조금 퉁명스러워졌고 가끔 그 애들을 피하기도 했다. 그리고 그런 내 태도에 불만을 품은 몇몇 애들이 있었던 듯하다.

어느 날 누군가 자기 나름의 인맥을 통해 내 초등학교 시절 이야기를 듣게 된 모양이었다. 지금까지 같이 어울려 온 내가 '전 찐따'였다는 사실을 알게 된 것이다. 내가 그토록 열심히 숨겨온, 내 진짜 모습을 말이다.

그 애들이 어떤 경로로 알게 되었는지는 확실히 모르겠다. 어쨌든 그 날 이후 난 무리에서 아주 당연하단 듯이 튕겨져 나왔다. 그 애들은 어떻게 내가 자기들을 그렇게 감쪽같이 숨길 수 있었던 건지 말도 안 되는 뻔뻔함이라며 날 저 밑바닥까지 끌어내렸다.

그뿐만이 아니었다. '전 찐따'였다는 사실을 온 반 아이들에게 들킨 나는 혼자 지내게 되었다. 불과 며칠 전까지 함께 어울려 놀던 반 아이들 역시 날 철저히 무시해 버렸다. 그렇게 된 데는 상당한 주도 권력을 가진 무리 애들의 은연한 압박이 있었을지도 모른다.

내가 전에 버린 친구들 역시 날 외면했다. 어쩌면 당연한 건지도 몰랐다. 내가 그날 그 애들을 그렇게 차갑게 등지고 돌아서지만 않았더라면, 친구를 단순히 내 욕구를 채워줄 도구로만 생각하지만 않았더라면, 그 때 주저앉은 내 옆에 손을 내밀어줄 누군가 한 명쯤은 있었을지도 몰랐다.

그리고 지금, 그때 내가 처음부터 가면을 쓰지 않았더라면 어땠을까 하고 생각해본다. 처음부터 내 맨 얼굴로 부딪혀 보았더라면, 그래서 무시당하고 상처 입었을 지라도 그 과정에서 내 진짜 모습을 조금씩 변화시킬 생각을 했더라면 결과는 달라졌을까 하고 말이다.

지금 나의 대답은 "그랬을 것이다"이다. 어설픈 가면극으로 내 옆에 있어준 사람들을 속이고 거짓된 관계 속에서 위안을 얻어온 내게 남은 것은 과연 무엇인가.

결국 가면 뒤로의 도피는 내게 아무 것도 남기지 않았다. 친구들과의 진짜 우정도, 어른들에게 받을 수 있었던 신뢰도, 빈 아이들과의 관계도 전부 다.

중학교 일 학년 말, 혼자가 된 나는 남은 한 달을 홀로 외롭게 지냈다. 반 아이들과 무리 애들의 차가운 시선 속에서 홀로 고통스러워하며 말이다. 그때 그 시간은 지금 내가 돌이켜봤을 때 가장 괴롭고 힘든 시간이다. 내가 인생을 살며 처음으로 겪은 내 잘못된 선택의 대가이고, 싸움이었다.

내가 그 해 얻은 것은 평생 잊지 못할 깨달음 한 가지이다. 너무도 당연하고 상투적인 이야기라서 하나마나일지도 모르지만, 자기 스스로의 모습에 자신이 없는 사람이라면 누구든 실수할 수 있는 부분.

만들어진 가짜 모습을 하고 사람들 속으로 나아갔을 때, 결국 내 곁에 진솔한 관계는 하나도 남지 않을 거라는 것.

누구든 잘 만들어진 가면에 끌릴 수는 있다. 그리고 초라한 진짜 모습을 보고 다가올 생각조차 하지 않을 수도 있다. 하지만 '가면 쓴 얼굴이 이 사람의 진실한 모습이 아니구나'라는 건 결코 인제까지나 숨길 수 없단 걸 난 꼭 기억해야 한다.

그러니 많이 아프고 상처받을지라도 나의 진짜 얼굴로 부딪치는 것만이 나 자신을 변화시킬 수 있는 유일한 길이다. 이 세상의 이치란 원래 그런 모양이다.

그 일 년 동안의 과정이 곧 나 자신과의 충돌이었고, 내가 잘못 이해하고 있던 세상과의 충돌이었다. 그리고 그 거친 마찰을 통해 얻은 상처가 아물어 굳은살이 되며, 지금의 내가 살아가는 데 단단한 버팀목이 되어준 거겠지.

그 해의 가면을 쓴 아이는 아직도 이 안에서 그 날의 아픔과 기억을 간직한 채 눈을 감고 있는 것 같다.

수상 소감

안녕하세요.

글 쓰는 것을 정말 사랑하고 즐기기 때문에 이렇게 좋은 충돌기 공모전이 있다는 것을 알고 곧바로 자리에 앉아 펜을 잡고 공모하게 되었습니다.

저의 장래 희망은 미모와 지성을 갖춘 대한민국 최고의 방송작가가 되는 것입니다. 방송이야말로 가장 많은 사람들에게 저의 느낌과 뜻을 전달할 수 있고, 저의 글을 많은 분들이 뜻깊게 사용할 수 있는 의미 있는 일이라 생각하기 때문입니다. 꼭 언젠가 이 꿈을 이루기 위해 지금부터 열심히 글을 짓고, 학교에서 방송부 활동을 하며 경력을 쌓는 중입니다.

제 취미와 특기는 모두 글짓기입니다. 저는 제 글이 다른 사람들보다 뛰어나게 잘 쓰는 글이라 생각하지 않습니다. 하지만 그렇게 말씀드린 이유는 제가 가장 좋아하고, 또 가장 자신 있는 일이 모두 글짓기이기 때문입니다. 많은 분들이 제 글을 읽고 제가 느낀 것을 공감해 주실 때 가장 큰 행복을 느낍니다.

이번 영화학교 밀짚모자에 공모한 글은 한 치의 과장이나 거짓도 없는 온전한 저의 실제 경험담입니다. 저는 본문에 나와 있듯이 초등학교에 다닐 때 지나치게 소심한 성격으로 따돌림당한 적이 있습니다.

그래서 이를 극복하기 위해 가짜 모습을 만들어 진실하지 못한 마음으로 친구를 사귀었고, 노는 애들과 같이 다니게 되는 등 그러한 과정에서 많이 힘든 시기를 보냈던 경험이 있습니다. 사춘기 시기에는 진짜 나와 가짜 나 사이의 괴리감에 혼란스러워 하는 친구들이 굉장히 많다는 것을 알기에, 그 친구들에게 제가 얼마나 어리석은 선택을 했는지, 그리고 그 대가가 얼마나 고통스러웠는지를 말하고 싶었습니다. 그것이 제가 선택한 세상 충돌기입니다.

서툴렀던 나 자신과의 충돌, 그리고 내가 잘못 이해했던 세상과의 충돌.

저의 충돌기가 이 글을 읽는 모든 분들에게 희망과 행복을 전할 수 있기를 소망합니다.

3년 전 중학교 일 학년, 그 해 제가 한 잘못된 선택에 관한 이야기입니다. 소심하고 말 없는 제 진짜 모습을 감추기 위해 저는 제가 만들어낸 가짜 모습으로 친구들을 사귀었고, 진실되지 않은 관계 속에서 많은 힘든 일들을 겪었습니다.

결국 마지막에 모든 것이 다 거짓이었음, 그 관계 속에 진심은 없었음을 들키고 제 곁에서 손을 내밀어 줄 친구는 아무도 없었습니다.

가면을 쓰고 진짜 모습을 숨긴 채 살아가는 다른 친구들에게 보내는, 진실한 모습을 하지 못했던 저 자신과 그 결과에 대한 솔직한 이야기입니다.

청년상

그럼에도, 나는 괜찮아

·

최유진 (경기도 용인시)

그럼에도, 나는 괜찮아

최유진(경기도 용인시)

창문 밖으로 겨울비가 추적추적 내렸다. 장례식장에 도착한 우리 자매는 울지 않았다. 아빠도 마찬가지였다. 설날을 며칠 남겨두지 않고 엄마가 죽었다. 그것에 대해 아빠는 그래도 다행이라고 말했다. 앞으로 계속 찾아올 명절이 엄마의 기일이 되는 것을 원치 않았던 것이다. 나는 그 말에 고개를 끄덕거리면서 무릎을 끌어안았다. 엄마의 사진 앞에서 할머니가 목놓아 울고 있었다.

영정사진이라는 것을 찍을 시간조차 없었다. 어쩌면 너무 많았던 건지도 모르겠다. 엄마는 2년 넘게 아팠다. 처음에는 그저 소화가 잘되지 않는다고 했다. 엄마가 속이 메슥거린다고 말하면 "나는 그래?" 하고 등을 두어 번 어루만져 주었다. 이것이 내가 할 수 있는 딸 노릇의 전부가 될 줄은 그 때의 나는 알지 못했을 것이다.

증상은 점점 심해져 엄마가 시도 때도 없이 토하기 시작했다. 먹는 걸 좋아했던 엄마는 토하는 것이 두려워 좀처럼 먹질 못했다. 심각성을 느낀 가족들은 엄마에게 병원에 가보라고 했다. 엄마는 늘 그랬듯이 "괜찮아." 하고 말았다.

하지만 엄마는 괜찮지 않았다. 왜 그때 엄마 손을 잡고 병원에 가지 못했을까? 나는 이것에 대해 죽을 때까지 후회할 것이다. 엄마의 엄마. 그러니까 외할머니의 불호령이 떨어지고 나서야 엄마 아빠는 대학병원을 찾았다.

많은 검사 뒤에 엄마는 위암 선고를 받았다. 동생과 나는 엄마가 암이라는 것을 엄마 수술 날 알았다. 아빠는 우리가 걱정할까봐 말하지 않았다고 했다. 아빠 목소리는 괜히 밝았다. 쭈글쭈글해진 힘없는 헬륨가스 풍선 같았다.

"집에는 무슨 일이 없느냐"고 물었고, "문단속을 잘하라"고 당부했다. 통화 시작부터 끝까지 "나는 알았다"는 말밖에 할 수 없었다. "아빠 밥 먹었어?, 엄마는 괜찮아?" 따위의 말을 하기에 나는 너무 미성숙했다. 동생은 그런 얘기를 못 들은 척 텔레비전을 보고 있었다.

나에게는 세 살 터울인 동생이 있다. 참 예쁜 아이다. 나에게는 이렇게 착하고 예쁜 애가 또 있을까 생각할 정도로 소중한 동생이다. 엄마가 아프기 전까지의 나는 동생에게 꽤나 못된 언니였다. 자매 사이에 당연히 일어나는 말다툼이라도 하면 어떻게든 이겨서 동생을 울려야 마음이 편했고, 가끔씩 같이 놀자고 다가오는 동생을 밀쳐내기도 했다.

엄마가 입원을 하고 아빠도 병간호를 위해 병원에서 생활하게 되면서 집에는 자연스럽게 동생과 나만 남게 되었다. 큰 집에 덩그러니 남겨진 우리는 서로 의지할 수밖에 없었다. 최대한 아무렇지 않게, 즐겁게 시간을 보냈다. 학교 가기 전에 같이 양치를 하고, 밥상을 차려서 밥을 먹고, 잠도 같은 침대에서 같이 잤다. 금요일 밤에는 배달음식도 시켜 먹고 주말에는 영화를 보러 가기도 했다. 부모님의 부재가 우리 생활에 큰 영향을 끼치지 않는 것처럼 보였다.

그러던 어느 날 동생이 아팠다. 얼굴이 빨개지고 목 언저리까지 뜨거워질 정도로 열이 났다. 학교에서부터 아팠을 텐데 왜 조퇴를 하지 않았냐고 물어보자 조퇴를 하게 되면 확인증에 부모님의 사인이 필요해서 안 했다고 했다. 동생은 약을 먹고 목과 이마에 젖은 수건을 올린 채 잠들었고 나는 그 옆에 앉아서 엉엉 울었다.

그런 상황에 무력한 나 자신이 속상했다. '언제까지 아무렇지 않은 척 살아야 할까?' 하는 생각도 했다. 그날 밤이 내가 태어나서 가장 많은 눈물을 흘린 날이었다. 엄마가 죽었을 때 당시에는 울지 않았다.

이제 다 끝났다고 안도했었다. 아팠다가 나았다가를 끊임없이 반복하는 것은 당사자인 엄마도 힘들고 가족들도 힘들었으니 말이다. 영정 사진 속의 엄마는 단풍나무 속에서 예쁘게 웃고 있었다. 3개월 전 떠났던 가족여행에서 찍은 사진이었다. 애써 따라 웃어봤다.

– 나는 괜찮아.

엄마에게 말했다.

*

고등학교 입학 전에 자기소개 설문지를 작성해야 한다고 했다. 학생들을 만나기 전에 어느 정도 어떤 아이인지 파악하기 위한 것이었다. 첫 페이지에는 당연히 부모님에 대한 정보를 기입하는 공간이 있었다.

엄마, 아빠로 크게 두 칸으로 나눠진 설문지를 보면서 앞으로 내 인생에 대해 정확히는 돌아가신 엄마에 대해 설명할 일이 많겠다고 예상했다. 예상은 틀리지 않았다.

고등학교 1학년 첫 담임선생님과의 상담에서도, 올해 2학년 때의 상담에서도 나는 죽은 엄마에 대한 설명을 해야 했다. 간단히, "우리 엄마는 돌아가셨어요." 하면 되는 부분이었지만 어떤 사람이든 저 말에 대해 "그래, 그렇구나." 하고 넘어가는 사람은 없었다. "모두 많이 힘들었겠구나, 어쩌다가 돌아가셨니, 정도가 지나쳤을 땐 엄마 없이 사는 게 힘들지 않냐"는 동정 겸 질문도 받아야 했다.

내 마음이 너무 삐뚤어져 있는 탓인지 나는 저런 것들을 단순히 선한 걱정으로 받아들이지 못했다. 왜 어른들은 해주는 것도 없으면서 관심 있는 척만 할까. 그것이 내 솔직한 속마음이었다. 당연히 친구들에게도 엄마가 돌아가신 것을 알리지 않았다. 내 잘못이 아닌 일로 다른 사람들에 입에 오르는 것이 싫어서였다.

활발히 이야기를 나누다가도 엄마 이야기가 나오면 혹시나 "너희 엄마는?"이라는 질문을 받을까봐 얼른 화제를 돌렸고, 학부모 사인을 받는 통신문에는 다른 친구들과 달리 아빠 사인을 받는 것이 이상하게 보일까봐 앞서 나서서 통신문을 걷는 역할을 하기도 했다.

1학년 말쯤 담임선생님이 나를 따로 복도로 불렀다. 생활기록부에 부모님 정보를 적어야 하는데 어머니를 '사망'으로 적어도 되겠냐는 것이었다. 기분이 더러웠다.

－ 죽은 걸 죽었다고 해야죠. 뭘 그런 걸 물어보세요.

나는 내 힘으로 해결할 수 없는 것들에 대해 처음에는 슬픔을 느꼈고 나중에는 분노를 느꼈다. 저 때의 감정은 분노에 가까웠던 것 같다. 생활기록부에 낙인처럼 찍힌 '사망'이라는 글자는 지금까지도 내 마음을 덜컹 하게 만든다. 마치 "너희 엄마는 죽었어."라고 내게 말하는 것 같다. 이런 감정을 느낄 때마다 자연스럽게 동생을 떠올리게 되었다. 나는 동생이 내가 느꼈던 비참한 감정을 느끼는 게 싫다. 하지만 이미 느꼈을 것이다. 어쩌면 나보다 비참했을지도 모르겠다.

때때로 찾아오는 비참함을 빼면 내 학교생활은 밝았고 재미있었다. 물론 지금까지도 그렇다. 새로 사귄 친구들과 함께 야간자율학습을 빼고 놀러 나가기도 하고 점심시간에는 삼삼오오 모여 수다를 떨었다. 친구들은 적당히 착하고 과하게 유쾌했다. 하루하루 즐거웠다. 학교에 있을 때만큼은 엄마 생각이 나지 않았다.

그러나 집은 엄마의 빈자리를 느낄 수 있는 최적의 공간이었다. 우선은 주방이 그랬다. 온 가족이 모여도 비어 있는 식탁의자, 예전에 엄마가 해뒀던 반찬, 엄마가 입던 앞치마, 집안의 어떤 공간이든 엄마의 손이 닿지 않은 곳이 없었다.

그때는 정말로 언제든지 엄마가 현관문을 열고 들어올 것만 같았다. 어디 먼 곳에 여행을 다녀온 것처럼 "나 다녀왔어"라고 말하면서. 그리고 얼마 지나지 않아 나는 아빠의 여자 친구에 대한 이야기를 들었다. 엄마가 죽은 지 두 달도 채 되지 않은 때였다.

나는 아빠가 내 앞에서 우는 것을 태어나서 딱 두 번 보았다. 한 번은 엄마가 죽었을 때, 또 다른 한 번은 아빠가 죽은 엄마 얘기를 할 때였다. 아빠는 하고 있던 사업도 제쳐두고 병간호에 매진했다.

엄마가 입원해 있는 짧지 않은 기간 동안 병실에 있는 간이침대에서 잠을 잤고, 식사는 거의 엄마가 먹고 남긴 병원 밥으로 해결했다. 밖에서 사먹고 올 수도 있었지만 엄마가 시간이 지날수록 아빠와 떨어져 있는 것을 싫어했기 때문이었다. 그런 수고를 어떻게 다 말해야 할지 알수 없을 정도로 아빠는 최선을 다했다.

그래서 나는 아빠의 여자 친구 그리고 재혼에 대해 무작정 비난할 수 없었다. 여자 친구는 초등학교 동창회에서 만났다고 했다. 엄마가 죽고난 뒤 아빠는 외로움을 이겨내기 위해 이런저런 모임에 전보다 많이 참여하고 있었다. 아빠가 직접적으로 외롭고 우울해서 모임에 나간다고 말하지는 않았지만 나는 알아챌 수 있었다.

얼마 지나지 않아 아빠의 여자 친구가 우리 집으로 놀러오게 되었다. 아빠의 여자 친구라는 호칭이 불편하므로 지금부터 그냥 새엄마라고 칭하겠다. 결론적으로는 새엄마가 되었다는 게 사실이니까. 새엄마는 부산에 살고 있고, 내 동생과 동갑인 딸이 있었다. 당연한 이야기이지만 전 남편과는 이혼했다고 전해 들었다.

새엄마는 예쁘고 키는 좀 작았다. 요리도 잘하는 것 같았다. 우리 집 주방에서 새엄마가 처음 요리하는 것을 볼 때, 나는 5년 넘게 살아온 우리 집이 낯설어 보였다. '저기는 우리 엄마 자린데' 라는 생각보다 '이 집이 내 집이 아닌 것 같다'는 생각이 먼저 들었다. 식사를 하고 이야기를 나누면서 나는 아무 생각 없이 웃고 의미 없는 말들을 했다. 너무 많은 생각이 들 때면 차라리 아무 생각도 하지 않는 것이 마음 편했다.

그렇게 아무 생각 없이 몇 달이 흘렀고 우리는 가족이 됐다. 나는 새엄마와 세 살 어린 동생이 생겼다. 5인 가족용의 큰 식탁은 꽉 차게 되었고, 동생 방에는 침대가 하나 더 들어왔다. 지금은 같이 생활한 지 1년이 넘어갔다.

처음과 달라진 게 있다면 새엄마를 어느 정도 자연스럽게 '엄마'라고 부를 수 있게 되었다는 점이다. 몇 달 전까지만 해도 엄마라는 호칭이 어색해 아예 부르지 않거나, 부를 필요가 없는 상황에서만 이야기를 했다. 지금도 '엄마'라고 부를 때마다 목에 생선 가시가 걸린 채 침을 삼키는 것만 같은 기분이 들기도 한다.

언제 나아질지는 모르겠다. 나아질 때까지 부르다 보면 이것 또한 언젠가 괜찮아지겠지. 엄마는, 그러니까 새엄마는 매일 아침 일어나 아침밥을 차려주고 세세한 것까지 신경 써주는 그런 엄마다.

얼마 전에 그런 일이 있었다. 다른 식구들은 식탁에서 밥을 먹고 있었고 엄마는 설거지를 하고 있었다. 나는 지나가는 말로 뭔가 먹고 싶다고 말했다. 누군가에게 말한 것도 아니었다. 그러자 엄마는 설거지하던 물을 끄고 "뭐 먹고 싶다고?" 하며 내가 먹고 싶은 음식을 되물어봤다.

남들이 봤을 땐 아무것도 아닌 일이었겠지만 나는 그 때 새엄마를 진짜 엄마라고 생각하게 됐다. 돌아가신 엄마는 사춘기 딸인 나와 싸우고 나면 꼭 내가 좋아하는 음식을 식탁에 올리곤 했다. 그리고 내가 뭔가 먹고 싶다고 얘기하면 기억해 두었다가 어떤 일이 있어도 그 음식을 구해다 주었다. 음식은 내가 엄마의 사랑을 느꼈던 가장 큰 부분이었다.

어릴 때의 나는 잔병치레가 잦았다. 밥도 먹지 않고 동네를 뛰어다니며 노는 나를, 엄마는 밥그릇을 들고 쫓아다니면서 나에게 밥을 먹였다고 했다. 감기도 잘 걸려서 거의 매일 편도선이 부어 있고, 열이 나는 일이 잦았다. 그러면 엄마는 어느 정도 클 만큼 커서 가볍지도 않은 일곱 살 배기 딸을 등에 업고 동네 이비인후과를 찾기 일쑤였다.

흐릿하게 남아 있는 기억이지만 엄마는 나를 업은 채 짜증 한번 내지 않고 오히려 오순도순 말을 건넸던 것 같다. 차라리 어린 나를 다그쳤었더라면 내가 지금만큼 엄마에게 미안하지 않았을 것이다. 나는 엄마에게 처음부터 끝까지 걱정 투성이인 딸이었다. 그래서 나는 엄마가 죽는 날에 울지 못한 것일까.

엄마는 내가 병원에 다녀온 날이면 꽃게탕을 끓였다. 어린 내가 거의 유일하게 잘 먹는 음식이었기 때문이었다. 내가 물에 말은 밥을 숟가락으로 뜨면 엄마는 꽃게 살을 발라내어 내 밥숟갈 위에 놓아줬다. 그러면 나는 평소에는 반 공기도 먹지 못하던 밥을 아픈 와중에도 한 공기 넘게 먹곤 했다.

오늘은 하교하는 길에 비가 내렸다. 감기 기운이 있던 나는 으슬으슬한 기분을 느끼면서 집으로 걸어왔다. 우산을 가지고 와달라고 가족 중한 명을 부를 수도 있었지만 굳이 그러지 않았다. 그렇게 먼 거리도 아니었고 비가 맞을 수 없을 정도로 많이 오던 것도 아니었기 때문이었다.

목이 칼칼했다. 종합감기약을 하나 먹어야겠다는 생각을 하면서 집에 도착했다. 어쩐지 엄마가 꽃게탕을 끓였다. 꽃게탕은 맛있었다. 뜨겁고, 맵고, 슬펐다. 내가 기침을 했다. 엄마는 감기에 걸렸냐고 물어봤다. 나는 그런 것 같다고 했다. 엄마는 마치 자기가 아픈 표정으로 생강차를 끓였다. 종합감기약은 먹지 않았다. 아마도 필요 없을 것 같았다.

나에게 세상에서 가장 두려운 일이 무엇이냐고 묻는다면 나는 망설임 없이 '소중하고 익숙한 사람이 내 곁을 떠나는 것'이라고 대답하겠다. 이미 한번 그런 일을 겪었고, 앞으로도 많이 겪게 될 것이다. 사람은 상처를 바탕으로 성장하는 거랬다. 나는 이 말에 그다지 동의하지 않는다.

사람은 사람이고 상처는 상처다. 마음속에 남은 상처는 보통의 것과는 달리 아물지 않고 그대로 있다. 다만 가진 사람이 스스로 달래가며 안고 가는 것이다. 그리고 어느 정도 그 상처의 통증을 조절할 수 있을 때 "비로소 괜찮아." 하고 말할 수 있는 거다.

남들이 봤을 땐 "정말 아프겠다, 그것 참 안됐구나."라고 말할 만한 내 상처를, 그럼에도 나는 "괜찮아"하면서 다독여본다.

목으로 넘어가는 생강차가 달달한 밤이다.

수상 소감

"시간이 지나면 괜찮아진다."

나는 이 말을 싫어했다. 어른들이 할 수 있는 가장 무책임한 위로라는 생각을 했다. 시간이 모든 것을 해결할 것이니 무력하게 가만히 있어야 하는 것인가? 엄마가 돌아가신 후, 나는 무력하게 세상을 바라보기만 했다.

내면에서의 우울과 괴로움이 길었으나 그것을 모른 체하려고 했었다. 시간이 흘렀다. 자연스럽게 괜찮아지는 것은 없었다. 하지만 세상과 충돌할 수 있는 용기가 생겼다. 이 글은 '나'라는 눈으로 바라보는 세상과 충돌했던 과정을 담은 이야기다.

진실상

열여덟
.

성수민 (경기도 군포시)

열여덟

성수민(경기도 군포시)

이유 없이 우울함에 빠져 허우적대게 되는 날이 있다. 왠지 뭘 해도 안 될 것만 같고, 평소라면 억지로라도 힘을 내고 넘겼을 일들이 엄청나게 크고, 무겁게 다가오는 날. 이런 날은 어떤 힘도, 의지도 잃게 만든다. 평소에 느끼는 감정이 백사장으로 잔잔하게 밀려오는 파도 거품이라면 이런 날의 감정은 땅 위의 모든 것을 다 쓸어버리는 해일과도 같은 것이다.

왜 나는 안 될까?

무려 4년이다. 막연하게 '난 이런 사람이 돼야지!'라고 꿈꾸던 열다섯 용감한 중학생이 현실과 이상의 경계에서 주저하고 머뭇거리는 열여덟 겁쟁이 예비 고삼이 되기까지 걸린 시간. 그동안 나는 꿈을 품었다. 떠올릴 때마다 가슴속에서 부풀어 올라 결국엔 감당할 수 없을 정도로 커져버린 꿈. 이 꿈 하나 지켜보겠다고 아등바등한 시간이 무려 4년이다. 별짓을 다 해봐도 마지막에 돌아오는 건 뺨 한 대에 욕지거리뿐이었지만.

말 그대로 정말 별짓을 다 해봤다.

– 학생은 성적이 우선이야!

그래서 성적을 올려 봤다. 태어나서 처음으로 공부 때문에 밤을 새기 시작했다. 새벽이 다 넘어가도록 내 방의 형광등은 꺼지지 않았고, 그 불빛을 따라 18층까지 올라온 독한 벌레들이 방충망에 부딪히는 소름 끼치는 소리를 애써 무시하며 책장을 넘겼다.

안 하던 짓을 하려니 몸이 따라주질 않았다. 입맛은 금방 사라져 버렸고, 놀라울 정도의 다이어트 효과를 얻었다. 덜컥 거식증에 걸리지는 않을까 겁이 났다. 단것에 집착하기 시작한 게 이때 즈음이다. 잠이 부족하니 늘 피로에 절어 있었고, 그 피곤함을 떨쳐내기 위해서는 단것을 먹어야 했다. 어느 날은 친구가 내게 말했다. 미친, 너 그러다 당뇨 걸려. 하지만 아이러니하게도 의사는 내게 저혈당이라고 했다. 그렇게 먹어댔는데 왜?

일주일에 한두 번씩 내 책상 한구석에는 피 묻은 휴지들이 쌓였다. 엄마가 잠든 새벽에 몰래 그것들을 옷 속에 숨겨 화장실 변기에 내려 처리했다. 원래 코피가 잘 나는 편이긴 했지만 이렇게 가다간 수혈을 받아야 할지도 모르겠다는 생각이 들었다. 서울대 가는 사람들은 어떻게 살아남았을까? 쓸데없는 걱정이었다. 그들의 재능은 공부인 것이고 나의 재능은 다른 것이니까. 그럴 때면 새벽의 불안이 내 어깨를 감싸고 물었다.

– 그래서 네 재능이 네가 원하는 그게 맞대?

– 닥쳐.

성적표가 나온 날. 전교 몇 등까지는 아니더라도 꽤 올라간 성적에 흡족해 하며 성적표를 내밀었다. 당연히 수고했다는 칭찬과 나에 대한 믿음, 응원의 말을 들을 수 있으리라 생각했다.

– 겨우 그걸 올렸다고 말하는 거니?

전혀 예상치 못한 일이었다. 아마 나 외의 모두가 알고 있었던 것 같지만 아무도 알려주지 않았다. 그날 밤 흔히 말하는 찌질이처럼 정말 찌질하게 방구석에 잔뜩 몸을 찌그러뜨리고 소리 죽여 울었다. 다시는 펴질 수 없을 것 같았다.

– 네가 그렇게 간절하다면 증거를 가져와 봐!

하지만 그때까지만 해도 나는 많이 용감(혹은 무식)했고, 증명해 보라는 엄마의 말을 받아들였다.

증명하기 위해 노력했다. 나의 역량을, 한 번도 제대로 발휘해 본 적 없는 분야까지 손을 뻗치며 노력했다. 처음으로 인물들의 성격을 상상하고 의미를 담으며 연극 대본을 써 봤고, 파지를 몇 십장 만들어내며 무대를 상상했다.

지난해에 경험한 단 한 번의 무대 경험에 모든 것을 걸고 무식하게 부딪혔다. 공연을 보러 오지 않겠다는 부모님의 선언에도, 연습을 갈 때마다 못마땅한 눈초리로 바라보는 무언의 압박에도 꾸역꾸역 참아봤다. 무식하게 참으면 다 될 줄 알았다.

이름조차도 제대로 알지 못하는 후배들을 일일이 가르치고, 설명하고, 보여주고, 소품을 만들고, 의상을 준비하고, 그 사이에 내 대사까지

외우느라 머리가 과부하에 걸려 터질 것 같았다. 스무 장이 넘는 대본을 2주 새에 두 번이나 갈아엎었다.

빵 쪼가리로 저녁을 때우며 야자를 하는 친구들보다도 늦게 학교를 나섰다. 내 나이대의 애들이 하면 웃기게 들릴 말이기는 하지만 정말로 죽을 만큼 힘들었다. 진심으로 과로로 죽을지도 모른다고 생각했지만 사람은 생각보다 쉽게 죽지도 않았고, 쓰러지지도 않았다.

지금 와서 생각해보면 작가, 조연출, 단장, 배우의 역할을 모두 수행하겠다는 멍청한 생각은 어디서 나온 건가 싶다. 지금이라면 그런 선택을 하기 힘들 것 같다. 하지만 다시 그 때로 돌아간다고 하면 같은 선택을 했을 것이다. 난 증명해야 했으니까. 그리고 그맘때 즈음, 고등학교에 들어오며 겨우 줄여가기 시작한 단것들을 다시 먹기 시작했다.

이 년 동안 두 번의 무대를 치르고, 두 번의 상을 받고, 두 번의 공연을 더 올렸다. 나 이만큼 노력했어요! 하지만 나의 부모님은 나의 노력을 거들떠 봐주지도 않았다.

– 세상에 너만큼 노력하는 사람들은 깔리고 깔렸어. 네가 될 것 같니? 세상에 잘난 사람은 많아!

그래서 잘난 사람들과 대결도 해봤다. 007작전이라도 수행하듯 비밀스럽게, 제대로 된 준비조차 하지 못한 세 번의 오디션. 그리고 수백 명의 사람들을 제치고 얻어낸 세 번의 합격. 말도 안 되는 기적 같은 일임에도 나는 맘껏 기뻐하지 못했다. '부모님과 회사에서 한번 보자'라는 세 번의 문자에 세 번 모두 같은 답변을 보내야 했기 때문이다. '죄송합

니다. 부모님이 반대하셔서요.'

가슴에 쌓여가는 건 독기였고, 그 독기는 내 속을 너덜거리게 했다.

생각을 정리하다보니 마치 내가 온갖 세상의 풍파를 맞으며 고행 길에서 살아남은 조난자처럼 느껴지지만 사실 나의 4년이 내내 불행으로 찌들어 있었던 건 아니다. 얻은 것들도 많다. 나름의 자신감도 얻게 됐고, 확신도 얻었다. 무작정 도전해보지 않았다면 절대로 얻지 못했을 추억들은 물론이고, 소중한 인연들도 만났다.

내가 무작정 뛰어들지 않았다면 어떻게 이런 자신감을 가지게 되고, 어떻게 연극에 대해 더 많은 부분을 이해할 수 있었으며, 어떻게 이런 확신을 가질 수 있었을까? 착하고 상냥한 아홉 명의 사랑스러운 후배들과 선생님들은 또 어떻고?

하지만 그런 행복들이 생겨날수록 밤이 찾아오는 시간은 훨씬 두려워졌고, 불안은 더 은근하고 날카롭게 내 가슴의 틈새를 파고들었다. 또한 시간이 지날수록 우리 부모님의 딸 '나'와 사람들에게 비춰지는 배우 지망생 '나'의 모습은 더 달라져 갔고, 그 괴리 사이에서 나는 진짜 내가 누구일까를 고뇌하며 곪아갔다.

나는 누굴까?

감정의 해일을 견디지 못하고 무너져 버린 날이 있었다. 사실 나는 언젠가 이런 날이 올 것이라는 걸 알고 있었다. 왜냐하면 전에도 이런 경험이 있었기 때문이다. 연극제를 준비하면서 그런 날이 있었다.

한창 더웠던 날, 선생님의 선배가 찾아와서 우리의 연극을 봐주시곤 이런저런 조언을 해주셨다. 아이들 한 명 한 명에게 날아가는 충고와 지적은 고스란히 내게도 날아와 꽂혔다. 무서웠다. 내가 저 애들이 투자한 시간을 망치고 있는 건 아닐까?

괜히 억울한 마음도 들었다. 내가 이렇게나 고생하는데 너희는 왜 따라오질 못해? 나는 이번 무대가 무엇보다 간절하고 절박한데 왜 너희는 진지하지 못해? 괘씸했다. 내가 너무 잘해줘서 만만한 건가?

– 너 왜 울어?

선생님의 동료라고 자신을 소개했던 여자 배우가 날 보고 물었다. 난 그때서야 내가 울고 있다는 걸 알았다. 그리고 그날 집에 들어가기 전 동네를 몇 바퀴나 돌았는지 모른다. 눈물은 언제 흐르는 지도 모르게 올라와서 쉽게 가라앉지도 않았다.

마치 그날처럼 해일은 내 예상보다 더 강력했고, 나는 모두가 알아챌 정도로 무력함에 빠져 아침 댓바람부터 눈물 콧물을 쏟아냈다. 무슨 일이야? 왜 그래? 걱정스럽게 날 둘러싸는 친구들 사이에서 나는 아무 말도 할 수 없었다. 어차피 말해봤자 동정만 받을 뿐이니까. 누구도 완벽하게 날 이해해 줄 수는 없었고, 그렇기에 친구들은 내게 주변인이었다.

나는 동정받고 싶지 않았다. 나는 불쌍하지 않으니까. 아니, 불쌍한가? 누군가 머릿속을 주먹으로 내리치는 듯 복잡하고 어지러웠다. 정상적인 생각이 불가능했다. 어쨌든 확실한 건, 그 순간 그 공간에서 제일 불행한 사람은 나였다.

한 번 터진 울음은 쉽게 그쳐지지 않았다. 멈추고 싶다고 멈춰지는 종류의 것이 아니었다. 친구들이 걱정스럽게 물었다. 어디 아파? 차라리 아픈 거였다면 좋겠다는 생각을 했다. 몸이 아픈 것은 진통제를 삼키고 의사를 찾아가면 해결해 주지만 이런 건 누가 해결해줄까?

눈치 빠른 친구가 나를 구석진 곳에 데려가 앉혔다.

- 많이 힘들지?

그 친구는 모든 걸 눈치 채고 있었다. 완벽하게는 아니라도 나와 비슷한 상황에 처한 아이라서, 공감이 돼서, 나에게 필요한 말을 콕콕 골라 해줘서 위안이 됐다. 나는 그 친구의 말에서 나와 비슷한 곳을 찾으며 위안받았고, 역겹게도 나보다 못한 점을 찾으며 안도했다.

느른한 기분이 들었다. 지금의 대화가 마약 같은 성질의 것이라는 건 알고 있었다. 한바탕 울고 나서 포근한 말들로 감싸주니까 지금이야 뭔가 잘될 것 같고, 힘이 나고, 희망을 갖겠지만 얼마 되지 않아서 밤이 찾아오면 또다시 불안함이 이불 속에 감춰진 발목을 우악스럽게 잡아당기겠지. 하지만 나는 웃었다.

- 고마워.

고맙다는 말은 진심이었다.

며칠이 지나도록 나를 예의주시하는 친구들의 모습을 느낄 수 있었다. 혹여나 무슨 일이 생긴 것일까, 저가 무슨 실수라도 해서 간신히 진정한 애를 다시 터뜨리면 어떡하나. 마치 안전핀을 뽑은 수류탄이라도 보듯 조심스러운 눈빛들이었다.

내 친구들은 이다지도 사려 깊었고, 다정했다. 차라리 너희가 내 부모였다면 어땠을까? 헛된 상상이었다. 만약 친구들이, 아니면 내가 나의 부모였더라도 힘껏 응원해줄 수 있었을까? 확신할 수 없었다.

불안함이 커져 갈수록 버릇들이 늘었다. 가벼운 강박 증상도 생겼고, 손톱 옆 살을 물어뜯는 버릇은 돌이킬 수 없을 정도가 되어 양 손의 손가락 두께가 달라졌다. 피딱지가 사라지지도 않는다. 하루걸러 하룻밤을 새는 것은 이제 일상이 됐고, 코피가 터지거나 하루 종일 몽롱한 정신으로 피곤하게 지내는 건 더이상 불편하게 느껴지지 않을 정도였다.

그리고 뭔가 단것이 가방에 없으면 불안했다. 고등학교에 막 올라올 때는 그나마 조금 줄이려 노력했었지만 말짱 도루묵이 됐다. 무엇보다 가장 큰 버릇은 집착이었다. 무심한 척했지만 모든 것에 집착했다. 나에 대한 사람들의 시선에, 평가에, 말에, 눈빛에. 조금이라도 기억하고 싶은 것들은 무조건 남겨두어야 했다.

생일을 축하해준 친구들의 메시지와 편지를 모두 모아두고, 내가 만들어낸 기록들을 한 곳에 몰아두고 버리지 못했다. 그리고 무언가 쉬어야 할 타이밍이 왔다는 생각이 들 때면 그것들을 들춰보며 나는 이만큼 사랑 받고, 관심 받는 사람이야. 나는 이만큼이나 잘난 사람이야. 늘 스스로에게 되뇌었다.

난 이런 사람이야. 난 할 수 있을 거야. 그럼 할 수 있지. 당연하지. 할 수 있어.

누군가 뇌는 멍청한 세포라서 입꼬리만 올려도 미소라고 인식한다고 했다. 그러니 그 정도의 멍청함이면 억지로 만들어 주입해낸 희망도 진짜 희망이라고 인식하지 않을까? 하지만 나는 이미 사실을 알고 있었다. 그래서 매일 밤 이불을 껴안고 내게 속삭였다.

진짜로?

지금 나는 어디론가 휩쓸려가고 있다. 지금은 몸 정도는 가눌 수 있지만 물살이 점점 거세지고 있다. 더 늦어지면 고개조차도 내 맘대로 가눌 수 없어지는 건 아닐까? 선구자가 되지는 못해도 쓸려 다니고 싶지는 않았는데. 적어도 내가 휩쓸려갈 방향 정도는 내가 선택하고 싶었다.

괜찮을까? 몇 번이나 붙잡지 못한 나무뿌리들이 떠올랐다. 나는 이대로 괜찮을까?

어떤 수를 둬도 악수를 두는 판이다. 내 꿈을 좇자니 가족이 걸리고, 가족을 잡자니 내 꿈이 걸렸다. 신이고 뭐고 세상에 엿 먹으라고 하고 싶었다. 나도 조금만 편하게 살면 안 될까요? 18년을 나름 착하게 잘 살아왔는데 왜 나한테 이래?

친구들이 "우리 부모님은 나보고 뭐라도 하라고 그러는데 난 꿈이 없어. 넌 꿈이 있잖아. 너무 걱정하지 마"라고 할 때마다 얼굴을 한 대씩 갈겨주고 싶었다. 너는 꿈만 찾으면 되지 나는 꿈을 찾았어도 답이 없다 새끼야. 물론 현실에선 그냥 웃어줄 수밖에 없었다. 누구나 자기가 가장 불행하고, 스스로가 가장 옳으니까.

나는 정말 어떡해야 할까?

판은 벌려 놨고, 여전히 부모님과 나의 관계는 꼬인 위치다. 나는

'나'와 '나' 사이의 괴리에서 허우적대고 있고, 문득 몰려오는 감정의 해일은 내 다짐으로 만든 공든 탑을 쉽게 무너뜨린다. 나는 절대 포기하지 않을 거지만 동시에 모든 것을 놓아버리고 싶다.

나는 어떡해야 할까? 방법이 있긴 할까? 세상 모두가 나와 같은 고민을 하고 있을까? 내일이면 다시 웃고, 떠들고, 먹고, 장난을 치겠지만 내일 밤은 어떨까? 불안해 하지 않고 잠드는 날이 언제 올까? 해 뜨기 전이 가장 어둡다는데, 왜 내 빌어먹을 태양을 떠오를 생각을 안 할까? 그리고 내가 밤을 새면서 본 하늘은 천천히 밝아지던데?

다들 이렇게 살아요?

아무도 대답해 주지 않는다. 그래서 나는 푹푹 찌는 한여름의 학교 체육관에서 연습을 하다가도 문득 찾아오는 한기에 몸을 떨었다. 열기를 가라앉혀 주는 시원함이 아니라 뼛속을 찌르고 사라지는 한기, 한없는 우울을 담은 한기였다. 하지만 나는 맘껏 두려움에 떨 수도 없었다.

– 언니 어디 아파요?

– 아니, 괜찮아.

이런 종류의 한기를 아파서 그런 것이라고 설명할 수 없기도 했지만, 설령 정말 아픈 것이더라도 나는 아프다고 할 수 없었다. 푹푹 찌는 한여름에 방학까지 반납하고 학교 체육관 바닥에 널브러진 아홉 명.

나는 저 아이들의 대표였고, 저 아홉 명의 아이들이 쏟아부은 세 달이라는 시간이 내가 책임져야 하는 것이었다. 어쩌면 나는 일부러 나를 한계로 몰아넣고 있는 걸지도 모른다. 책임감이 넘쳐나는 나 같은 종류의 사람들은 무언가 책임질 일이 생기면 그것으로 버티니까.

힘을 내고 싶어서 속으로 중얼거렸다. 그래. 나는 포기하지 않아! 나중에 크면 지금의 힘든 일 같은 건 비교도 되지 않게 힘든 일이 많을 거야. 문득 이상하다는 생각이 들었다. 이보다 힘든 일? 왜 우리나라의 자살률이 1위인지 이해가 되려고 했지만 이내 머리를 털었다. 포기하지 말자!

인생에 신호등이 있다면 얼마나 좋을까. 이만큼 했으면 이제 멈춰! 더 이상 가면 위험해! 물론 빨간불이 들어왔다고 내가 멈출 수 있을지에 대한 확신은 없지만 그래도.

열여덟이다. 지금의 난 겨우 열여덟. 해가 바뀌어도 나는 여전히 미성년이다. 그리고 지금 살아온 날 만큼을 더 살아도 겨우 서른여섯이다. 그럼에도 나는 남들이 보기엔 사소하고 별것 아니게 느껴질 걱정들로 아프고, 고통스럽고, 그 와중에 희망을 찾고, 웃고, 뭐 이상하게 살고 있다.

열아홉이 되고, 스물이 되고, 서른이 되면 모든 게 괜찮아질까? 모르겠다. 나는 아직 안 늙어 봐서. 하지만 확실한 건 내일 난 다시 웃을 거고, 밤이 되면 불안할 거고, 곧 중간고사가 다가오고 있고, 밥을 먹고, 잠을 잘 거다. 그래도 난 겨우 열여덟이다. 그러니까 아직은 괜찮다고 생각해도 되지 않을까. 나는 겨우 열여덟이니까.

수상 소감

사람이라면 누구나 항상 흔들리며 살아간다. 그런 흔들림은 나이나 국적, 성별과 재산에 상관없이 우리의 모든 인생에 거쳐 나타나지만, 특히 사춘기라고 불리는 시기에 가장 강력하게 우리를 흔든다.

이 이야기는 열여덟, 조금은 늦은 사춘기를 보내는 '나'의 꿈에 대한 갈망과 현실의 벽에 부딪혀 느끼는 좌절 그리고 희망에 대한 이야기이다.

밝고 털털한 성격. 여느 여학생들과 크게 다를 것 없는 평범한 18세이다.

15세부터 배우의 꿈을 꾸게 되었고, 고등학교에 들어가 학교 연극 동아리 '햇새'에 가입, 활동하게 됐다.

부모님의 심한 반대에 부딪혀 힘든 시간을 보냈지만 현재는 부모님을 설득하여 응원받으며 배우의 꿈을 이루기 위해 노력하고 있다.

연극, 방송, 뮤지컬 등 연기에 관련 된 분야라면 어느 곳에서든지 활발히 활동하고 싶다는 욕심이 있고, 기회가 된다면 연출과 극작 쪽에서도 활동하고 싶어서 꾸준히 독서와 글쓰기를 병행하고 있다.

대한민국 청소년 세상 충돌 이야기 **세상 충돌**

초판 1쇄 발행일	2016년 7월 30일
엮 은 이	영화학교 밀짚모자
펴 낸 곳	도서출판 말벗
발 행 인	박영이
출판등록	2007년 11월 2일 [등록번호 제 2011-16호]
주 소	서울특별시 영등포구 문래로4길 4 현대상가 204호
전 화	02-774-5600 **팩 스** 02-720-7500
전자우편	malbut@korea.com

ISBN 978-89-960407-6-7(43810)